방패용사 성공담
5
아네코 유사기
Aneko Yusagi

글래스
카와스미 이츠키
라르크베르크
테리스

아마키 렌
키타무라 모토야스
이와타니 나오후미
라프타리아
필로
인물소개
방패용사
성공담

「라르크, 제발 진정 좀 해.」
「알았다고. 하지만 배 여행은 설레는 법이잖아.」
하아……. 뭔가 어린애 같은 소리를 하는 녀석이 있다.
내가 한숨을 쉬자, 앞에 있던 녀석이 뒤를 돌아보았다.
「응? 뭐야, 꼬마?」

목차

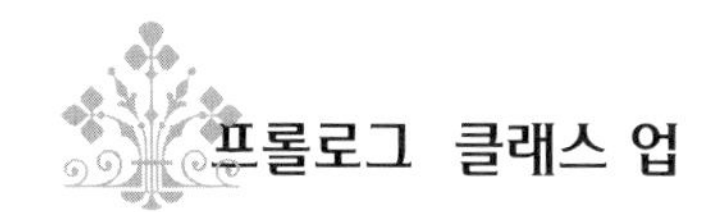

프롤로그 클래스 업

현재, 나는 메르로마르크라는 나라의, 용각(龍刻)의 모래시계가 있는 교회에 있다.

건물 중심에 거대한 빨간색 모래시계가 들어앉아 있는 곳이다.

"여기 올 때마다 드는 생각이지만…… 뭔가, 신성한 것 같기도 하고 무거운 느낌도 드는 곳이란 말이지."

"나오후미 님, 저도 그렇게 생각해요."

"모래가 빨갛고 보슬보슬해서 예쁘다~."

내 이름은 이와타니 나오후미.

원래는 현대 일본에서 오타쿠스러운 대학 생활을 보내던 일본인이었다.

그러다가 무슨 이유인지, 별생각 없이 갔던 도서관에서 발견한 사성무기서(四聖武器書)라는 책을 읽다 보니…… 나도 모르는 사이에 방패 용사가 되어 이세계로 소환되어 있었다.

이야기에 따르면, 이 세계는 세계를 파멸로 이끄는 파도라는 재앙에 맞닥뜨려 있다.

이 파도는 일정 시간이 지날 때마다 일어나는 것으로, 대량의 마물들이 출현해서 사람들을 공격하는 재앙이다.

그리고 나는 그 파도를 이겨내기 위해 싸워 달라는 부탁을 받은 것이다.

처음에는 꿈같은 상황에 들떠 있었지만, 어떤 여자——이제는 공사(公私)를 통틀어 이름을 빗치(bitch)로 바꾼 이 나라의 제1왕녀에게 속아서, 엉뚱한 누명을 쓰고 강간마라는 오명을 뒤집어썼다.

……그 탓에 박해를 당하고 동료도 구하지 못했다.

지금까지 나는 그렇게 생각했었다. 진상은 그와는 한참 달랐지만.

그 결과, 나중에 설명하겠지만, 나 이외의 다른 용사들에 비해 강해지는 게 상당히 늦어지는 꼴이 되고 말았다.

게다가 국가로부터의 원조도 받지 못한 채 싸움만 강요당하는 터무니없는 상황이었다.

그런 상황에서도 제법 활약하면서 어떻게든 이렇게 살아남았다.

다른 용사들이 당해내지 못했던 적을 상대로 선전을 펼치기도 했고……. 하지만 그래서 상황이 호전될 기회라고 생각했던 순간에, 나는 또 다른 누명을 뒤집어쓰게 됐다.

나를 소환한 이 나라, 메르로마르크는 인간 지상주의의 여왕제 국가다.

왕족 여성이 대대로 왕위를 계승하는 나라라고 한다. 하필 그런 나라에서, 나는 왕위 계승권 1위인 메르티를 유괴했다는 죄로 쫓기게 된 것이었다.

메르티는 빗치의 여동생이다. 드센 성격의 여자아이라고나 할까.

모친인 여왕으로부터 두터운 신뢰를 얻고 있는 덕분에, 계승권은 빗치보다도 위라고 한다.

상당히 억지스러운 그 누명 때문에, 우리는 결백을 증명하기 위해 메르티의 어머니인 여왕에게로 향했다.

그 결과, 내 결백은 증명되었다.

사건의 흑막은 메르로마르크의 국교인 삼용교였다.

용사를 상징하는 네 개의 무기 가운데 세 개를 신봉의 대상으로 삼고, 거기서 빠진 하나의 무기에 해당하는 용사를 적으로 간주하고 있는 종교다.

……그 하나의 무기에 해당하는 용사가 바로 나다.

내가 박해받은 진짜 이유는 종교적인 것이었으며, 강간을 했느니 마느니 하는 건 사실 아무런 상관도 없었다.

그렇게 된 건, 오랜 세월 전쟁을 벌여 왔던 아인(亞人) 국가와의 싸움이 원인이라던가…….

아인이라는 것은 인간과 아주 유사하지만, 신체의 특정 부위에 인간의 것과는 다른 동물의 귀나 꼬리 따위가 달려 있는 인간의 총칭이다.

그게 나와 무슨 상관이냐고 따지고 싶은 심정이지만, 방패 용사는 아인의 나라에서 숭배의 대상으로 여겨지고 있다는 모양이었다.

요컨대 종교적인 적이라는 이유로 미움을 받고 있었다는 것.

못 해 먹겠다! 지금도 그렇게 생각한다.

그리고 최종적으로 사건의 주모자이자 방패 용사 차별의 필두였던 삼용교 교황을 물리친 덕분에, 사건은 수습국면으로 향했다.

그 과정에서, 나는 교황을 물리치기 위해 방패에 깃들어 있던 저주의 방패, 라스 실드의 『블러드 새크리파이스』라는 스킬을 사용했다.

스스로에게 부상을 입힘으로써 발동되는 그 스킬 덕분에 교황을 쓰러트리는 데는 성공했지만, 나는 그 대가로 능력이 하락하는 저주를 받고 말았다.

어쨌거나 결백도 증명되고 이제 다른 용사들과 같은 무대에 설 수 있게 되었다.

현재 이 나라의 여왕은 사성교를 국교로 삼기로 결의한 상태다.

"나 참……. 이와타니 님을 방해하는 일에 대해서는 잔머리가 잘 굴러갔나 보네요."

"그러게 말이야."

현재, 그 메르로마르크 여왕이 공사 양 방면에서 쓰레기로 개명당한 대리 왕에게 얼음 고문을 가하고 있는 중이다.

여왕이 나라를 비운 틈을 타 온갖 횡포를 저지르는 것도 모자라 나에게 누명을 씌워서 차별한 죄로 개명과 대리 국왕 지위 박탈이라는 형벌에 처해졌다.

"누오오오오오오오오오오오!"

머리만 남긴 채 온통 얼어붙어 있는 쓰레기를 쳐다본다.

고뇌 가득한 얼굴로, 벌을 내린 여왕이 아닌 나를 노려보고 있다.

쓰레기 왕의 증오에 찬 표정을 보는 것도 통쾌한 기분……은 아니군.

내가 왜 이런 걸 보고 있어야 한다는 건가.

저도 모르는 사이에 메르티 유괴 음모의 한 축이 되었던 쓰레기는, 나를 소환한 나라의 본래 여왕으로부터 처벌을 받았다.

쓰레기는 삼용교가 일으킨 사건에는 관여하지 않았다는 모양이다.

아예 국가에서 추방해 버리는 게 낫지 않을까 하는 생각도 들었지만 함부로 국외로 내보냈다가는 또 엉뚱한 짓을 벌일 터였다. 또한, 그 딸인 빗치도 같은 죄로 왕족의 권한을 박탈당하고 빗치라는 이름으로 개명, 거기에 모험가로 활동할 때는 걸레라는 가명을 쓰게 되었다.

게다가 빗치는 국고를 제멋대로 탕진해서 사치를 부렸던 모양이라 그걸 모조리 빚으로써 떠안게 되었다.

여왕은, 표면상으로는 괜찮은 인물이다.

세계가 파멸을 향해 나아가고 있는 현재, 메르로마르크국의 방침이었던 아인 차별을 거부하고 나라의 적이었던 방패 용사에게 협력을 요청하고 있다. 나에 대한 원조를 아끼지 않을 거라고 한다.

부채로 자주 입가를 가리며 나이에 비해 엄청나게 젊게 치장해서…… 외모만 보면 20대 후반 정도의 미인으로밖에 보이지 않는다.

이 외모에 두 딸을 가진 어머니라니, 고개가 갸웃거려질 정도다.

"크으으으!"

머리만 남긴 채 얼음덩이가 돼 버린 쓰레기가 울분에 찬 얼굴로 나를 노려본다.

인과응보잖아. 제멋대로 소환해 놓고 차별하는 터무니없는 짓을 저지른 벌이라고.

그렇게 생각하며, 나는 여왕에게 다음 행동을 제안했다.

"이건 이쯤 해 두고, 빨리 클래스 업을 시켜 주지 않겠어?"

국가의 현재와 내 결백 증명까지의 경위에 대한 얘기는 이쯤 해 두고, 나 자신의 문제를 돌아본다.

이 세계에는, 이렇게 표현하면 좀 그렇지만 게임처럼 레벨이라는 요소가 있으며, 마물이라는 괴물을 물리침으로써 경험치를 쌓을 수 있고, 레벨 상승과 능력 보정을 통해서 강해질 수 있다.

그리고 그만큼 강해짐으로써 다시 더 강한 마물과 싸울 수 있게 되는 것이다.

노력한 만큼 눈에 띄는 힘을 얻을 수 있는 재미있는 세계라고 생각한다.

하지만…… 문제가 하나 있다.

방패 용사…… 아니, 내가 소환되었을 당시부터 장착되어 있던 방패의 힘으로는, 상대를 아무리 때려도 상처 하나 입힐 수가 없는 것이다.

전설의 방패는 강인한 방어력과 다양한 특수능력을 내게 부여해 주지만, 상대방을 쓰러트릴 수 없다는 건 곧 혼자서는 싸울 수 없다는 뜻이 된다. 그 때문에, 박해로 인해 동료를 구할 수 없다는 것이 내게는 가장 괴로운 상황이었다.

"후우……. 그렇게 하죠."

"이제야 끝났군요."

라프타리아가 황당한 듯 중얼거린다.

라프타리아는, 동료를 구할 수 없는 상황에서 전력을 확보하기 위해 구입한 노예 소녀다.

종족은, 이 나라에서는 증오와 차별의 대상인 아인.

너구리 같은 귀와 꼬리가 돋아 있는…… 라쿤 종이라고 했던가? 하여튼 그런 이름의 아인 종이다. 내가 구입했을 당시에는 어린아이였지만, 아인이라는 인종은 레벨 상승에 맞추어 싸움에 적합한 육체 연령으로 급성장한다고 한다.

그 덕분에 지금은 18세 정도의 외모로 급성장해서 제법 귀여운 소녀가 되어 있었다.

그녀는 세계에서 가장 처음으로 일어난 파도의 피해로 나고 자란 마을과 부모를 잃었다.

지금은 내가 부모 역할을 하며 그녀를 키우고 있다.

내 자식 같은, 그러면서도 믿음직한 파트너 소녀다.

"뭐, 쓰레기에 대한 고문이라면 영원히 볼 수도 있을 것 같긴 한데."

히죽 웃으며 얼음덩어리가 된 쓰레기를 도발하듯 비꼬아 준다.

"나오후미 님!"

"크……. 방패!"

"입 닥쳐요!"

쓰레기는 여왕의 호통에 입을 다물었고, 나는 라프타리아에게 주의를 들었다.

알았다니까. 이러니저러니 해도 라프타리아는 좀 고지식하다니까.

지금은 이렇게 내가 이상한 짓을 할 것 같을 때마다 제동

장치 역할을 해 준다.

"주인님~, 아직 멀었어~?"

"다 끝나 가."

지금 내게 질문을 던진 것은 필로.

현재의 외모는 금발 벽안, 바보털이 매력 포인트에 날개가 달린 천사 같은 여자아이이다.

일단은, 내 믿음직한 동료다.

이 녀석은…… 뭐라고 설명하면 좋으려나.

"왜 그래~?"

원래는 애완동물 목적으로 구입한 마물 알 뽑기의 경품이었다.

알을 까고 나온 것은 필로리알이라는, 마차를 끄는 조류형 마물이었는데…… 아무래도 용사가 키우면 특별하게 성장하는 모양이었다.

그 결과 천사 같은 모습으로 변신하는 능력을 갖게 되었다.

인간일 때의 외모는 깜찍한 열 살 전후의 여자아이지만, 그 실제 정체는 조류형 마물이다.

마물 형태일 때는 필로리알 퀸이라고 부른다는 모양이다.

내 동료들 중 공격력의 핵심이 되는 믿음직한 존재이긴 한데…… 원래가 새라서 그런지 재잘재잘 시끄럽다.

행상 일을 하느라 야숙하게 될 때면, 날이 밝기가 무섭게 나를 깨워 댄다.

그리고 이 필로는 지난번 사건 때 동행했던 왕녀 메르티와 친구 사이다.

성격은 천진난만, 때때로 독설가다. 쓸데없이 입만 열지 않으면 귀엽게 봐줄 구석이 있을 것도 같다.

"뭔가 이상한 생각하고 있어~!"

"인정하지."

라프타리아와 마찬가지로 감이 예리해서, 내가 이상한 생각을 하면 민감하게 감지해 낸다.

뭐, 이게 내 동료들이다.

그건 그렇고, 우리가 왜 용각의 모래시계가 있는 건물에 와 있느냐 하면, 아까 얘기했던 레벨에 관한 일 때문이다.

이 레벨이라는 개념에는 상한선이 있다. 용사로서 소환된 나에게는 제한이 없지만, 이 세계 주민들에게는 상한선이 존재한다.

라프타리아와 필로는 그 상한선인 레벨 40에 도달해 있는 것이다.

그 이상으로 성장하기 위해서는 클래스 업이라는 의식을 치러야만 한다.

이 의식은 국가가 관리하고 있는 용각의 모래시계를 이용해서 치러진다는 모양이다.

이 용각의 모래시계는 다음 파도가 언제 도래할지를 알려주는 커다란 모래시계인데, 클래스 업에도 사용된다.

하지만 우리는 클래스 업을 하려다가 쓰레기 왕에게 방해를 받았었다.

나는 그렇다 쳐도, 라프타리아나 필로는 클래스 업이 불가능해서 막다른 길에 맞닥뜨려 있는 상태다.

사건 해결 후 여왕에게 그 얘기를 해 주니, 여왕은 쓰레기를 데려와서 사정을 따져 물었다.

그러자 쓰레기는 변명만 되풀이해서, 결국 얼음 고문을 당한 끝에야 자백했다.

나는 조소하며 그 모습을 바라보고 있다. 내 입으로 할 소리는 아닌지도 모르지만 나도 참 성격 더러운 놈이다.

하지만, 나는 최근 몇 달 동안 온갖 고난을 겪어 왔으니 비웃을 권리 정도는 있을 터였다. 남들 눈으로 보기에는 확실히 좀 심한 처사처럼 보일지도 모르지만.

"그러고 보니 여기 있던 수녀는?"

나를 대하는 태도가 험악한 짜증 나는 녀석이었는데, 지난번에 왔을 때와는 달리 용각의 모래시계 안내 데스크에는 수녀 대신 병사가 앉아있었다.

"교황의 부하로 결전 때 참전했다가 붙잡혀 있습니다."

그래, 붙잡혔단 말이지. 꼴좋다는 생각밖에 안 든다.

"그래서? 클래스 업은 어떻게 하면 되는 거지?"

"우선 클래스 업을 하고자 하는 분이 누구인지부터 가르쳐주시지요."

얼마 전까지만 해도 여기서는 클래스 업이 불가능할 거라고 생각했었는데, 인생이란 참 알 수가 없는 것이다.

그 무렵에는…… 아인의 나라, 실트벨트나 실드프리덴으로 가려고 했었다.

하지만 메르티 유괴 사건에 휘말렸고, 결과적으로는 여기서 클래스 업을 할 수 있게 된 것이다.

어쨌든 여왕의 말에 따라 클래스 업을 시키고자 하는 대상…… 라프타리아와 필로를 돌아본다.

"네~에! 필로가 먼저 하고 싶어!"

클래스 업을 먼저 하고 싶다면서, 필로가 손을 든다.

라프타리아 쪽을 쳐다보니 그렇게 하라는 듯 고개를 끄덕인다.

"그럼 필로를 먼저 클래스 업 시켜 주지."

"와~이!"

필로가 깡충깡충 앞으로 나섰다.

"그럼 편안한 자세를 잡은 다음, 용각의 모래시계에 손을 대고 의식을 집중하세요."

"이렇게?"

필로는 마물 모습으로 돌아가서 천천히 용각의 모래시계를 어루만진다.

필로와 닿은 부분으로부터 모래가 파문을 일으키듯 빛을 낸다. 환상적인 광경이군.

"그럼 클래스 업 의식을 실시하겠습니다."

여왕의 지시에 병사들이 모래시계를 둘러싸듯 서고, 바닥에 있는 마법진 같은 홈에 액체를 흘려 넣는다.

"어라? 뭔가 소리가 들리는 거 같아."

"집중해요."

"네~에."

필로는 천천히 눈을 감고, 양손을 펼친다.

모래시계에 어렴풋한 빛이 감돌고, 그 빛이 바닥의 마법진을 타고 이동했다.

마법진 중심에 서 있는 필로를 빛이 감싸기 시작한다.

"그럼, 자신의 미래를 선택해 주세요."

"아, 뭔가 보이기 시작했어~."

필로가 눈을 감은 채로 중얼거린다.

그때, 내 시야에 필로를 형상화한 아이콘이 떠오른다. 나뭇가지 같은…… 게임 용어로 트리라 부르는 분류가 나타났다.

"이자는 사역되는 마물이죠? 이와타니 님이 선택해 주시지요."

앞서 얘기했다시피 필로는 본래 마물이다. 사역되는 마물은 마물문(魔物紋)이라는 마법 문양이 걸려 있어서 소유자의 명령을 듣지 않으면 고통에 몸부림치도록 되어 있다. 생사여탈권이 주인의 손아귀에 들어있는 셈이다.

클래스 업의 권리도 소유자인 나에게 있는 모양이다.

"아아, 그런 것도 할 수 있는 거였군."

시야 속에 여러 갈래로 파생되는 필로리알의 가능성들이 출현한다.

하지만, 나는.

"이건 필로 스스로가 골라야 해. 내가 고르는 건 옳지 않아."

거부를 선택한다. 그러자 **「마물 본체에게 선택을 맡기겠습니까?」**라는 항목이 등장했고, 나는 거기에 체크했다.

"와! 뭔가 잔뜩 보여! 뭘 고르면 좋으려나……."

필로는 눈을 감은 채 즐겁게 자신의 가능성을 선택한다.

내가 정해줄 수도 있었지만, 필로의 일생은 필로가 결정해야 하는 법이다.

그렇다. 라프타리아에게도 그렇게 말해 둬야지.

"라프타리아. 필로한테도 그렇게 했지만, 파도가 끝나고 내가 원래 세계로 돌아가도 문제없이 살 수 있도록 라프타리아 스스로가 선택해. 알겠지?"

"나오후미 님이 선택해 주신 미래라면 뭐든 상관없었는데……."

"안 돼."

"……알았어요."

라프타리아는 불만스러운 얼굴로 고개를 끄덕인다.

내가 멋대로 정했다가 그 때문에 훗날에 라프타리아가 후회하게 된다면 그보다 더 괴로운 일은 없다.

라프타리아를 신뢰하고 있기에 이럴 때는 그녀 스스로의 선택에 맡기고 싶은 것이다.

어디 보자, 필로는 뭘 선택하려나.

그렇게 생각하고 돌아보니, 필로의 머리에 돋아 있는, 인간형의 모습일 때는 바보털로 변하는 장식깃이 빛을 뿜고 있다.

"어?"

화아아아악 빛이 강력해지더니 이윽고 번쩍하고 터졌다.

순간 눈이 먹먹해졌다. 연신 눈을 깜박이면서 나는 필로 쪽을 쳐다본다.

외견에…… 큰 변화는 없다. 다만 장식깃이 좀 더 화려해져 있다.

작은 왕관 같은…… 그런 느낌이랄까.

"무사히 클래스 업을 완료한 것 같네요."

"그래?"

필로의 스테이터스를 확인해 본다. 그러자 레벨 옆에 붙어 있던 ★이 말끔히 사라져 있었다.

이 ★은 상한선에 도달했다는 표시라고 했었다.

그게 사라졌다는 것은, 레벨업의 상한선이 크게 상승했다는 뜻이리라.

뒤이어 상세한 스테이터스를 확인해 보니, 모든 능력치가 평균적으로 2배 가까이 상승되어 있었다.

이게 클래스 업인가.

"흐음……. 이거 꽤 대단한 거 같은데?"

원래부터 종합적으로 높은 능력을 갖고 있던 필로가 예전보다 더욱더 강해졌다고 보면 될 것 같다.

내 스테이터스와 비교해도 별다른 차이가…… 아니, 나보다 종합적으로 더 높네?!

물론, 저주 때문에 스테이터스가 저하되기 전의 상태와 비교해서 말이다.

내가 앞서는 건 방어력밖에 없잖아!

"있잖아……. 어쩐지 고를 수가 없었어……."

인간형으로 되돌아온 필로는 이쪽으로 돌아오자마자 당장에라도 울음을 터뜨릴 것 같은 목소리로 쥐어짜듯 뇌까렸다.

"왜 그러지?"

"독을 내뿜는 능력을 갖고 싶었는데 뭔가 처음에는 고를 수도 없었던 게 갑자기 튀어나오더니 제멋대로 정해졌어."

과거에 싸웠던 강한 마물들 중에 독을 사용하는 게 많았기 때문인지, 필로는 독에 대해 로망 같은 걸 느끼고 있는 모양이었다.

걱정 마, 넌 독은 못 뿜어도 독설은 내뱉을 수 있으니까.

"네 바보털이 번쩍이는 것처럼 보이던데."

"우우……."

"필로, 기운 내세요……. 더 강해지면 독을 내뿜을 수 있게 될지도 모르잖아요."

풀이 죽어서 고개를 푹 숙인 필로를 라프타리아가 다독인다.

"정말? 그럼 필로 한번 해 볼게!"

"그럼 이제 라프타리아 차례군."

"아, 네."

라프타리아도 필로와 마찬가지로 모래시계로 손을 가져간다.

그 후, 마찬가지로 병사가 액체를 흘려 넣고 마법진이 어렴풋이 빛났다. 아까와 같이 내 시야에 아이콘이 떠오른다.

그럼…… 다시 거부를 누르고―.

바로 그때! 필로의 바보털이 두 개로 갈라지더니, 그중 하나가 내 시야로 날아든다.

"와악?! 뭐야?! 필로!"

"필로가 그런 거 아냐!"

필로가 한 게 아니라고? 그럼 저 바보털이 독립적으로 뭔가 일을 저질렀다는 거야?!

라프타리아는 눈이 휘둥그레진 채 이쪽을 보고 있다.

"나오후미 님?!"

내 시야에 녹아든 바보털에 의해 라프타리아의 클래스 업 항목에는 원래 존재하지 않았던 모습이 생성되고, 제멋대로 그것으로 결정되었다.

"꺄?!"

라프타리아가 비명을 지른다.

섬광이 주위를 휘감고 뒤이어 뭉게뭉게 연기가 피어오른다. 필로 때와는 약간 다르군.

연기가 걷히고 나니, 거기에서는 라프타리아가 기침을 하면서 이쪽을 보고 있었다.

"괘, 괜찮아?"

"아, 네. 괜찮아요. 하지만……."

무슨 일이 벌어진 거야?

걱정하면서, 라프타리아의 스테이터스를 확인한다.

——필로와 마찬가지로 ★이 사라지고 능력이 두 배 가까이 향상되어 있다.

"어떤 걸로 정해진 거지?"

"그건 저도 모르겠어요. 뭔가 제멋대로 선택된 것 같은데……. 무지하게 불길한 느낌이 들었었지만 문제는 없는 것 같아요."

"그래? 그렇다면 다행이지만……. 클래스 업의 방향을 제멋대로 정하다니 무슨 꿍꿍이야?"

"누구에 대해 말씀하시는 거예요?"

"필로의 머리에 돋아 있는 바보털은 원래 피트리아가 준 거였잖아?"

"그러고 보니까…… 그랬었네요."

메르티 유괴사건 때, 우리는 엄청나게 강한 전설의 필로리알 여왕과 조우했다.

그때 필로리알의 여왕은 필로에게 전투술을 전수해 주는 동시에 바보털을 주었었다.

더불어 내 갑옷에도 가호를 걸어 주었다. 그 대신 용사들끼리 친하게 지내라는 명령을 내렸다.

그 명령을 어긴다면 용사들 전원을 죽이러 올 거라는 협박까지 곁들여서…….

"어떻게 된 거죠?"

……응? 어째 여왕의 눈이 빛난 것 같았는데.

나는 여왕에게 그때 겪은 일을 얘기해 주었다.

"그러셨군요. 저도 필로리알의 여왕과 만나보고 싶네요."

"그게 중요한 게 아니잖아!"

여왕은 용사에 대해서도 잘 알고, 메르티에게 듣기로는 전승에 얽힌 곳들을 순례하고 다닌 적도 있었다고 한다.

취미는 전설 탐구인가?

딸인 메르티는 필로리알에게 범상치 않은 관심을 갖고 있었다. 모녀가 붕어빵이군.

아니, 아니, 지금은 그런 거나 생각하고 있을 상황이 아니다.

"그래서, 둘 다 몸은 좀 어때?"

"전보다 몸에 힘이 들어차 있는 것 같은 느낌이 들어요."

"그래? 그건 다행이긴 한데……."

"필로리알 여왕의 깃털이라……. 거기에 무엇이 담겨있는지는 모르겠습니다만……."

여왕은 애석한 듯 말한다.

"클래스 업을 할 때는 특정한 도구를 이용해서 특별한 변화를 더할 수 있다고 들었습니다. 아마도…… 좋은 일이 생기기를 기도드리죠."

"그래……."

"능력 상승은 어느 정도 있었는지요?"

"모든 스테이터스가 클래스 업 전보다 두 배 정도 늘어있어."

"두 배?!"

여왕이 놀라고 있다. 혹시 일반적인 것보다 많이 향상된 건가?

결과적으로 필로리알 퀸의 깃털을 매개로 썼으니 그럴 만도 하지. 뭐, 성장률이 높은 건 내 입장에선 반가운 일이지만.

"원래는…… 스테이터스의 항목 하나가 1.5배 상승하면 성공적인 편에 속할 정도랍니다. 다시 말해, 종합적으로 강해졌다는 말씀이군요."

스테이터스에는 여러 항목이 있다. HP, MP, SP, 공격력, 방어력, 민첩성, 체력 등등.

그 외에도 여러 가지 세세한 항목이 있지만 눈에 띄는 건 이 정도다.

아, 라프타리아에게 SP는 존재하지 않는다. 그건 용사에게만 있는 항목인지도 모른다.

여왕이 얘기한 '항목'이란 이 스테이터스 중 하나를 가리키는 말이다. 공격력이 1.5배가 된다든가 하는 식으로 말이지.

"호오, 그렇단 말이지. 그럼 확실히 이득이긴 하군."

하지만 두 사람의 표정은 뜨뜻미지근하다. 그 기분은 나도 이해가 간다.

클래스 업——게임에서는 흔히 존재하는 시스템이지만, 그건 자기가 원하는 대로 고를 수 있으니까 즐거운 건데 말이지.

"뭐……. 잘해 봐."

"우우……. 뭔가 슬퍼졌어요."

"필로도."

"원하신다면 재시도를 하시겠습니까?"

여왕이 제안한다. 응? 재시도?

"그런 것도 할 수 있는 거야?"

"원래는 죄인에 대한 처벌을 위해 행하는 것이지만, 불가능한 건 아닙니다."

그런 건 보통 한 번 선택하면 끝인 것 아닌가?

나는 지금까지 클래스 업이 온라인 게임에 나오는 전직 시스템과 유사한 거라고 생각했었다.

그럴 경우 한 번 선택하면 끝일 때가 많다.

"레벨을 리셋하는 방식으로, 클래스 업을 백지화할 수 있습니다. 그럴 경우에는 레벨 1부터 다시 레벨업을 해야 하지요."

"으……. 그건 좀 버거운데."

라프타리아도 필로도, 이 시점에서 레벨 1로 돌아가는 건 내 상황에서는 무리가 있다.

다음 파도가 올 걸 생각하면 말이지……. 그렇지 않아도 멍청한 다툼에 휘말려서 시간을 소모한 상태다.

그나저나 그런 형벌도 있는 건가.

하긴……. 게임 같은 세계이니 그런 형벌이 있다 해도 이상할 건 없다.

생각해 보면 잔인한 형벌이다. 기껏 노력해서 쌓아 올린 것들을 순식간에 묵사발로 만들어 버리는 거니까.

그나저나…… 이를 어쩐다.

"필로는 다시 하고 싶어~, 독을 내뱉고 싶은걸."

이미 내뱉고 있다는 건 일단 무시해 두고.

"네 머리에 달려 있는 장식깃이 벌인 일이니 다시 해 봤자 헛수고일 거야. 보나 마나 똑같은 결과가 될걸."

"우……."

"라프타리아는 어떻게 할 거지?"

"딱히 정하고 싶었던 게 있었던 것도 아니고, 그저 최대한 강해지고 싶었던 것뿐이니까 문제 될 건 없어요."

하긴, 듣자 하니 보통 클래스 업보다 훨씬 더 강해진 것 같으니까 말이지.

라프타리아도 나보다 스테이터스가 더 높아진 상태다.

"알았어……. 그럼 성으로 돌아가자."

"네."

"우…… 독~."

"독은 이미 내뱉고 있잖아."

"에……."

어째 좀 미묘한 클래스 업은 이렇게 종료되었다.

그 후, 우리는 쓰레기를 용각의 모래시계에 남겨둔 채 성으로 돌아갔다.

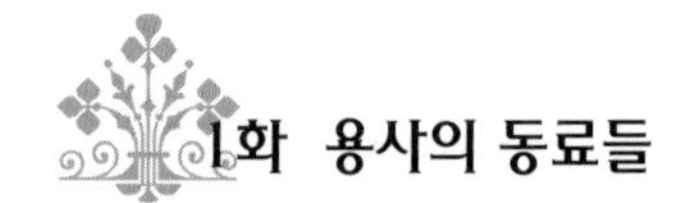

1화 용사의 동료들

마차를 타고 성으로 돌아오자, 성안의 홀에서는 연회 준비가 한창이었다.

"뭐지?"

“이번 사건을 해결의 길로 이끄신, 이와타니 님을 비롯한 용사들 전원을 위한 축하연이랍니다.”

“하아…….”

내 결백도 증명됐고 국내 문제도 다소나마 해결됐으니 그걸 축하한다는 건가.

홀에는 호화로운 식탁이 늘어서 있다. 규모로 따지자면 모토야스와 싸웠던 때의 연회보다도 더 호화로울 정도다.

……오래도 걸렸군. 나 자신의 결백을 증명하는 데 너무도 오랜 시간이 걸렸다.

그런 생각에 잠겨 있으려니 병사 하나가 여왕에게 다가와서 뭔가 보고를 전했고, 그걸 들은 여왕은 머리를 싸쥐었다.

“왜 그래?”

“그게…….”

내가 고개를 갸웃거리자, 여왕은 한심스럽다고 뇌까리며 설명했다.

만찬 준비가 한창인 주방에 빗치가 나타나서 나에게 대접할 음식을 자기가 나르겠다고 나섰다고 한다.

자기는 반성하고 있으니 사죄의 의미로 자기가 나르고 싶다고 부탁했다는 것이다.

그리고 내 몫의 음식을 억지로 가로채서 홀까지 왔다고 한다.

부하를 시켜서 빗치를 감시하고 있던 여왕은, 빗치가 문제를 일으켰을 경우를 대비해서 사전에 어떤 명령을 내려 두었다.

그것이 빗치 스스로를 덮쳤다.

나에게 대접할 식사를 빗치 본인에게 먼저 맛보게 한 것이다.

"그래서, 어떻게 됐지?"

"치료원으로 실려갔습니다."

벌을 받은 지 몇 시간도 되지 않았건만…… 완전 꼴통 아냐?

나는 방패 덕분에 독 내성을 갖고 있으니 괜찮을지도 모르지만, 그렇다고 해서 일부러 독극물을 먹는 취미는 없다.

반성이라는 개념이 없는 녀석이군.

그 정도면 완전히 암살 시도 아닌가. 보통은 처형감인데 말이지.

"이 일에 대한 벌은?"

"당연히 벌을 내려야죠. 빗치가 포기할 때까지 계속 따끔한 맛을 보여줄 것입니다."

"으음……. 반성하지 않는 녀석에게는 당연한 벌이군."

"사전에 저지해서 다행입니다. 실제로 피해가 발생했다면, 간신히 얻은 저에 대한 이와타니 님의 신뢰가 물거품이 될 뻔했으니까요."

"뭐……. 뻔하다면 뻔한 행동이었지. 반성하는 것 같은 기색이라고는 눈곱만큼도 없었으니까."

끈질긴 녀석이군……. 그 집념 하나만은 칭찬할 만하다. 도대체 무엇 때문에 그렇게까지 열을 내는 건지는 모르겠지만.

화를 내도 좋을 타이밍이지만, 먼저 선수를 친 여왕의 열의를 인정해 주자.

"똑똑히 감시해 두라고. 피해를 받는 날에는 너랑 한 약속은 당장 휴짓조각으로 만들어 버릴 테니까."

우리를 도와준 일을 계기로 나는 여왕을 딱 한 번 믿어 주기로 마음먹었다.

내 신뢰를 저버리지 않았으면 좋겠다.

"네, 사전에 방지하겠습니다. 이와타니 님이 메르로마르크에 얼마나 필요한 존재인지, 몸으로 기억하게 만들고 말겠습니다."

여왕의 말로는 쓰레기와 빗치에게는 각각 여러 명의 감시를 붙여서 항상 감시하고 있다고 한다.

"얼음 속에 가둬 둔 쓰레기도 감시하고 있다는 얘기군."

"물론이지요. 쓰레기와 빗치의 어리석은 행동이 사라질 때까지, 꾸준히 이와타니 님께 동향을 보고 드릴 예정입니다."

"……알았어."

그 후, 내빈들이 어느 정도 모인 것을 확인한 여왕이 대대적으로 선언했다.

“저 밀레리아. Q. 메르로마르크는 이번 사건을 평정하는 데에 힘을 기울여 주신 분들께 커다란 감사를 표하겠습니다. 여러분, 오늘의 이 만찬을 마음껏 즐겨 주십시오!”

홀에 모인 사람들이 갈채를 보낸다. 지난번 연회와는 전혀 다른 분위기였다.

“와아…….”

필로는 초롱초롱 빛나는 눈으로 연회장에 놓인 음식들을 두리번거리고 있다.

이번 파티는 뷔페 형식과 레스토랑 형식으로 나뉘어 있는 모양이다.

중요한 내빈은 호화로운 레스토랑 형식으로 대접한다. 배가 덜 찼다면 뷔페 쪽으로 이동해서 먹는 것도 가능한 모양이다.

안내에 따라 테이블에 앉은 우리는 대접받은 음식에 입맛을 다셨다.

지난번에 연회장 구석에서 깨작깨작 먹어야 했던 것이 거짓말처럼만 느껴진다.

“이쪽 요리 다 먹으면 저쪽에 있는 것도 가져다 먹어도 돼.”

“정말?!”

“규칙이 그러니까. 먹고 싶은 마음 마음껏 먹어. 대신, 인간형을 유지해야 해.”

"응!"

제공된 고가의 음식을 다 먹어치우고, 필로는 새로운 음식을 찾아 뷔페 코너 쪽으로 깡충깡충 경쾌하게 뛰어갔다.

질보다 양이라는 건가. 필로다운 사고방식이군. 아니, 필로는 맛에도 집착하는 경향이 있긴 하지만.

옛날의 라프타리아를 방불케 하는군.

흘깃, 라프타리아 쪽을 본다.

"왜, 왜 그러세요?"

빤히 쳐다보자, 라프타리아가 쑥스러운 듯 물었다.

"너도 아직 배가 덜 찼잖아? 가서 더 먹어도 돼."

"저는 그렇게까지는 안 먹어요!"

"너무 참으면 몸에 안 좋아. 고된 싸움의 나날이었으니, 영양 보충은 충분히 해 두라고."

"하아……."

라프타리아는 깊은 한숨을 내쉬었다. 도대체 왜 이러는 건지.

"저기…… 나오후미 님은 어떤 여자가 좋으세요?"

"하?"

밑도 끝도 없는 질문이군. 하지만 지금 딱히 좋아하는 여자가 있는 것도 아니고…….

애당초 그런 질문을 들으면 빗치가 떠오르니까 자제해 줬으면 싶은데.

"저기…… 원래 세계에 좋아하는 여자가 기다리고 계신 건가요?"

"무슨 소릴 하는 거야? 그런 녀석이 있을 리가 없잖아."

내가 원래 세계로 돌아가려고 하는 이유가 그런 것 때문일 리가 없잖아. 도대체 무슨 생각하는 건지, 원.

내가 원래 세계로 돌아가고 싶어 하는 건 단순히 이 세계가 싫어서이다.

누명을 뒤집어쓰고, 원치도 않은 싸움을 강요당하고, 아군이어야 할 기사단이 나를 향해서 마법을 퍼붓기까지 한다. 그런 곳에 눌러 살라는 게 오히려 더 터무니없는 소리다.

"하아……."

라프타리아는 또다시 깊은 한숨을 내쉬었다.

"왜 그런 소리를 하는 건지는 모르겠지만, 난 돌아가고 싶어서 돌아가려는 것뿐이야."

모든 일이 다 끝나거든, 나는 주저 없이 원래 세계로 돌아갈 것이다. 그에 대해 이유를 묻는 건…….

그때 퍼뜩, 처음에는 이 세계에 눌러 사는 것도 괜찮겠다고 생각했던 게 떠올랐다.

돌아가기를 절실하게 염원하게 된 건…… 빗치에게 속은 이후부터였던가.

원래부터 그랬었지만, 그 점을 새삼 인식하니 돌아가고 싶은 마음이 한결 더 간절해진다.

"방패 용사님!"

"응?"

목소리가 난 쪽을 쳐다보니 낯익은 지원병들이 내 쪽으로 달려온다.

지난번 파도 때 내 힘이 되고 싶다고 지원했었던 자들이다.

"무사히 다시 뵐 수 있게 돼서 다행입니다."

"너희도 별 탈 없는 것 같아서…… 다행이군."

"……네!"

병사들은 더없이 환한 표정으로 고개를 끄덕인다.

볼까지 빨개지고……. 이 아이는 아마 사성교나 방패교를 신봉하던 녀석인가 보군.

"또 같이 일할 기회가 있으면 잘해 보자고."

""네!""

그런 이야기를 하고 있으려니, 연회장에 다른 용사들이 들어온다.

우선 검의 용사인 아마키 렌이 동료들과 함께 들어섰다.

렌은 늘 쿨한 척하는 소년이다. 검은 복장을 즐겨 입고 있다.

얼핏 보면 쿨한 검사 같은 느낌. 나이는 16세. 용사들 중에서 최연소다.

동료들과 가볍게 대화를 나눈 후, 그들과 헤어져서 혼자 자리에 앉는다……. 뭔가 거리감이 있어 보이는 관계로군.

다음은 활의 용사인 카와스미 이츠키.

내가 이 녀석에 대해 갖고 있는 인상은, 무슨 암행어사라도 된 듯 세상을 바로잡기 위한 여행을 하던 안타까운 녀석이라는 것이다.

활의 용사에게 주어진 권력을 행사해서 정의의 사도 노릇을 하고 있다. 정의감은 그 누구보다 투철하다.

외모는 렌보다 어려 보이지만 실제로는 17세다. 머리는 천연 곱슬머리고, 부드러운 눈매가 사람들을 끌어당기는……지도 모른다.

내가 느끼는 인상은, 피아노를 칠 것 같은 연약한 소년이라는 느낌이다.

하지만 정의감이 지나쳐서 남의 말을 안 듣는다. 외모와는 반대되는 성격을 가진…… 건가?

이 녀석에 대해서는 잘 모른다.

……모토야스는 안 보이는데. 치료원에 실려 간 빗치에게 문병이라도 간 건가?

그리고 마지막이 이 자리에는 오지 않은 창의 용사 키타무라 모토야스다. 나이는 21세라고 그랬던가.

빗치를 동료로 데리고 다니며, 내 결백이 증명될 때까지 멋대로 날뛰던 녀석이다.

외모만 보자면 용사들 중에서 제일가는 핸섬남이다. 약간 불만스럽지만 그 점만은 인정하지.

페미니스트에 여자라면 사족을 못 쓴다.

남의 얘기를 안 듣는 녀석으로, 내가 현상 수배범이 되었을 때는 누가 봐도 말도 안 되는 사건임에도 의문을 품지 않은 채 끈질기게 추격해 왔었다.

좋게 말하자면 동료를 아끼는 마음이 대단하다고 할 수도 있지만, 동료를 전혀 의심할 줄 모르는 바보라고 표현할 수도 있다.

그 때문에, 절체절명의 순간이 될 때까지 이 나라의 진정한 악을 꿰뚫어 볼 수 없었다.

그리고 이 용사 세 사람은 각각 나와 다른 이세계의 일본에서 왔으며, 저마다 이 세계와 유사한 게임을 즐긴 적이 있었다고 한다.

내가 읽었던 사성무기서에도 그들의 특징이 기재되어 있었다.

검의 용사는 메인으로 활약하고, 창의 용사는 동료를 아끼고, 활의 용사는 정의의 사도라는 식이었다.

이야기 속에서는 근사했건만, 저 녀석들은 왜들 저렇게 재수 없는 짓들만 골라 하는지.

"모토야스는 안 온 거야?"

여왕에게 말을 걸어서 묻는다.

"네. 딸의 병세가 걱정된다면서 치료원으로 가셨습니다. 현재, 앞으로의 일을 의논하기 위해 불러오도록 지시했습니다."

"호오……."

여왕은 렌과 이츠키에게 인사를 하러 갔다.

그 후로 한동안 회식이 진행되고, 댄스며 노래 공연도 펼쳐졌다.

다만…… 뭐가 호화롭기는 한데, 지난번에 참가했을 때와는 참가자들의 면면이 상당히 달라졌다는 걸 알 수 있었다. 귀족들은 생각보다 적고 모험가나 병사들이 많다.

그리고 타국 사람들처럼 보이는 녀석들이 많다. 이따금 내 쪽을 훔쳐보고 있다.

이윽고 여왕은 렌과 이츠키를 내 쪽으로 불러오고는 무대로 올라간다.

"뭐야? 무슨 일이지?"

"여왕이 다 함께 모여 달라고 부탁해서 말이지."

"네, 무슨 일인지 모르겠네요. 모토야스 씨도 안 계시고."

"나를 독살하려던 여자의 병세가 궁금해서 치료원으로 갔다나 봐."

"독살?!"

"누군지 뻔하잖아? 그 녀석이야."

"……그래, 정말이었나 보군."

"혹시 여왕이 독을 탄 것 아닐까요?"

"그 시간에는 나랑 같이 있었고, 녀석이 가져온 음식을 녀석에게 먹였다고 그러더군."

"그랬군요……."

그런 얘기를 나누고 있으려니 여왕이 정면을 돌아보고 당당하게 고한다.

"자, 용사 여러분. 이번 연회는 어떠셨는지요?"

"나쁘진 않군."

"네, 성취감이 있네요."

"결백이 증명돼서 일단 마음이 놓여."

"그렇게 말씀해 주시니 다행입니다."

정말이지, 지금까지 해 온 고생이 이제야 열매를 맺는구나, 하고 새삼 실감한다.

여왕은 연신 고개를 끄덕이는가 싶더니 부채를 접어 들고 소리 높여 선언했다.

"이번 사건에 있어, 우리 나라 사람들이 문제를 일으켜서 용사님들께 막대한 폐를 끼쳤습니다. 저희는 그에 대한 보전(補塡)을 해 드리고자 합니다."

뭐라고? 보전?

"머지않아 이 나라 근해에 있는…… 카르밀라 섬이 활성화될 것으로 보입니다. 용사분들께서 용감히 참가해 주시기를 부탁드리겠습니다."

……그 섬은 또 뭐야? 활성화는 또 뭐고?

"그게 정말이야?!"

렌이 흥분한 듯 한 발짝 앞으로 나서서 목소리를 높인다.

"그게 뭔데?"

"설마 보너스 필드인가요?!"

이츠키도 렌과 마찬가지로 흥분한 채 한 발짝 앞으로 나선다.

"뭔데? 뭐가 있는 건데?"

난 이 세계에 대해서는 잘 모른다고. 무슨 일이 일어나려는 건지 좀 가르쳐 달라고!

"이와타니 님은 모르고 계신 것 같으니 설명해 드리지요. 활성화라는 것은 10년에 한 번, 특정 지역에서의 경험치 획득량이 증가하는 현상입니다."

여왕의 얘기를 간추리면 다음과 같다.

카르밀라 섬이라는 섬은 요양지로서 유명한 곳이지만, 한편 위치에 따라서는 다양한 마물들이 밀집해서 살아가는 곳이기도 하다고 한다.

레벨업을 원하는 모험가들도 때때로 찾곤 하는 유명한 곳이며, 특히 10년에 한 번 있는 활성화 시기면 상당히 많은 사람들이 몰려든다고 한다.

이번 사건 때문에 레벨을 올리지 못한 용사들이 손해를 메꿀 수 있는 방법이 이거라는 모양이다.

"물론 숙소 섭외와 배편 섭외는 이미 마쳐 두었습니다. 여러분, 부디 분발하여 참가해 주십시오."

온라인 게임으로 치자면 경험치 증가 이벤트 같은 건가?

경험치의 배율이 좋아지고 적도 만만하다 이거지. 게이머라면 누구나 기뻐할 이벤트군.

"더불어, 용사님들께서 섬에 가기 전에 서로 정보교환을 하시는 게 어떨까 하고 제안을 드리고 싶습니다."

"정보교환……이라구요?"

"네. 점점 더 버거워지는 파도를 극복하기 위해서, 용사님들께서도 서로 연대하여 맞서는 것이 필수 불가결이라고 생각합니다."

"그럴 필요 없잖아?"

렌이 여왕의 제안을 단호하게 가로막듯 말한다.

어이. 뭐가 필요 없다는 거야. 난 네놈들처럼 정보에 해박하지 않다고. 뭘 알아야 싸우든 말든 할 거 아냐.

"하지만 저희가 듣기로는 파도 때 용사님들 사이의 연대가 이루어지지 않았다고 알고 있습니다. 그에 대한 대화는 중요한 일이라고 생각합니다만."

"………."

렌이 침묵한다.

그야 당연히 그렇겠지. 넌 파도 때 기사단 녀석들도 안 데려왔었으니까.

듣자 하니 용사는 동료를 편대로 편성하면, 자신이 파도의 현장으로 소환될 때 그들도 같이 데려갈 수 있다는 모양인데 말이지.

하지만 이 녀석들은 아무도 그렇게 하지 않았다.

그 탓에 나와 함께 파도에 맞서겠다고 나선 지원병들을 제외한 국가의 기사단은 그때의 파도에 참가하지 못하는 꼴이 되었다.

"그 외에도, 용사들끼리 합동 연습을 하거나 동료들끼리 대화를 나누는 것도 중요하다고 생각합니다만?"

"……하긴 그래요. 앞으로 파도를 이겨 나가기 위해서는 필요한 절차일지도 모르니까요."

이츠키가 그렇게 동의했다. 듣기에 그럴싸한 말이니까.

여기서 이의를 제기하면 악당이 될 뿐이다.

나아가 이론을 제기했다가는 전사하고 말 것 같다.

나도 이번에는 동의하는 게 옳다고 생각한다.

용사들끼리는 서로 협력해서 파도에 맞서야 한다는 필로리알의 여왕 피트리아의 충고를 받은 직후이기도 하니까.

예전이었다면 대화 따위는 필요 없다면서 거절했으리라.

보나 마나 날 믿어 주지도 않을 거라면서 말이지.

하지만 렌과 이츠키는 나와 대화를 나눠 보고 삼용교의

설명이 이상하다고 분석했다.

그러니까 나도 조금이나마 믿어 주자.

"그럼 연회 중간에 대화의 자리를 마련하도록 하겠습니다. 자, 자, 용사님들, 다시 자기소개를 하고 따라와 주시지요."

우리는 서로를 마주 보았다.

"들었지?"

"연대는 중요한 일이죠. 뭘 먼저 해야 할까요?"

"각자의 동료들에 대한 소개부터 하는 게 낫지 않겠어?"

"일리 있는 말씀이네요. 그럼 제 동료들부터 소개할게요."

그렇게, 이츠키가 우리를 안내해서 자신들의 동료들에게로 데려갔다.

"이분들이 저와 함께해 주시는 동료들이에요."

이츠키는 나와 렌에게 자신의 동료들을 소개했다.

"자기소개는 처음이었죠, 방패 용사 씨? 그리고…… 몇 번인가 얘기를 나눈 적이 있었죠, 검의 용사 씨?"

"……그랬지."

이츠키의 동료들이 저마다 편안한 자세로 나와 렌에게 자기소개를 했다.

자연스럽다. 축하연 자리인데도 긴장하는 기색이 전혀 없다. 대접받는 게 당연하다는 듯이 병사들에게 접대를 부탁하고 있다.

"방패 용사 이와타니 나오후미야. 잘 지내보자고."

인사하면서 이츠키의 동료들을 확인한다.

어디 보자……. 다섯 명인가? 요란한 갑옷을 입고 있는 녀석이 거만하게 팔짱을 끼고 있다.

내가 응시하는 순간, 갑옷 낀 녀석이 팔짱을 풀었다. 뭔가 불길한 예감이 드는데.

"네, 잘 부탁드립니다. 우리 이츠키 님 친위대는 세계를 위해 싸울 각오로 모였습니다."

""친위대?!""

엄청난 단어가 튀어나왔다. 렌도 나와 마찬가지로 목소리가 뒤집어진 채 이츠키를 쳐다보았다.

어이, 렌, 너도 처음 듣는 얘기였냐. 큰일 났다……. 웃음이 터질 것 같다.

이츠키는 도대체 뭘 하고 있는 거지? 나는 가까스로 웃음을 되삼킨다.

"""그렇습니다. 우리 이츠키 친위대 5인——."""

"죄송해요! 부탁하신 음식을 가져오는 데 시간이 걸리는 바람에!"

목소리가 난 쪽을 돌아보니, 거기에는 여자아이 하나가 대량의 접시를 가져오고 있다.

어이……. 저러다 떨어트릴라.

"아—."

아! 나는 재빨리 움직여서, 떨어지려는 접시를 잡는다.

"죄, 죄송합니다!"

이 아이……. 나이는…… 어느 정도려나.

열네 살 전후쯤? 좀 앳된 느낌이다.

곱게 자란 듯 이목구비가 가지런하다. 이 정도면 꽤 예쁘게 생긴 편인 것 같은데?

좀 마음이 약해 보인다. 모토야스였다면 작업을 걸려고 들었으리라.

덩치가 아담하네. 이츠키의 동료 같은데, 마법 같은 걸로 싸우는 건가?

"왜 이렇게 늦어, 리시아! 자, 너도 자기소개에 끼라고."

"후, 후에에……. 아, 알겠어요!"

"""우리 이츠키 친위대 6인! 앞으로도 잘 부탁드립니다!"""

"아까 5인이라고 하려고 그러지 않았어?"

렌이 나를 향해 뇌까린다. 내 귀에도 그렇게 들렸다. 하지만…… 그렇다고 지적하는 것도 귀찮은 일이다.

"그냥 가만히 있어. 이해하고 넘어가자고."

솔직히 불안하다……. 하지만 나한테 폐가 미치지 않는 한은 이츠키 나름의 방침이라 생각하고 잠자코 있기로 하자.

"어때요? 믿음직하죠?"

“일단 하고 싶은 말은 산더미처럼 많지만, 뭐……. 괜찮은 거 같은데?”

다시 한 번 오른쪽부터 스윽 확인한다. 하나같이 자신감 넘치는 표정들이다.

믿음직하기야 하겠지만, 교황과의 싸움 때는 전력에 전혀 보탬이 안 됐었단 말이지.

이츠키는 득의양양한 표정이지만, 대표인 갑옷남의 표정이 아무래도 맘에 걸린다.

어째 깔보는 시선으로 나를 쳐다보고 있었던 것 같은…… 아니, 그건 다른 녀석들도 마찬가지지만.

리시아라는 아이는 수상쩍게도, 자신 없는 표정으로 두리번두리번 주위를 둘러보고 있다.

“지금까지는 만날 기회가 별로 없었는데, 별난 동료들을 데리고 다니는군.”

렌이 신중하게 말을 선택하며 감상을 늘어놓았다. 나도 대충 같은 감상이다.

“그런가요? 그냥 평범한 것 같은데.”

뭐가 평범하다는 거냐. 친위대라는 이름 하나만 해도 충분히 이상하다고.

부쇼군처럼 세상 바로잡기 여행하는 줄 알았는데, 동료들은 자기들이 친위대라고 떠벌리고 다닌다니.

뭐지, 이 들뜬 분위기. 감당이 안 될 것 같다.

그 후에, 이츠키가 한 명 한 명의 이름을 가르쳐주었으나, 도무지 머릿속에 들어오지 않았다.

그보다 요란한 갑옷을 입은 놈이 날 얕잡아 보듯이 턱을 쭉 뺀은 채 쳐다보고 있는 게 신경이 쓰여서 견딜 수가 없다.

불쾌하기 짝이 없군……. 한마디 해 줘야겠다.

"이츠키."

"왜 그러세요?"

"저 눈매랑 태도를 어떻게 좀 하라고 해. 아직 나를 범죄자로 생각하는 거 아냐?"

"그건 나오후미 씨의 마음가짐 때문 아닐까요? 제가 보기에는 별문제 없는 것 같은데요."

"큭!"

이츠키 녀석……. 짜증 나게 비아냥거리는군.

"그야, 널 볼 때랑은 눈빛부터가 다르니까 그렇겠지."

"그냥 기분 탓 아닙니까? 방패 용사 씨."

"지금 네 얘기하고 있는 거라고. 옆에서 끼어들지 마!"

아무래도 동료들에 대한 교육이 부족한 것 같다. 이츠키의 성격으로 미루어 보아, 평소에 내 험담을 늘어놓았고, 동료들은 그걸 곧이곧대로 믿은 건지도 모른다.

아니……. 용사의 동료들은 애당초 메르로마르크 정부에서 모집한 거였으니까, 근본적으로 방패 용사를 혐오하고 있을 가능성도 부정할 수 없겠군.

“아까부터 마음에 걸렸었는데.”

렌이 가볍게 손을 든다.

“왜 그러시죠?”

“이츠키를 부를 때는 ‘님’이라고 하면서, 왜 나나 나오후미한테는 ‘씨’를 붙이는 거지?”

“검의 용사 씨와 방패 용사 씨는 이츠키 님보다 활약 면에서 한 수준 아래. 저희는 그 때문에 ‘씨’를 붙여서 부르고 있는 것입니다.”

뭐가 어째?

아무리 그래도 그건 말이 너무 심한 거 아냐? 이 녀석은 왜 그렇게까지……. 하지만 주위를 둘러보니, 이츠키의 동료들은 한 명을 제외하면 다들 같은 의견인 모양이군.

그리고 그 한 명은, 허드렛일을 하던 리시아라는 아이였다.

본심은 어떤지 모르겠지만 우리와 동료들의 언쟁에 어쩔 줄 몰라 하고 있다.

렌은 황당한 듯 한숨을 지었다.

“……별 엉뚱한 소리를 다 듣겠군.”

활약 면이라니……. 비밀주의로 일관하던 이츠키가 세상으로부터 어떻게 인식되고 있는지 알고는 있는 건가?

자기 딴에는 암행어사 노릇이라도 하는 기분인 모양이지만, 그걸 아는 사람은 아무도 없다고.

“활약? 제일 눈에 안 띄는 용사라는 평가를 받는 이츠키가? 활의 용사가 어디서 어떤 활약을 했는지, 내 귀에는 하나도 들어온 게 없었는데."

"우……. 렌 씨나 모토야스 씨처럼 칭찬받는 걸 목적으로 행동하고 있는 게 아니니까요. 그러니 그럴 수밖에 없죠."

말문이 막힌 이츠키가 그렇게 말한다.

무슨 말도 안 되는 소리야. 오히려 암행어사 노릇을 하는 게 칭찬 욕구가 발현된 결과 아냐?

정체를 감춘 채 정의의 사도 놀이를 하는 게 취미인 주제에.

"너 이놈……. 이츠키 님을 우롱하는 거냐?!"

"한 판 붙어 볼 거냐? 난 조롱당하고도 잠자코 있을 만큼 착한 놈이 아냐."

렌이 그렇게 뇌까리며 살기를 내뿜고, 칼자루로 손을 가져간다.

"헤에……."

"그러지 마세요! 렌 씨!"

이츠키가 렌과 갑옷남 사이에 끼어들어 제지한다.

"이츠키, 아무래도 우리는 좀 더 대화를 나눌 필요가 있을 것 같군."

"………."

렌이 불쾌한 듯 이츠키에게 쏘아붙였다.

"어쨌거나, 렌 씨와 나오후미 씨는 저와 같은 용사들이니까, 조금 더 경의를 표해 주세요."

"명심하겠습니다!"

갑옷남 무리는 그렇게 경례했다. 하지만 본심으로는 어떻게 생각하고 있을지.

"그럼 다음은 내 동료들을 소개해 둘까."

렌은 퉁명스럽게 뇌까리고 성큼성큼 혼자 걸어간다.

불온한 공기를 남긴 채, 나와 이츠키도 그 뒤를 따라갔다.

"잘 오셨습니다. 방패 용사님, 활의 용사님."

"그, 그래……."

렌의 동료들은 식사를 하고 있었는데, 우리를 보고는 긴장한 표정으로 일제히 일어나서 경례했다.

이츠키의 동료들을 본 직후라 그런지, 좀 맥이 빠진다.

어디 보자……. 렌의 동료들은 총 네 명.

"방패 용사 이와타니 나오후미야."

"활의 용사를 맡고 있는 카와스미 이츠키예요. 전에 몇 번 뵌 적이 있었죠?"

첫날에 본 적이 있었던 녀석이 세 명, 나머지 하나는 나중에 추가로 들어온 건가?

"잘 부탁드립니다, 방패 용사님, 활의 용사님."

"그래."

전부 다 예의가 바른걸.

하지만 이 녀석들……. 내 동료로 들어가는 게 싫어서 렌 뒤에 숨었던 놈들이었지.

그건 절대 잊지 않는다.

방심해서는 안 되고, 신뢰해서도 안 되겠지.

"그때 일은 죄송합니다."

"엉?"

대표로 보이는 남자……. 전사이려나? 그자가 내게 고개를 숙인다.

"아무래도 메르로마르크 국왕이 있는 자리에서 방패 용사님을 편들었다가는 어떤 처벌을 받게 될지 알 수 없는 상황이었던지라."

대표의 뒤를 따르듯 다른 녀석들도 고개를 숙인다.

"염치없는 소리인 줄은 압니다만, 부디 용서해 주십시오."

"아, 알았어."

어째…… 묘하게 상대방이 저자세로 나와서 맥이 빠진다.

지금까지의 경험으로 미루어 보아 뭔가 꿍꿍이가 있는 것 아닌가 하는 의심이 든다.

"그런데 렌 님, 무슨 일 있으셨습니까?"

"아까 용사들끼리 서로 연대하라는 부탁을 받아서, 동료들을 소개해 주는 중이야."

"그러셨군요. 그런데 렌 님, 내일부터의 일정을 확인하고 싶은데, 저희는 어디서 마물들을 해치우면 될는지요?"

""엉?""

나와 이츠키가 동시에 어리둥절해한다.

"머지않아 카르밀라 섬에 갈 거라더군. 준비를 갖춰 둬."

렌은 당연하다는 듯 동료들에게 그렇게 대답했다. 하지만, 문제는 그게 아니다.

"어이, 잠깐. 무슨 얘기를 하고 있는 거야? 렌이 아니라 너한테 묻고 싶은데."

"네……? 저기, 저희는 렌 님과는 따로 파티를 짜고 있으니, 어디에 가서 레벨업을 하면 될지를 여쭤본 것입니다."

……으음, 설명을 들었는데도 이해가 가지 않는 건 왜일까.

아니, 무슨 소린지 이해는 되지만…… 이걸 어떻게 받아들여야 하나. 방침의 차이?

이츠키도 나와 마찬가지로 납득이 가지 않는 모양이었다. 하지만 아까 일도 있고 해서 섣불리 캐묻지 못하는 것 같다.

"뭔가 문제라도 있어?"

"으음……."

뭐, 렌이 만족한다면야, 그걸로 충분한 거 아니겠어?

"렌 씨와는 항상 따로 행동하시나요?"

이츠키가 물었다. 그러자 렌의 동료들이 고개를 끄덕인다.

렌의 동료들 얘기는 이랬다.

렌의 방침은, 동료들에게 적절한 레벨의 마물들이 출현하는 장소를 소개하고 전투 요령을 가르쳐주는 식이라고 한다.

그리고 렌의 지시대로 레벨을 올리면서 마물에게서 얻은 소재며 광석, 도구를 모으는 게 임무라고 한다.

때로는 렌과 함께 강력한 마물을 물리치러 가는 경우도 있다는 모양이다.

"그리고 적의 공격을 받지 않도록 항상 조심하라고 주의를 주셨습니다."

뭐랄까……. 나도 온라인 게임 경험이 꽤 있는 편이라서 이렇게 말하는 거지만, 길드나 시스템을 갖추어 운영하고 있는 조직에서 고레벨 플레이어가 후배 저레벨 플레이어에게 조언해 주는 것을 연상케 한다.

아니, 그거랑 그냥 판박이잖아.

"그렇군요……. 렌 씨는 혼자 싸우고 있었다는 거군요……."

이츠키가 황당해하는 눈길로 렌을 쳐다보고 있지만, 렌은 전혀 눈치채지 못한 것 같다.

렌의 동료들은 선의로 해석하고 있는 모양이지만…….

이건…… 거리감이 느껴지는데.

한마디로 렌은 다른 사람들과 무리를 이루는 게 멋없는 짓이라고 생각하고 있다. 혹은 함께 다니는 걸 껄끄러워하고 있다는 뜻이리라.

온라인 게임을 플레이했었다고는 하지만, 그때도 솔로 플레이만 했을 가능성이 높군.

대규모 이벤트가 있을 때나 강력한 적을 물리쳐야 할 때만 소속돼 있던 조직에서 동료들과 함께 다니는 식의 플레이 스타일이었을 것이다.

혹은…… 소규모 길드에서 면식이 있는 사람만 끌어들여서 후배로 양성하는 식으로만 플레이했다든가……. 그런 식으로 하면 늘 우월감을 느낄 수 있었겠지만, 이세계에 와서까지 똑같이 구는 건 좀 문제가 있는 것 아닌가?

나도 온라인 게임 경력이 있었기에 알아볼 수 있었다.

뭐, 이세계에서 암행어사 노릇을 하고 있는 이츠키와는 서로 닮은꼴이군.

"다음은 나오후미 씨 차례에요."

"그랬었지."

이것 참, 라프타리아와 필로를 소개했다가는 무슨 소리를 듣게 될지.

렌과 이츠키와는 말이 통할 거라고 생각했었는데 아무래도 분위기가 좀 수상하게 돌아가네.

"그럼, 따라와."

나는 라프타리아가 쉬고 있는 곳으로 두 사람을 데려갔다.

"어서 오세요, 나오후미 님. 어쩐 일이세요?"

"아, 일단 용사들끼리의 연대를 강화해 줬으면 좋겠다는 부탁을 받아서, 각자의 동료들을 소개하고 다니는 중이야."

"그러셨군요……. 그럼 자기소개를 할게요. 제 이름은 라프타리아라고 해요."

"검의 용사를 맡고 있는 아마키 렌이야."

"활의 용사 카와스미 이츠키예요. 앞으로는 함께 싸울 일도 많아질 거예요. 그러니까 잘 부탁드릴게요."

"너무 민폐만 끼치지 않는다면 힘을 빌리게 될 수도 있어."

라프타리아는 렌의 말에 멍하니 넋이 나가 있다.

그야 그런 식으로 말하면 꼭 민폐를 끼칠 걸 전제로 깐, 얕보는 소리처럼 들릴 테니까.

"폐를 끼쳐 드린 기억은 없는 것 같은데……."

"렌 씨는 딱히 악담을 하거나 얕잡아볼 생각으로 하신 말씀은 아니었어요. 여러분의 실력은 맞서 싸워 본 저희가 잘 알고 있으니까."

이츠키가 보충한다. 괜히 착각을 부를 소리 좀 하지 마.

"그래……. 생각보다 강하긴 했어."

"아, 맞다. 이것도 좀 궁금했었는데…… 등에 날개가 달린 여자아이도 있지 않았나요? 마물로 변신하는 아이였었던 것 같은데."

"아아, 필로 얘기군. 아마 저기 있을 거야."

필로는…… 뷔페 쪽에서 밥을 입안 가득 욱여넣고 있을

것이다.

나는 필로의 뒷모습을 찾아내고 부른다.

"필로."

"으~응?"

내 부름에, 필로가 식사를 중단하고 우리 쪽으로 다가온다.

"왜 그래 주인님~?"

"아아, 얼굴은 이미 알고 있을 테지만, 나와 같이 용사로서 활동하고 있는 녀석들을 다시 소개하게 돼서 말이야."

"에~?"

필로가 당황한 듯 한 발짝 뒷걸음질 친다.

"창 든 사람이랑 비슷한 사람들이야?"

"아냐, 아냐. 여자라면 환장하는 그런 녀석이랑은 다르다고. 그렇지?"

"네, 그 말씀에는 동의해요."

"맞아. 같은 분류로 묶이다니 억울하군."

이 점에 대해서는 마음이 하나가 되는군. 사실 그 정도까지 여자를 밝히는 녀석들은 아니니까.

"그러니까 너도 자기소개를 해."

"응! 필로의 이름은 필로!"

우와……. 엄청 멍청해 보이잖아! 1인칭이 '필로'라는 게 한층 더 바보스럽다.

"주인님의 마차를 끄는 게 필로의 일이야!"

말하는 본인은 득의양양하지만, 어린 여자애처럼 생긴 녀석이 해맑은 얼굴로 자신을 마차꾼이라고 얘기하는 건 좀 문제가 있는 것 같은데.

렌과 이츠키가 미묘한 표정으로 나를 보고 있다.

"저는 카와스미 이츠키라고 해요. 잘 부탁해요."

"아마키 렌이야. 민폐를 끼치……지는 않겠군. 기대하지."

"응, 잘 부탁해! 활 든 사람! 검 든 사람!"

일부러 풀네임으로 자기를 소개했건만 무기의 특징만으로 불리는 바람에, 렌과 이츠키는 다시 미묘한 표정을 지었다.

……자기소개를 마친 후, 침묵이 우리 세 사람을 지배한다.

라프타리아도 필로도 네놈들 동료들 같은 이상한 언동은 안 한다고.

"라프타리아 양은 노예셨죠?"

"네."

이츠키가 입을 열어서 묻는다. 무슨 소리를 하려는 거지?

"두 분은 주종관계인 셈인데, 나오후미 씨에 대해서 어떻게 생각하세요?"

"그러고 보니…… 그런 관계였었죠. 딱히 의식해 본 적이 없어서요."

라프타리아의 태연한 대답에 이츠키는 어리둥절한 표정이었다.

"애당초, 나오후미 님께서 무모한 명령을 하신 적은 거의 없었는걸요. 그리고 나오후미 님이 저를 의지하고 계신다고 생각하면 더 의욕도 샘솟구요."

"싸우기 싫다고 생각하신 적은 없나요? 자유를 얻고 싶다는 생각은 안 드시나요?"

"안 들어요. 자유를 얻는다고 해도 갈 곳도 없는걸요……. 제 고향은 이미 사라졌으니까. 저는 나오후미 님과 함께 싸우고 싶어요."

"그랬군요……."

"어이, 왜 불만을 이끌어내려는 질문만 해대는 거야?"

동료 소개는 서로의 친선을 위한 거지 단점 찾기가 아니잖아.

"애당초 모토야스가 나오후미에게 결투를 신청했을 때 이 일은 해결됐잖아."

"……하긴 그랬었죠. 죄송해요."

표면상으로는 별일 아니라는 듯 넘어가는 것 같았지만, 이츠키는 뭔가 마음에 걸리는 시선으로 나를 쳐다보고 있었다.

알 게 뭐야. 라프타리아가 노예인 건 사실이지만 지금은 믿음직한 파트너다.

나만의 착각……은 아니라고 믿고 싶지만.

"이제 동료들끼리 대화하기로 하고, 우리는 여왕한테 돌아갈까."

"그러지. 라프타리아……. 렌이나 이츠키의 동료들과 얘기 좀 하고 있어. 앞으로의 연대를 위해서……. 좀 불안하지만, 가능한 한 싸움이 벌어지지 않도록 조심하고."

"네. 알았어요."

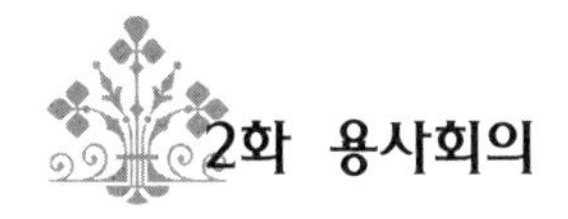

2화 용사회의

렌과 이츠키도 각자의 동료들에게 사정을 설명하고, 우리는 여왕에게 갔다.

그러자 여왕은 우리를 데리고 연회장을 떠나 별실로 향했다. 성의 긴 나선계단을 오른다.

여왕이 우리를 안내한 곳은, 탑 같은 곳의 정상에 있는 방이었다.

방으로 들어간다. 원형 테이블이 중심에 놓여 있는 인테리어다.

원탁 주위에 앉을 모양이군. 나와 렌과 이츠키는 각자에게 마련된 의자에 앉았다.

"이제 곧 창의 용사 키타무라 님도 오실 겁니다. 잠시만 기다려 주시길."

……렌과 이츠키는 따분했는지, 뭔가 아이콘을 보는 듯

눈동자를 이리저리 움직이기 시작했다.

나도 스테이터스나 트리 따위를 확인한다.

여러모로 바빠서 요즘 스테이터스 확인을 소홀히 해 왔었으니, 마침 잘됐군.

5분쯤 경과했을 때였을까.

모토야스가 언짢은 표정으로 도착해 험악하게 나를 노려본다.

"키타무라 님, 제 딸에게 확인하셨을 텐데요? 그건 이와타니 님에게 독을 먹이려 한 것에 대한 벌이었습니다."

"그러고 보니 그런 얘기를 했었지."

렌이 냉담한 시선으로 모토야스와 여왕을 쳐다보며 말한다.

"키타무라 님이 화를 내실 것 같아서, 제 딸 빗치의 입으로 직접 자백하게 하도록 부하에게 명령해 두었었습니다."

빗치는 현재 노예문 때문에 진실밖에 말하지 못하는 상태다.

특히 여왕이나 모토야스의 질문에 대해서는 거짓말은 엄금이다.

아마 모토야스는 치료원에서 빗치로부터 자백을 들었을 것이다. 믿는…… 것 같지는 않군.

"걸레는 아무 잘못 없어! 나오후미가 원흉이라고!"

"제 딸은 이미 자백했을 텐데요? 키타무라 님도 노예 소유권을 갖고 계시니 내용은 이해하고 계실 줄 압니다만?"

"크윽……."

"지금은 어리석은 제 딸 때문에 다투고 있을 때가 아니라는 걸 부디 이해해 주십시오. 제 딸을 소중히 여기고 계신다면…… 세계를 구하는 것이 가장 빠른 지름길일 텐데요."

울분에 찬 얼굴로, 모토야스는 하려던 말을 꾹 참고 자리에 앉는다. 이런 상황에서 의논하는 건가……. 앞날이 불안한데.

방의 분위기도 있어서 마치 원탁의 기사가 된 것 같은 기분이다.

모토야스와 나, 어느 쪽이 배신자 기사의 포지션에 해당하는 걸까?

"그럼 지금부터, 사성용사에 의한 정보교환을 시작하겠습니다. 사회와 진행은 저, 밀레리아. Q. 메르로마르크가 담당하겠습니다. 모쪼록 잘 부탁드립니다."

"그래."

"잘 부탁드릴게요."

"정보교환이라……."

"어차피 얘기할 것도 없잖아."

여왕이 진행을 시작했지만…… 모토야스가 불만 어린 표정으로 쏘아붙인다.

비밀주의도 이 정도면 갈 데까지 갔군. 기분 더러운 건 이해하지만, 그건 그냥 네 여자가 악질이라서 그렇게 된 거라고.

“그럼 사회 및 진행을 맡은 제가 먼저 각국의 반응과 부하들의 목소리를 전해드리도록 하겠습니다.”

응? 여왕 쪽에서 뭔가 하고 싶은 말이라도 있는 건가?

“솔직히 말씀드리죠. 각국의 전승이며 파도에 대한 기술, 그 외의 이야기들을 종합해 보면, 이와타니 님 이외의 다른 용사분들의 실력에 문제가 있는 것 아닌가 하는 의견이 나오고 있습니다.”

“““뭐라고?!”””

세 용사들이 일제히 불쾌한 듯 언성을 높인다.

“그게 무슨 뜻이죠?”

이츠키의 말에 렌과 모토야스가 고개를 끄덕인다.

“다른 사람도 아니고, 왜 나오후미가 제일 강하다는 식으로 얘기하는 거야!”

“그럼 여쭤보지요. 삼용교 교황에 대해, 가장 효과적인 공격을 가한 건 누구였었죠? 그 전의 파도에서도 이와타니 님 이외의 다른 용사분들은 패배했다고 들었습니다만?”

“으…….”

그게 사실이긴 하지.

이 녀석들, 원래 살던 세계에서 비슷한 게임을 해 본 적이 있으니 얼마든지 강해질 수 있다고 떠벌린 것치고는 별로 강한 것 같지가 않다.

처음에는 상당히 뒤처진 것 같은 느낌도 들었지만, 이제는 그다지 힘의 차이를 못 느끼겠다고나 할까.

모토야스도 클래스 업 전의 필로를 상대로 상당히 고전했었다.

실제 레벨이 어느 정도인지는 잘 모르겠지만, 정보에 밝고, 이 세계에서의 전투 경험도 꽤 쌓은 상태 아닌가. 행상일을 하느라 레벨업이 정체되고, 클래스 업도 하지 못한 우리에게 고전하는 건 좀 문제가 있는 거 아냐?

게다가 명색이 용사라면 적어도 보통 사람보다는 강해야 당연한 거…… 아닌가?

지금까지 쓰레기한테 원조를 받아 왔으니 돈이 부족한 것도 아니었을 것이다.

“이 세계 사람들은 용사님들께서 서로 연대할 것을 제안하고 있는 것입니다. 모쪼록 이해해 주실 수는 없을는지요?”

“……알았어요.”

“그래야겠군.”

“……알았다고.”

세 사람 모두 불만스러운 표정이긴 해도 의도는 이해한 모양이다.

“나오후미 씨, 먼저 당신부터 얘기하시는 게 어때요?”

“왜 내가 먼저라는 거야. 여왕은 너희한테도 묻고 있잖아.”

"하지만, 이렇게 말하면 그럴지 몰라도 당신의 동료들은 레벨에 비해 부자연스러울 정도로 강해요. 당신이 갖고 있는 그 음침한 방패도 그렇고요."

"그건 그래. 우선 그 얘기부터 듣고 싶군. 라프타리아라는 그렇다 쳐도 필로라는 마물도 부자연스러울 정도로 강해."

"맞아. 라프타리아도 필로도, 엄청 믿음직하게 강했어."

이 자식들, 정보에 해박하다던 놈들이 나한테 캐묻는 걸 우선시하는 거냐.

라프타리아 등의 성장과 커스 시리즈는, 녀석들이 갖고 있는 지식 속에는 없었던 건가.

이걸 너무 선선히 얘기해 주면 안 되겠는데.

"너희, 정보의 대가를 지불할 수 있겠어?"

"뭐라고?"

"당연한 거 아냐? 너희는 방패는 약한 직업이라면서 나를 외면하고 아무것도 안 가르쳐줬어. 그러니까 내가 내 힘의 비밀을 가르쳐줘도, 자기들은 아무것도 안 가르쳐줄지도 모르지. 내가 필요로 하는 건…… 짐작하겠지?"

이 정도 재료와 지식이 있으면 얼마든지 상대를 교섭의 자리로 끌어낼 수 있다.

비밀주의로 일관하며 가르쳐주지 않았던 정보를 모조리 토해내게 만들어 주마.

"딱히 안 가르쳐준 건 아니었는데……."

"도움말이나 봐."

"뭐……. 하긴 자세히 얘기해 주지 않긴 했었지."

제각각 민망한 듯 대답한다.

"어쨌거나 안 가르쳐준 건 사실이잖아? 방금 도움말을 보라고 했던 자칭 쿨가이. 효율 좋은 사냥터도 도움말에 나와 있던가?"

네놈들은 나한테서 정보를 알아내기 위해 내 눈치를 살살 봐야 한다.

상대방한테서 정보를 얻기 위해서 필요한 게 뭔지 잊고 있는 거 아냐?

서로 피차일반인 건 사실이지만, 교섭을 하려면 그 자리의 분위기를 지배해야 할 필요가 있다.

현재 이 자리에서는 나에게서 정보를 캐내기 위해서는 자신도 정보를 공개해야 한다는 분위기가 형성되고 있다.

조금만 더 밀어붙이면 내 승리로 끝날 것 같은데?

"너희가 비밀주의를 고수하는 것처럼 나도 감추고 있는 거야. 이제 흉금을 터놓고 털어놓을 때가 된 거라고."

"칫!"

렌이 울화가 치민 듯 혀를 찬다.

"그리고 너희 말이야…… 파도 때 한 번 졌다는 걸 좀 자각해. 자칫 잘못했으면 죽을 수도 있었다고."

"무슨 소릴 하는 거예요? 그건 이벤트 전투였어요. 질 수밖에 없는 거였다고요."

"하?"

"그게, 우리 용사들과 그 동료들은 패배해도 치료원으로 실려 가는 정도로 끝나게 돼 있어. 절대로 죽지는 않아. 그런 가호가 걸려 있으니까."

"그 증거로, 교황에게 기습을 당했을 때도 저희는 치료원으로 수송됐었어요."

무슨 헛소리를 하는 거야? 이놈들, 머리가 어떻게 된 거 아냐?

"무슨 말씀을 하시는 건지 이해가 안 되네요. 이와타니 님이 하시는 말씀도 가끔 이해가 안 될 때가 있지만, 이건 도무지 모르겠는데요?"

여왕이 곤혹스러운 목소리로 말한다. 나도 동감이다.

이 녀석들, 지금 '우리는 불사신이다. 무슨 일이 있어도 안 죽는다.' 라고 공언한 거나 마찬가지잖아.

"일단, 너희가 물리치지 못한 교황을 내가 물리쳤었는데……."

"""약한 직업인 나오후미가 쓰러트린 게 아냐. 그 이상한 방패 덕분이지."""

……뭔 소리를 하는 거야, 이놈들.

패배해도 치료원에서 부활? 게임이라도 하는 줄 아는 건가? 이벤트 전투라니 제정신으로 하는 소린가?

그러니까 패했으면서도 절박함을 느끼지 못하는 것이다. 약한 직업이라고 욕을 먹었는데도 분노를 느낄 겨를조차 없다.

이, 이건…….

"그런 얘기는 이제 됐으니까, 다음 얘기로 넘어가자고."

되기는 뭐가 됐다는 거냐……. 이놈들, 아직도 게임 속에 있는 줄 아는 건가.

큰일이다. 이건 진짜 큰일이다. 당장에라도 의식 개선을 해 줘야 한다.

"너희, 이 세계는 게임이 아냐. 죽으면 끝장이라고."

"그러니까 저희한테는 가호가 걸려 있다니까요."

"맞아."

"그렇다니까."

틀렸어……. 얘기가 안 통해…….

나는 지금 이 세계에 온 뒤로 겪었던 수많은 일들 중에서도 1, 2위를 다툴 만큼의 위기감을 느끼고 있었다. 하지만, 주의를 줘도 쇠귀에 경 읽기라면, 적당히 말을 맞춰 주는 수밖에 없다.

이 녀석들이 죽더라도 헤쳐나갈 수 있도록 나 스스로를 단련하는 수밖에…… 아니, 안 된다.

피트리아가 말했었다. 사성용사 중에 결원이 발생하면 파도가 그만큼 거세진다고.

"……너희, 그런 상황에서 나를 죽이려고 들었었지? 그 경우에는 어떻게 되는 거지?"

"그야…… 죽는 것 아닐까요?"

대수로울 것 없다는 듯 이츠키가 대꾸한다.

살인에 대한 저항감 따위는 없는 거냐. 악인을 징벌하기만 하면 장땡이라는 거냐.

"난 이상하다고 생각했어. 못 죽이는 거 아닐까?"

"보통 원래 세계로 추방되는 거 아냐?"

"모토야스, 네놈을 추방해 주랴?"

그런 실증 불가능한 짓을 할 수 있을 리가 없잖아!

"어쨌거나, 이제 그 게임 감각은 좀 집어치워! 너희가 지금까지 살아남은 것 자체가 기적이었을 뿐이라고!"

그야말로 마이동풍, 세 사람 모두 내 얘기 따위 대충 흘려듣고 있다……. 이거야 원, 언제 한 번 따끔한 맛을 보기 전에는 이해를 못 하겠군. 이해했을 때는 이미 늦은 후였다……라는 식이 되면 골치 아플 텐데.

"하아……. 복습을 겸해서 처음부터, 도움말에도 실려 있는 내용부터 설명해 주시지. 안 그러면 나도 아무것도 안 가르쳐줄 테니까."

"……할 수 없지. 귀찮지만 나오후미가 그렇게까지 말한다면 해 주는 수밖에."

"네, 용사들끼리는 서로 끌어주고 밀어줘야죠."

"뭐, 결과는 달라질 게 없지만. 어차피 할 일도 달라질 게 없고."

어쨌거나 나도 강해지는 방법을 알아내는 게 우선이다.

이 녀석들 때문에 흐트러졌던 페이스를 다시 내 페이스로 되돌려야겠다.

"아, 설마 수지 타산을 맞추기 위해 거짓말에 동조하는 짓을, 세계를 구하는 정의의 사도가 할 리는 없겠지, 이츠키?"

"거, 거짓말이라니, 누가 거짓말을 한다고 그러세요!"

"그야 모르는 일이지. 뻥을 치는 건 꼴사나운 일이지, 렌?"

"그, 그래."

"뻥쟁이는 여자들한테 미움을 산다는 걸 명심하라고, 모토야스."

"하, 하긴 그렇지."

이 정도면 되려나? 거짓말을 봉쇄해 놓고 얘기를 끌어낼 전제를 구축하는 작업은.

내가 가진 이미지에 따르면 렌은 폼 안 나는 일을 싫어한다.

모토야스는 여자에게 잘 보이고 싶어 한다.

이츠키는 정의, 뭐, 독선이라고 쓰고 정의라고 읽는 식이겠지만, '거짓말=악' 이라는 도식이 존재하는 이 자리에서는, 대놓고 거짓말하기는 껄끄러운 상태다.

이걸 지적해 두면 가짜 정보를 흘리지는 못하겠지.

"그럼 이츠키, 너부터 시작하지. 제일 초보적인 정보라도 좋으니 얘기해 봐."

"도, 도대체 왜 나오후미 씨가 진행하시는 건데요?"

이츠키는 불쾌한 듯 미간을 찌푸렸지만 그래도 결국 우리를 쳐다보며 말을 꺼냈다.

"용사의 무기는 무기에 넣은 재료에 의해 해방되고 여러 단계의 트리를 통해서 강화되게 되어 있어요. 제가 플레이했던 디멘션 웨이브라는 게임에서도 비슷한 시스템이 있었지만 그 폭이나 변화의 정도가 더 크네요."

"응? 완전히 똑같은 건 아니라는 거야?"

"네. 거의 똑같긴 하지만 제가 모르던 무기도 많이 있어요."

그렇다면 무기에 대한 정보를 완전히 다 알지는 못한다는 거군.

하긴, 해방되는 능력을 전부 다 알고 있었다면 노예나 마물 계통 방패의 효과를 모를 리가 없었을 테니까.

"그리고 한 번 변화시켜도 전 단계 무기가 그대로 남아있다는 것도 차이점이네요."

렌과 모토야스도 고개를 끄덕인다. 일단은 다른 부분도 있다는 건가……. 마음에 좀 걸리는데.

"다음은 내 차례군."

렌이 손을 들고 얘기한다.

"이츠키가 한 얘기의 연장선상이야. 해방된 무기에 의해 장비 보너스를 획득할 수 있어."

이것도 확실한 정보다. 나도 계속해 왔던 작업이니까.

"뭐, 이 장비 보너스 제도가, 내가 했었던 브레이브스타 온라인과는 좀 다르긴 하지만."

"다르다고?"

"그래, 스킬 습득은 스킬 포인트와 숙련도에 따라서 할 수 있게 돼 있었어."

뭐, 이 점은 확실히 다른 점이니 충분히 수긍이 간다. 내가 플레이하던 게임에서도 스킬 포인트가 존재해서, 그걸 분배함으로써 자신만의 독창적인 캐릭터를 만들 수 있도록 되어 있었으니까.

뭐랄까, 이 방패는 트리를 해방하기만 하면 모든 스킬을 습득할 수 있는 것 아닐까 하는 생각이 들 때가 있었다.

그나저나…… 이렇게 차이점이 많은데도, 이 녀석들은 다 같은 게임을 했었다고 생각했었다는 건가.

"하긴 그러네요. 일리 있는 말씀이에요."

"그래."

"하지만 모든 스킬을 습득할 수 있는 건 우리가 용사라서 그런 거겠지."

……아아, 그런 건가. 보통 모험가는 한정된 스킬밖에 습득할 수 없는 거라는 식으로, 뇌 속에서 상황을 변환시키고

있는 거로군. 자신들은 전설의 무기가 가진 힘 덕분에 보통 사람들과는 다른 힘을 얻은 거라고 말이지.

"다음은 내 차례군. 같은 계통의 무기를 들면 그 무기를 복제할 수 있는 웨폰 카피 시스템이 있는 건 알고 있겠지?"

"……하?"

그게 뭐야? 난 처음 들었다고!

"네, 이건 큰 차이점이었는데, 공짜로 강한 무기를 얻을 수 있어서 큰 도움이 됐어요."

"그래, 우리는 용사니까. 이런 일이 있어도 이상할 게 없지."

"다들 알고 있겠지만, 용병의 나라 제르토블의 수도에 있는 무기상에는 좋은 무기가 많아."

모토야스의 말에, 아주 당연한 말이라는 듯 고개를 끄덕이는 두 사람.

"그게 무슨 소린데?!"

밑도 끝도 없이 튀어나온 폭탄 발언에 나는 언성을 높였다.

웨폰 카피?

도움말엔 그런 거 없었다고. 넉 달 가까이 이세계에 있었으니 도움말은 이미 샅샅이 훑어보았는데도 말이다.

이 녀석들의 설명으로 미루어 보아, 가게에서 파는 무기를 들면 그 무기가 해방된다는 건가?

"나오후미 씨. 그런 것도 모르셨어요? 살아계신 게 용하네요.”

우와, 짜증 나. 그 눈빛 무지하게 짜증 난다고! 어쩐지 이상한 방패만 나온다 싶더라니.

그러고 보면, 아이언 실드니 라운드 실드니 버클러니 하는 보통 방패가 없는 게 좀 이상하다고 생각한 적이 있긴 했지.

“너희, 그거 직접 알아낸 거야?”

“알아내고 자시고 할 것도 없이, 가게에서 파는 무기를 쓰려고 하는 건 당연한 일이잖아? 우리 전설의 무기도 처음에는 너무 약했으니까. 앞으로 강하게 성장시켜 나가라고 해도 처음에는 좀…….”

그러고 보니 나도 그냥 방패 따위는 포기하고 다른 무기를 써 볼까 하는 생각을 한 적이 있었지.

그랬더니.

『전설무기의 규칙 사항, 전용무기 이외 소지 규정을 위반했습니다.』

라는 메시지가 튀어나와서, 전투에는 쓸 수 없다는 걸 이해했었다.

“규칙 사항 때문에 튕겨나가기는 했지만, 그 무기를 카피해서 장비하는 건 가능했었어.”

“그랬지.”

“맞아요.”

머리가 아파 오기 시작했다.

그야 난 방패니까, 공격력을 중시하느라 가게에서 파는 방패에는 관심도 안 가진 건 사실이었어.

성장하는 방패라는 방어구를 갖고 있으니 한손검 같은 무기를 들어 보려고 했지.

그래서 알아채지 못했던 건가?

"……얘기 계속해 봐."

보아 하니 내가 모르던 정보가 썩어날 만큼 튀어나올 것 같다.

"마물을 죽이면 소재를 얻을 수 있는 동시에, 무기 항목 내에서 조사해 보면 드롭 아이템을 얻을 수 있지."

드롭?

아……. 그러고 보면 보통 온라인 게임에서는 마물이 아이템을 떨어뜨리곤 하지.

마물 자체에서 나오는 소재와는 관계없는 아이템도 나오고.

내가 바보였어! 그 정도는 추리해서 해답을 이끌어냈어야 했는데!

"뭔가 가게에서는 엄청나게 비싸게 팔리는 아이템들도 나오니까. 재고도 꽤 있는 것 같고, 이 점은 이세계라는 게 실감이 난다니까."

"맞아."

"그래요. 마물의 드롭을 통해서만 구할 수 있는 아이템도 있고요."

아까부터 뭔가 엄청난 정보들이 줄줄이 튀어나오잖아. 게다가 나 빼고는 다들 알고 있었던 것 같다.

처음에도 느꼈었지만 참으로 불쾌하기 짝이 없다.

"아니면 도구로 제작할 수도 있지."

"기능계 능력 말이죠? 그건 처음부터 있는 능력이니까요."

"……일단 좀 자세히 말해 줘."

이 녀석들이 당연하게 생각하는 것이 내게 있어서는 경악할 만한 사실일 가능성이 있다. 마음 단단히 먹고 들어야겠군.

"기능 스킬과 레시피를 습득하면, 무기에 재료를 먹이고 시스템을 이용해서 만들 수 있어요. 한동안 기다리면 무기가 나오죠."

시스템을 이용해서 무기를 만들 수 있는 거였어?! 어떻게 그럴 수가! 나는 지금까지 수작업으로 만들어 왔다고!

직접 만들어도 일단 효과는 발휘되긴 하겠지만, 레시피만 있으면 무기가 알아서 만들어 준다는 것이다.

그렇다면 모토야스가 마력수를 엄청나게 갖고 있는 이유는 시스템이 만들어 준 덕분이었던 건가.

재료는 마물로부터의 드롭을 통해서 쉽게 손을 얻을 수 있고?

"문제는 드롭이나 제작 아이템 이외에는 꺼낼 수 없다는 점이지."

"맞아. 마음대로 집어넣었다가 꺼냈다가 할 수 없는 게 문제지."

일단은 단점도 있는 모양이지만 내 입장에서는 지금 그게 문제가 아니다.

이렇게 다양한 강화 방법이 있었을 줄이야…….

"사냥터에 대해서는 뭐라고 한 번에 말씀드리기는 힘들 것 같아요."

"그래. 이건 일람을 만들면 되긴 하지만, 이 정도 레벨에서는 적정한 마물을 사냥한다는 원칙만 지키면 어디서 사냥하든 마찬가지니까."

"그 원칙은 지키도록 해."

"맞아요."

"그럼 그것 말고는 무슨 방법이 있지?"

내용을 머릿속에 새겨 넣으며 이야기를 듣는다.

"그럼, 나오후미 씨는 모르고 계신 것 같으니까, 강해지는 비결을 특별히 가르쳐드리죠."

이츠키가 가슴을 펴고 얘기를 꺼낸다.

"이 세계에서는 말이죠, 무기의 레어도가 전부예요. 부여능력 같은 건 어디까지나 덤이고요. 기본적으로 강하지 않으면 의미가 없다는 거죠."

"유니크 무기니 레전드 장비니 하는, 그런 거?"

"네. 인식 자체는 틀리지 않았어요."

"대놓고 거짓말하지 마!"

"처음엔 사실을 말하고 중간부터 거짓말을 섞다니 꼴사나운 짓이군."

렌과 모토야스가 단호한 말의 칼날로 이츠키를 찍어 누른다. 비밀주의도 이 정도면 갈 데까지 갔군.

같은 지식을 공유한 용사가 둘이나 있는 상황에서 거짓말이라니……. 어떻게 돼먹은 놈이야.

"무, 무슨 말씀을 하시는 거예요?! 이건 진실이잖아요!"

"아니, 거짓말이야."

"그래. 넌 거짓말하는 놈이었군."

"아, 아니에요! 거짓말 같은 건 한 적 없다고요!!"

응? 이츠키의 태도가 종전과는 전혀 다르다. 진심으로 화가 나 있는 것 같다.

뭔가 좀 걸리는데.

"일단 끝까지 한번 들어 보기로 하지."

내가 두 사람의 말을 흘려 넘기고 이츠키에게 다음 얘기를 재촉한다.

"아, 알았어요. 그 외에는 무기에 따라 저마다 다르지만 광석을 사용해서 강화하는 방법이 있어요."

제련이라……. 많은 게임에 등장하는 시스템이긴 하지.

"최대 수치까지 강화하는 게 원칙이에요."

"실패 가능성이 있잖아. 그런 위험한 거짓말을 하면 못쓴다고."

모토야스가 주의를 준다.

"실패 같은 게 어디 있다는 거예요?!"

실패 확률이 없다고? 어느 쪽이 맞는 거야?

"무슨 소리를 하는 거야? 애당초 강화하는 데 광석은 쓰지도 않잖아."

"아까부터 부정만 해 대고! 렌 씨도 뭐라고 말 좀 해 보세요!"

"나 말이야? 그래, 거짓말쟁이들에게 속아 넘어갈 위기에 처한 나오후미에게 진실을 가르쳐주도록 하지."

왜 나를 지명하고……. 뭐, 내가 진실을 모르는 건 사실이지만.

"이 세계는 레벨이 전부야. 뭐가 어찌 됐건 레벨만 높으면 어떻게든 해결할 수 있어."

"거짓말하는 건 안 좋아."

"맞아요! 태연한 얼굴로 거짓말 좀 하지 마세요!"

어느 쪽이 맞는 건데?!

"나오후미, 보아 하니 이 녀석들은 입을 맞춰서 너를 속이려고 드는 것 같으니까 내가 특별히 가르쳐주지. 무기를 강하게 만들려면 숙련도를 변환시켜야 해."

"숙련도?"

"그래, 같은 무기를 계속 사용하면 그 무기는 점점 더 강해지니까. 그리고 더 이상 그 무기가 쓸모없게 됐을 때 숙련도를 에너지로 변환시키는 거지. 그 에너지를 새 무기에 부여하면 숨겨져 있던 힘이 해방되게 돼 있어."

"무슨 말도 안 되는 거짓말을 하시는 거예요?"

"다른 녀석들 말은 무시해. 숨겨진 힘이 해방되면, 이제 무기의 희소성을 증가시키기만 하면 완벽해. 본래는 실패하면 무기도 사라져 버리지만, 전설의 무기는 상관없는 모양이더군."

귀가 혹할 만큼 그럴싸한 얘기지만, 도움말에는 그런 내용 없다고.

렌, 이츠키, 사실을 좀 얘기해 달란 말이다.

"뭐 이런 녀석이 다 있담. 쿨한 척하면서 사악한 짓만 골라 하다니. 나오후미랑 다를 게 없는 놈이잖아."

모토야스가 내뱉듯이 말했다.

"뭐가 어째?!"

"맞아요, 렌 씨 말을 믿으시면 안 돼요. 거짓말이니까."

"구분이 안 가. 어떻게 해야 하는 거야? 그리고 난 사악한 짓 한 적 없어!"

"우선 트리를 열어서 사용하고 있는 무기를 체크하고, 숙련도를 살펴봐."

렌의 지시대로 트리를 열어서, 자주 사용하는 키메라 바이퍼 실드 항목을 살펴본다.

그냥 확인하니 간단한 스테이터스만 표시되는데.

이걸 체크하라고? 어째 수상한데.

톡 하고 손가락으로 건드려 보지만…… 아무 일도 일어나지 않는다.

"아무 일도 안 일어나는데……."

역시 거짓말이었나. 어차피 처음부터 믿지도 않았지만, 이 녀석들은 끝까지 거짓말을 하고 싶은 모양이군.

이렇게 되니 웨폰 카피라는 것도 수상한데.

"그럴 리 없어! 다 알면서도 나에게 거짓말쟁이의 낙인을 찍으려는 꿍꿍이군!"

"나도 그런 건 없어."

"저도 마찬가지예요. 도움말에 없다고요!"

"그게 무슨……. 필요 없어! 얘기한 내가 바보였군."

각 용사들의 주장에 렌은 불쾌하기 짝이 없는 표정으로 팔짱을 낀 채 주저앉는다.

항상 쿨한 척을 하던 렌치고는 상당히 감정적인데. 아니, 렌의 주장이나 이츠키의 주장이나, 다른 두 사람이 거짓말이라고 하는 걸 보면 아마 거짓말이겠지만……. 도움말에도 안 나오고.

"아직 제 얘기가 안 끝났었죠? 그 외에 무기를 강화하는 방법으로는, 아이템에서 에너지를 분리해 내서, 확률적으로 무기의 성능을 퍼센트 단위로 향상시키는 인챈트가 있어요.”

“‘공격력 10퍼센트 향상’이라는 식으로?”

“네, 이건 위험부담이 크지만요. 실패하면 0이 돼 버리니까요.”

“거짓말 마. 나 참, 다른 게임의 지식을 나오후미한테 주입하지 마.”

“거짓말이 아니라니까요! 그런 다음에 마물이나 아이템의 힘을 무기에 부여하면 스테이터스가 향상되게 돼 있어요. 이건 모든 무기에 공통되는 거죠. 기본 레벨과는 다른 범주의, 직업별 레벨 같은 거예요.”

호오……. 뭔가 내 세계에도 비슷한 게임이 있었던 것 같다. 장비를 육성해서 캐릭터의 능력에 보탬이 되도록 하는 거 말이지. 대단한 정도는 아니지만 무시할 수도 없다. 게다가 필살기 같은 것도 세팅할 수 있었던 것 같다.

“그래, 그래, 입에서 나오는 대로 막 지껄이는 렌과 이츠키는 무시해 두고, 이제 내 차례야.”

“별로 기대는 안 하지만…….”

이쯤 되니 전부 다 거짓말처럼 들린다.

“까놓고 말해서 이 세계는 무기의 강화 제련과 스테이터스 수치가 전부야. 레벨이 낮더라도 성능을 최대한 끌어낼 수 있는 특화된 스테이터스가 있으면 아무 문제없어. 극단적으로 말해서, 초기 무기라도 제대로 제련만 하면 강해진다고! 내 장비 보너스는 모두 공격력에 특화시켜 뒀지."

"거짓말 마!"

"맞아요, 나오후미 씨. 속으시면 안 돼요!"

모토야스는 그들의 항의를 무시하고 나를 향해 설명한다.

"무기에 따라 다르겠지만, 우선 제련용 광석을 조달해서 제련하는 게 무엇보다 중요해. 다만, 실패하면 본래의 에메랄드 온라인에서는 무기가 소실…… 없어지게 돼 있어. 하지만 전설의 무기는 제련 수치가 0으로 되는 정도로 넘어가지."

"그런 게 어디 있어요?!"

"그래!"

이건 완전히 야유 대회나 다름없잖아. 여왕과 그 측근들도 곤혹스러운 표정이다.

솔직히 나도 마찬가지로 곤혹스러운 심정이다.

다 같이 거짓말을 하면 무서울 게 없다는 심정인가?

"그리고 제일 중요한 게 스피리트와 스테이터스 인챈트지. 무기에 먹인 마물의 영혼 조각과 아이템에 따라 효과가 달라지게 돼 있어. 무기에 다양한 가호가 걸리게 되는 거지. 예를 들어 대인전 성능을 높이고 싶다면 인간에게 주는 대미지 상승효과를 최대치까지 붙일 수 있어."

"이츠키가 한 얘기랑 비슷한 거 아냐?"

"붙일 수 있는 개수가 한정되어 있어. 퍼센트도 고정이고."

"거짓말 좀 작작 하세요!"

"그래. 다른 게임 얘기는 지긋지긋해!"

이츠키와 렌이 언성을 높이자, 모토야스는 불쾌한 듯 돌아본다.

"나 참……. 왜 그렇게 거짓말만 하시는 거예요?!"

"누가 할 소리!"

"둘 다 마찬가지야!"

"거짓말인지 어떤지는 모르겠지만……."

분명 중간까지는 다들 공통된 인식을 갖고 있었는데 어느새 의견이 갈라져 있다.

렌도 이츠키도 모토야스도 지금껏 본 적이 없었을 만큼 신경이 곤두서 있다.

"유력한 가능성은, 각자가 가진 무기의 강화 방법이 서로 다르다는 거군."

"……일단은 그렇다고 쳐 두죠."

"흥. 그렇다고 치면 말이 되긴 하니까, 일단 보류해 두지."

"그렇게 생각하면, 나는 그 어느 것에도 해당하지 않았다는 건데 말이지……."

자기들끼리 얘기를 매듭지어 버렸다.

뭐, 이렇게까지 진심으로 화를 내는 걸 보면 거짓말은 아니었던 모양이군.

만약에 지금까지 한 말들이 거짓말이었다면 어차피 이 녀석들 평판만 악화될 테니까.

"그럼……. 마지막은 내 차례군."

"네, 저희도 패를 내보였으니까 제대로 얘기하셔야 해요."

"너희가 거짓말이라고 생각해도 난 책임 못 져."

이거야 원, 어째 점점 혼란에 빠진다.

"무슨 얘기부터 듣고 싶지?"

……솔직히 말해서, 아직도 게임 속처럼 구는 녀석들일지언정 조금이라도 실력이 향상되지 않으면 내 목숨이 위태롭다.

그러니까 숨기지 않고 얘기하는 게 좋을 것이다.

"라프타리아와 필로가 가진 힘의 비결이야."

"아아, 그건 노예사의 방패와 마물사의 방패라는 시리즈에 속한 장비 보너스, 즉 노예와 마물의 성장 보정, 스테이터스 보정이라는 효과와 강한 관련이 있어. 필로는 그 외에도, 필로리알의 방패 시리즈라는 것을 통한 장비 보너스의 보정까지 더해져서 스테이터스가 상승했고."

클래스 업 때 번쩍인 바보털에 대해서도 얘기해야 하려나? 상황을 봐서 대처하자.

"내가 하던 게임의 방패사에게는 그런 편리한 힘은 없었는데."

"좀 믿기 힘든 얘기네요. 그런 편리한…… 이렇게 얘기하면 좀 그렇지만, 치트에 가까운 성능을 가진 방패를 어디서 구하신 거죠?"

치트……. 뭐, 그런 소리를 들어도 할 말은 없지만.

"노예사의 방패는 노예의 문양을 새길 때 사용하는 잉크를, 마물사의 방패는 필로가 태어났을 때 알 껍질을 먹였더니 나오더군."

"뭐, 출처를 확실히 알 수 있으니 시험해 보는 것도 괜찮겠군."

"너희 무기에서도 나올 거라는 보장은 없어."

"거짓말일지도 몰라요."

"멋대로 지껄이라지. 어쩌면 이게 바로 전설의 방패가 가진 독자적인 강화 방법인지도 모르지."

"그렇다고 쳐도 필로는 이상할 정도로 심하게 강해졌어. 예전부터 강했던 것 같긴 했지만, 그 차원을 넘어서 갑자기 확 강해진 느낌이 들었다고. 무슨 일이 있었던 거지?"

"아아, 그게 궁금하단 말이지? 모토야스, 너한테서 도망치는 도중에 삼용교에 소속돼 있던 귀족이 봉인돼 있던 마물을 해방한 적이 있었거든."

"그 소문은 나도 들었어. 나오후미가 저지른 짓이라고 들었는데……."

여왕이 중간에 끼어든다.

"아뇨. 조사 결과, 그 지역을 맡으며 악정을 펼치던 귀족이 이와타니 님께 패한 결과를 인정하지 못하고 마물을 풀었다고 하더군요."

그러고 보니…… 그때, 옆 도시에서 아인 우대 정책을 펼치던 귀족, 내가 속으로 싹싹남이라고 부르던 녀석은 어떻게 됐을까?

"여왕, 이웃 도시 귀족은 어떻게 됐어?"

"사건이 해결되면서 현재는 영지로의 복귀를 준비하고 있습니다. 고작 며칠간의 일이었지만 체력이 너무 저하돼 있었기에 요양을 시키려고 합니다."

"그랬군……."

그 귀족은 라프타리아와 같은 고향 출신인 녀석과 함께 있었을 터. 무사하기를 기도하는 수밖에 없겠군.

"그 해방된 마물이 어쨌다는 거죠?"

"그 마물을 사람들이 없는 곳으로 유인해서 싸우고 있는데, 필로리알의 여왕인 피트리아라는 녀석이 나타나서 마물을 해치우고, 신비한 힘으로 우리를 안전한 곳으로 전이시켜 줬어."

"전이라고요?"

"어쩐지……. 갑자기 행적을 찾을 수가 없게 됐다 싶더라니. 그래도 좀 수상하군."

"하지만 전이 스킬은 분명히 존재하잖아요. 나오후미 씨가 그 스킬을 모른다는 건 도망치는 방식으로 보아 알 수 있었지만, 어디선가 쓸 수 있는 방법을 구한 거라고 생각했어요."

이츠키의 말에 렌이 고개를 끄덕이고 모토야스도 마지못해 수긍한다.

"응? 그런 방법이 있는 거야?"

"네, 있어요. 저한테 있는 건 전이궁(轉移弓)이라는 스킬이에요. 등록한 장소로 파티 멤버와 함께 날아갈 수 있죠."

"내 건 전이검이야. 효과는 똑같고."

"난 포털 스피어. 그런 것도 몰랐냐?"

"처음 듣는 소리라고!"

뭐야, 그거. 용사들은 그런 편리한 것도 할 수 있는 거였어?!

"무기 해방 조건이 레벨 50이라 좀 높거든요."

그럼 나는 아직 못 한다는 거 아냐. 내 레벨은 43이니까.

잠깐, 그럼 한마디로 이 녀석들은 최소한 레벨 50 이상이라는 거잖아.

"재료는?"

"용각의 모래시계의 모래."

"그랬단 말이지……."

세 사람 모두 고개를 끄덕였다. 그건 그렇고——.

"그런 귀한 물건을 그렇게 순순히 주다니!"

"부탁하니까 그냥 주던데."

아……. 내가 갔을 때는 삼용교 수녀가 있었으니까, 내가 부탁했더라도 절대 안 줬겠지.

"그래서? 전이한 곳에 무슨 일이 있었지?"

"거기서 필로한테 전투 훈련을 시켜 준 다음, 능력을 대폭으로 상승시키는 힘을 필로에게 부여해 줬어. 그리고 용사들끼리 친하게 지내라는 설교도 들었고. 안 그러면 모조리 죽여 버리러 오겠다더군."

우와……. 셋 다 절대로 안 믿는 표정들이잖아.

"거짓말인 것 같으면 필로랑 싸워 보든가. 아까 클래스업을 한 덕분에 능력이 한층 더 강해졌으니까, 예전보다 더 세졌을걸."

현재 필로의 종합적인 스테이터스는 나보다 두 배는 더 된다고.

모토야스는 나를 상대로도 고전했었으니, 이길 수 있을지 의심스럽군.

"아니……. 그럴 것까진……."

"그럼 다음 질문이에요. 교황과의 전투 때…… 나오후미 님의 전투력이 이상할 정도로 강했었죠? 그 기분 나쁜 방패와 스킬은 게임에선 본 적이 없었는데요."

이츠키가 뭔가 묘하게 마음에 걸리는 눈으로 나를 품평하듯 쳐다본다.

"어디서 그 힘을 얻은 거죠? ……아니, 이렇게 말하는 게 옳겠군요. 어디서 신을 만난 거죠?"

"하아?"

"어디서 신을 만나서 치트 방패를 받으신 거죠? 제가 읽은 인터넷 소설에서는 그런 힘을 손에 넣어서 다른 사람을 앞지르는 캐릭터가 있었다고요. 가르쳐주세요."

어이! 나도 그런 소설은 읽은 적 있지만, 여기서 그런 얘기를 꺼내는 게 말이 되냐.

……이 세계에 온 후로 지금까지 불쾌한 일을 겪은 게 한두 번이 아니었지만, 이렇게까지 답답한 소리도 드물었다.

"치트라니 말도 안 되는 소리!"

"아뇨, 아뇨. 방패사가 전력이 된다는 것만으로도 충분히 치트예요."

렌과 모토야스도 고개를 끄덕인다.

"어디서 손에 넣은 거죠? 우리가 그 힘을 손에 넣으면 훨씬 더 강해질 수 있을 테니까, 어서 가르쳐주세요."

당연한 일이라는 듯 태연하게 지껄이는 이 녀석들의 태도에 분노가 치밀어 오른다.

"그냥 내 노력 덕분이라고 생각할 순 없는 거냐?"

"설마요."

천박한 놈들 같으니. 방패사는 약한 직업이라고 처음부터 믿어 의심치 않고 있다.

내 감으로는, 방패의 힘은 이 녀석들이 얘기하는 것처럼 약한 건 아니다.

내가 이 녀석들보다 잘 싸울 수 있게 된 건, 꾸준하게 스테이터스 증가 장비 보너스를 증가시키고 큰 대가를 치르면서까지 커스 시리즈에 손을 댄 덕분이라는 게 나의 분석이다.

그런데 이 녀석들은 내가 어딘가에서 치트 능력을 손에 넣어서 자신들에 못지않은 힘을 얻은 거라고 생각하고 있는 것이다.

"그 방패는 분노의 방패라는 거야. 전설의 방패 속에 있는 커스 시리즈라는 녀석이지. 어떻게 출현한 건지는…… 이건 내 추측이지만, 내가 분노에 지배당했기 때문이라는 대답밖에는 해 줄 수가 없군. 처음 출현한 건 모토야스와 결투했을 때였어. 그때까지 쌓여 왔던 울분과 부정에 대한 분노 때문에 말이지."

그때, 나는 갈 곳 없는 분노에 지배당해 가는 상황이었다.

라프타리아가 제지해 주지 않았더라면 어떻게 됐을지 짐작도 가지 않는다.

"도움말에 실려 있던데? 그에 상응하는 대가를 치르게 돼 있다고. 너희가 제어할 수 있을까? 참고로 교황을 물리칠 때 쓴 스킬 때문에 나는 현재 스테이터스가 저하된 상태야."

렌이 도움말을 살피듯 눈과 손가락을 조작하고 있다.

그리고 마치 당연한 일이라는 듯이 말했다.

"……없어. 그런 항목은."

아니아니아니, 나한테는 분명 있다고……. 분노의 방패

가 해방된 뒤부터였지만.

"어쩌면 해방되기 전에는 안 나오는 건지도 모르지."

"온라인 게임에 그렇게 위력 높은 저주의 장비가 툭툭 튀어나온다는 게 말이 돼?"

"안 되지. 성장 보정 능력이 있는 방패라는 것도 수상하군."

"거짓말을 하려거든 좀 더 그럴싸한 거짓말을 하세요. 렌 씨나 모토야스 씨처럼."

이츠키의 대답에 인내의 한계에 다다른 렌이 삿대질을 하며 고함친다.

"네가 할 소리냐! 이 거짓말쟁이 위선자!"

"뭐가 어째요? 그렇게 따지면 당신은 쿨병에 걸린 허세꾼이잖아요!"

"맞아, 맞아."

""너는 여자라면 사족을 못 쓰는 바보잖아! 또 여자 때문에 신세를 망칠 거냐?!""

"뭐가 어째?!"

"어이! 너희는 언제까지 게임 속 용자 놀이나 하고 자빠져 있을 거야? 죽으면 다 끝이라고."

이 뒤의 일들은 기억하고 싶지도 않다. 온갖 욕설이 난무하는 아수라장이었다.

여왕도 말리려고 언성을 높여 보았지만, 폭언이 오가는

상황은 이미 말릴 수도 없는 단계에 다다라 있었다.

그 말다툼은 병사 하나가 쾅 하는 소리와 함께 긴박하게 문을 열고 들어올 때까지 이어졌다.

"무슨 일이죠?"

갑작스러운 등장에 우리는 넋이 나가서, 순간적으로 냉정을 되찾았다.

"용사님들의 동료 분들이 말다툼을 벌이기 시작했습니다!"

"뭐라고?!"

그 녀석들……. 도대체 뭣들 하고 있는 짓이람.

우리는 서둘러 아래층으로 향했다.

"지금 당장 정정하세요!"

"싫어. 그런 못생긴 놈, 그 녀석은 세계의 해악이야. 내 안목은 틀림없다니까."

"해악은 당신일 텐데요?!"

"흥, 그런 거만한 녀석의 수하라니 수준이 뻔하지!"

연회장에 도착하니 라프타리아가 빗치와 갑옷남을 상대로 말다툼을 벌이고 있었다.

렌의 동료들과 리시아라는 아이와 필로는 어쩔 줄 몰라 하며 그 모습을 지켜보고 있었다.

라프타리아의 분노도 심상치 않았다. 도대체 무슨 일을

당한 거지?

그나저나 빗치, 너 되게 멀쩡해 보인다? 독극물을 마시고 치료원으로 실려 갔다가 돌아온 주제에 이렇게 팔팔하다니.

모토야스의 동료는 빗치를 포함해 셋이었다.

한 명은 빗치와 함께 난리를 피우고 있고, 다른 하나는 약간 거리를 유지한 채 욕지거리를 퍼붓고 있다.

"흥. 더러운 아인과 마물 계집애와 연대했다가는 목숨이 몇 개가 붙어있어도 남아나질 않을 거라구."

"그럼 지금 당장 죽으세요. 소란을 일으킨 벌입니다."

여왕이 슬쩍 노예문을 작동시킨다.

"꺄아아아아아아아아아아아아아아아아!"

빗치의 가슴에서 노예문이 빛을 발하고, 빗치는 고통에 나뒹군다.

그 모습에 이츠키의 동료인 갑옷남이 깜짝 놀라고, 여왕을 발견하고 새파랗게 질린다.

"나 참……. 왜 소란을 일으키는 건지……."

여왕은 황당해하며 고통에 몸부림치는 빗치를 굽어보고 있었다.

그래도 죽이지는 않을 모양이다.

"라프타리아, 무슨 일이 있었던 거지?"

"연대를 맺기 위해서 대화를 나누려고 했는데, 빗치와 저 분이 한패가 돼서 저희와 애기를 해 봤자 아무런 성과도 없을 거라고 투덜거렸어요. 그것도 모자라서, 제 고향이나 필로에 대한 욕까지……. 게다가 메르티에 대해서도, 자기 잘못은 무시한 채 어머니의 눈치를 살피면서 비위를 맞추는 데 도가 튼 아이라고 그랬어요!"

하아……. 나는 이츠키와 모토야스를 노려본다.

"그러면 안 돼요. 이분들은 세계를 구하기 위해 활동하는 용사의 동료분들이에요!"

험악한 분위기를 감지한 이츠키가 갑옷남에게 주의를 주었다.

"하지만 이츠키 님, 이자들은 각지에서 말썽을 일으키고 있지 않습니까."

너도 이 자리에서 말썽만 일으키고 있잖아.

"그건 오해였다는 설명을 들었어요. 그러니까 친하게 지내세요."

"……알겠습니다."

"마이…… 걸레! 딸한테 무슨 짓을 하는 거야?!"

모토야스가 나뒹구는 빗치를 안으며 여왕을 노려본다.

"문제를 일으켰기에 처벌했습니다. 단지 그것뿐이지요. 얘기를 들어 보니 제 딸 쪽에 문제가 있는 것 같았으니까요."

여왕은 부채로 입가를 가리며 대답한다. 모토야스는 불쾌감을 노골적으로 드러내며 험악하게 째려보았다.

“키타무라 님? 잘 생각해 보십시오. 빗치는 치료원에서 돌아오자마자 이런 소동을 일으키지 않았습니까?”

“으…….”

“조금 전의 얘기는 들으셨습니까? 어느 쪽이 잘못했을지는 명백한 것 같습니다만?”

분위기가 자신에게 불리하다는 걸 깨달았는지, 모토야스도 더 이상은 아무 말도 하지 않은 채 빗치를 무슨 공주님이라도 안듯이 안은 채 연회장을 떠난다.

이츠키도 갑옷남과 그 패거리를 다독이느라 정신이 없는 상태다.

일단 이츠키에게 경의를 표하고 있지만, 아무리 그래도 저 녀석들은 좀 지나치게 폭주하는 것 같은데.

“오늘 밤의 연회는 일단 중단하도록 하지요. 훗날에 여유가 있을 때 연대에 대해서 다시 한 번 대화를 나눠보도록 하십시다. 용사님들께서 동석하신 자리에서.”

“그러지.”

“대체로 동감이야.”

나와 렌이 고개를 끄덕인다.

여왕의 말에 이츠키도 고개를 끄덕이고, 연회장으로부터 떠났다.

나 참……. 이거야 원, 대화를 하기 전보다도 더 틀어져 버린 것 같잖아…….

용사들끼리는 친하게 지내야 한다. 안 그러면 피트리아가 우리를 죽이러 올 텐데……. 전도다난하겠군.

3화 강화 방법

"으~응."

나는 적막한 연회장에서 끙끙거리고 있었다. 라프타리아와 필로는 이미 방으로 돌아간 후다.

냉정하게 생각해 보면 용사들의 얘기는 하나같이 눈살이 찌푸려지는 것들이었다.

녀석들에게서 얻어낼 수 있는 정보는 이제 다 끌어낸 것 같다.

하지만 어느 게 사실이고 어느 게 거짓인지를 구분할 수 있는 판별 기준이 내겐 없다.

공통된 점은 마물을 물리치면 아이템을 드롭한다는 것.

그리고 웨폰 카피.

이건 녀석들에게도 게임과는 다른 요소였던 것 같았다.

무기를 들면 무기가 복제되고, 조건이 해방되어 장비가 가능하게 된다.

그 외에 조합이나 제작 기능은 무기가 대행해 준다는 것.

여기까지는 녀석들의 의견도 일치했었다.

이제 각자가 주장했던 강화 방법을 정리해 보자.

무기에 따라 설정이 다른 거라면 내 방패의 특색을 알 길이 없다. 모델이 된 게임도 없고 게다가 내가 읽고 있던 책은 뒤쪽이 백지 상태인 미완성본이었다.

나는…… 녀석들의 주장을 메모장에 적어 넣고 끙끙거렸다.

★렌

강함의 기본 척도는 레벨.

숙련도 : 같은 무기를 지속적으로 사용함으로써 위력이 상승한다.

에너지 부여 : 다 쓴 무기의 숙련도를 리셋해서 얻은 에너지를 주입함으로써, 숨겨져 있던 힘을 해방시킬 수 있다. 그 외에도, 무기에 먹이는 아이템을 에너지로 변환할 수 있다.

희소성 증가 : 에너지를 주입함으로써 그 무기의 희소성을 끌어올릴 수 있다. 종합적인 능력이 향상.

★모토야스

무기에 의해 모든 것이 결정된다. 스피리트 인챈트가 가장 중요하며, 무기의 본래 위력은 별 관계없다. 그만한 무기를 휘두를 수 있는 스테이터스가 필요.

제련 : 광석을 이용해 하나의 무기를 강화할 수 있다. 실패 가능성 있음.

스피리트 인챈트 : 물리친 마물의 영혼 조각이나, 무기에 먹인 아이템을 부여함으로써 특별한 힘을 얻을 수 있다. 실패 확률 없음?

스테이터스 인챈트 : 스테이터스 증가 능력을 부여할 수 있음.

★이츠키

무기의 레어도가 가장 중요. 부여능력은 어디까지나 덤. 이 경우에는 레어 무기라 표현하는 게 좋을 것 같다.

강화 : 특정 광석을 무기에 장착함으로써 위력을 향상시킨다. 실패 없음.

아이템 인챈트 : 무기에 먹이 아이템으로부터 에너지를 추출, 공격 등의 퍼센티지를 향상시키는 부여 능력을 확률적으로 추가한다. 실패 가능성 있음.

직업 레벨 : 특정한 마물이나 아이템을 무기에 먹여 그 힘을 부여함으로써 스테이터스를 더할 수 있다.

대충 이 정도다.

완전 난장판이 따로 없군.

에너지며 강화, 제련, 레어도며 희소성은 서로 겹치는 것 같다.

내 인식으로 변환하자면 이츠키에게 중요한 건 유니크 무기나 보스 드롭 아이템 같은 희귀한 무기.

렌은 무기 자체의 희소가치를 중시하는 것 같다. 같은 철제 검이라도 더 희귀한 녀석이 존재한다는 식으로.

인챈트 계열은 세 가지나 있잖아.

애당초 그 세 사람은 같은 게임의 세계라고 생각하고 있는 것 같지만, 따지고 보면 다들 서로 다른 게임이란 말이지.

VRMMO, 보통 MMO, 컨슈머 게임.

VR은 잘 모르겠지만, MMO와 컨슈머 게임이 같은 시스템일 리는 없다. 있다고 치면 기껏해야 MMO 게임의 팬 제작 게임 정도겠지. 그 게임의 시스템을 본떠서 만든 게임 같은.

내 세계에도 그 셋이 주장한 내용과 좀 비슷한 시스템을 채용한 게임들이 있었다.

그렇게 생각해 보면…… 서로 다른 게임을 플레이했었기에 서로가 거짓말을 하고 있는 거라고 생각했던 건지도 모르겠다.

녀석들은 커스 시리즈 같은 건 없다고 했었다.

나도 처음에는 트리를 아무리 뒤져도 없었다가, 필로가 죽었다고 착각했을 때 분노에 휩싸이자 트리가 뒤집히며 등장했었다. 다른 모두와 의견이 다른 건 녀석들이나 나나 마찬가지다.

하지만…… 어떻게 생각해야 할까.

나는 시선을 무기로 향한다.

전설의 무기는 아무래도 소유자의 마음을 반영하는 부분이 있는 것 같은 생각이 든다.

마음……이란 말이지.

부정……. 그렇다. 마음속 어딘가에서 부정하고 있다.

그렇기에 녀석들이 숨 쉬듯 당연하게 하고 있는 것들을 나는 할 수 없게 된 걸까?

피트리아도 용사들끼리 친하게 지내라고 했었다. 거기에는 뭔가 의미가 있었을 터.

웨폰 카피……. 그것은 세 사람 모두 동의했으니 거짓말은 아니다.

아이템 드롭도 그렇다.

하지만 나는 그것들을 전혀 모르고 있었다. 도움말에도 없다.

무기 아이콘을 열어서 찾아본다……. 역시 찾을 수가 없다.

그러고 보니, 누명을 뒤집어쓰기 전에 보았던 도움말에는 항목이 좀 더 많았었던 것 같다. 단순한 착각이 아니다. 분명히 본 기억이 있다.

좋아! 한번 시험해 보자!

아이템 드롭은 있어! 카피는 있어!

세 사람 모두가 그것들이 존재한다고 인식하고 있다. 그러니 없을 리가 없다.

상상해라. 지금까지 물리쳤던 마물들의 드롭 아이템 일람이 나오는 화면을.

나는 방패의 시스템 항목을 누른다. 그러자 가벼운 소리와 함께 항목이 열렸다.

지금까지 해체하지 않고 흡수시켜 왔던 마물이며 아이템들의 항목이 즐비하게 나타났다.

"뭐야, 이거!"

믿는 게 곧 힘이 될 수도 있다니……. 속지 않으려고 조심한다는 게 오히려 자신의 가능성을 좁히고 있었을 줄이야.

……뭔가 아이템 박스를 열듯이 마물을 클릭하니, 드롭 아이템을 확인할 수 있었다.

아, 마력수의 재료가 되는 약초가 나왔다. 그 외에도 혼유약의 재료 등 다양한 아이템들이 나왔다.

그 외에는…… 아, 쓰레기도 꽤 많다. 마물의 내장 같은 것도 꼼꼼히 들어있다.

녀석들의 주장을 믿어 보는 수밖에 없다.

그렇게까지 화를 내지 않았던가. 그게 거짓말일 리가 없다. 그렇게 생각하며 방패의 아이콘을 눌러 본다……. 하지만 아무것도 표시되지 않는다.

이건 마음속 어딘가에서 부정하고 있기 때문이리라.

그 거짓말쟁이들이 사실을 있는 그대로 얘기할 리 없다는 식으로.

믿음의 힘이 부족한 건가? 이게 무슨 아동용 애니메이션이냐……. 그래도, 믿어야 해.

"이와타니 님?"

여왕이 말을 건다. 하지만 나는 스스로가 살아남기 위해 녀석들의 말을 믿기로 결심하고, 방패와 눈싸움을 벌이고 있다.

이건 전설의 방패다. 좀 속는다고 해도 별 문제없지 않겠는가.

믿음이 곧 힘이 된다. 절대로 손해 보지 않는다. 장사하던 감각을 떠올리자.

속을지도 모른다고 경계심을 갖다가는 돈벌이의 기회를 놓치게 된다.

믿어라! 이츠키가 얘기한 강화는 존재한다. 아이템 인챈트는 존재한다.

그렇지 않으면 우리는 보통보다 조금 더 강한 모험가 수준을 벗어날 수 없다.

믿음을 가지고, 방패의 아이콘을 눌렀다. 치직, 하고 순간적으로 아이콘이 깜박거렸다.

그 직후, 경쾌한 소리와 함께 강화 항목이 출현한다.

"좋았어!"

방패에 들어있는 광석을 이용해서 해당하는 방패를 찾는다.

비 니들 실드 0/20

능력 해방 완료……장비 보너스, 공격력1

전용효과「바늘 방패(소)」「벌의 독(마비)」

시험 삼아 비 니들 실드를 강화해 보았다. 경쾌한 소리와 함께 분자의 수치가 1로 변했다.

감이 잡히는군. 쉽게 강화할 수 있고, 분모는 20이라고 나와 있다. 내가 살던 세계에 있던, 몬스터를 헌팅하는 게임에 나오는 강화 방법과 비슷한 모양이다.

하는 김에 지금까지 흡수했던 아이템들로부터 에너지를 흡수해 보자.

……꽤 다양한 효과가 있는 것 같은데.

오? 우사피르 계열로부터 받는 대미지를 경감시키는 효과를 발견. 한번 해 보자.

확률은…… 처음에는 절대적으로 성공하는 모양이다.

비 니들 실드 1/20

능력 해방 완료……장비 보너스, 공격력1

전용효과 「바늘 방패(소)」「벌의 독(마비)」

아이템 인챈트 레벨 1 「우사피르 계열로부터 받는 대미지 경감 2%」

아직 흡수시킬 에너지가 더 있으니 한 번 더 도전.

아, 실패! 0이 됐다. 그래도 계속한다.

레벨 2가 되었다.

그런 식으로 계속 부여해 가다가 7에서 멈춘다. 8의 성공률이 엄청나게 낮다.

비 니들 실드 1/20

능력 해방 완료……장비 보너스, 공격력1

전용효과 「바늘 방패(소)」「벌의 독(마비)」

아이템 인챈트 레벨 7 「우사피르 계열로부터 받는 대미지 경감 16%」

……이 정도만 됐는데도 어쩐지 우사피르 계열의 마물이 만만하게 느껴지다니 대단한걸.

그나저나 게이지가 하나 더 존재한다.

이츠키의 말로는 직업 레벨이라고 했던가. 그쪽도 도전해 봐야겠다.

여러 항목들 가운데, 내 입장에서 가장 중요한 방어 쪽의 직업 레벨을 확인한다.

방어 직업 레벨 1
방어 게이지 0/5

많은 수를 흡수시켰던, 해체한 마물의 내장을 선택해서 연속으로 클릭해 본다.

게이지의 상승 폭은 완만해서, 1까지 차는 데에도 여러 개의 아이템을 소모한 것 같다.

방어 게이지 5/5
게이지 업!「방어력+1」
방어 직업 레벨 2

그리고 방어 게이지가 0/6으로 표시되었다.

다시 아이템을 더해 보려 했지만, 쿨타임이 표시되어 있다.

보아 하니 정기적으로 올려야 하는 모양이군.

미미하기 짝이 없는 효과다. 하지만 모이면 무시할 수 없는 수준이 되리라. 스킬도 익힐 수 있는 것 같아서 좀 무서운데.

어쨌거나, 이렇게 되면 다른 녀석들이 한 말도 모두 진실이었을지 모른다.

다음은 렌이군. 이츠키 때와 마찬가지로 굳게 염원하면서 항목을 열고, 애용하고 있는 키메라 바이퍼 실드를 찾는다.

키메라 바이퍼 실드 0/30 C

능력 해방 완료……장비 보너스, 스킬 『체인지 실드』「해독조합 향상」「독 내성(중)」

전용효과「뱀의 독니(중)」「후크」

숙련도 100

뭔가 스테이터스가 벌써 엄청나게 올라 있는데……. 모든 스테이터스가 약 1.5배 정도 오른 건가?

방어력만 따지면 상당한 수준이다. 숙련도는 100이 상한선인 모양이다.

항목을 손가락으로 클릭한다. 그러자,

숙련도를 리셋하겠습니까?

그런 시스템 메시지가 나타났다.

머뭇거리면서 「**예**」를 누른다. 능력치가 내가 원래 알던 방패로 돌아온다.

숙련도 에너지 2000 확보

……그대로 「**키메라 바이퍼에 부여**」를 선택. 아, 모자라다……. 필요량이 4000.

일단 사용하지 않는 방패의 숙련도 에너지를 모아서 변환, 확보.

뭔가가 주입되는 소리가 들려온다.

키메라 바이퍼 실드(각성) 0/30 C

능력 해방 완료……장비 보너스, 스킬 『체인지 실드』「해독조합 향상」「독 내성(중)」

전용효과 「뱀의 독니(대)」「롱 후크」

숙련도 0

기초능력이 상당히 올라갔다.

뭐야, 이거?!

다음은 희소성 증가였던가? C는 'common'의 약자겠군.

이번에도 에너지가 부족하다. 다른 것들을 변환해서 확보하자.

성공!

키메라 바이퍼 실드(각성) 0/30 UC

능력 해방 완료……장비 보너스, 스킬 『체인지 실드』「해독조합 향상」「독 내성(중)」

전용효과 「뱀의 독니(대)」「롱 후크」

숙련도 0

UC…… uncommon인가. 능력치는 1.2배 정도 증가되어 있다.

그 후에도 몇 번을 더 도전해서 R, 즉 rare까지 끌어올린다. 그 정도만으로도 능력치가 상당히 올라 있었다.

상승폭도 장난이 아니다. 여기에 숙련도의 증가분을 추가하면…… 뭐야, 이거.

이번에는 모토야스가 얘기한 내용을 참고해서…… 믿음을 갖고 연다. 이렇게 된 거, 모든 걸 다 믿기로 하고 탐욕스럽게 덤벼들어 보자.

젠장. 모토야스가 얘기한 방법은…… 강화용 광석이 없다.

여왕에게 조달을 부탁해 봐야겠다. 지금까지의 정황으로 미루어 보아 가능할 게 틀림없다. 하지만 재료 마련에는 시간이 걸릴 테니, 일단 가능한 것부터 해 볼까.

스피리트 인챈트라는 것도 해 보고 싶지만 재료가 없다. 그러니 스테이터스 인챈트에 도전해 보자. 재료를 이용해서…… 아, 결과는 랜덤인 모양이군.

결과, 마력 향상 능력이 붙었군.

키메라 바이퍼 실드(각성) 0/30 R

능력 해방 완료……장비 보너스, 스킬 『체인지 실드』「해독 조합 향상」「독 내성(중)」

전용효과 「뱀의 독니(대)」「롱 후크」

숙련도 0

스테이터스 인챈트 「마력 20+」

뭐야! 마력 부여치가 커도 너무 크잖아!

아, 리셋도 할 수 있군. 하지만 재료 수가 좀 부족하니 그냥 놔두자.

방패가 이전보다 눈에 띄게 더 강해졌다. 스테이터스가 약간 난해하고 난잡해졌지만, 나에게 플러스인 건 사실이다.

마지막으로 도움말을 다시 한 번 훑어본다.

"………."

아니나 다를까, 모두 추가되어 있다.

이건…… 좋아, 이 기세라면 내가 알고 있는 고전 온라인 게임의 시스템도 사용할 수 있을지도 모르겠군.

"어라?"

아무리 조작해 봐도, 아무리 염원해 봐도, 아무런 반응도 보이지 않는다.

이 정도만 해도 충분히 강화되어 있으니 불평할 생각은 없지만, 납득이 가지 않는다.

"여왕……."

"왜 그러시죠?"

"다른 용사들에게 통지해 둬. 너희가 얘기한 건 전부 다 사실이었다고. 거짓말을 한 사람은 아무도 없었다고. 상대를 진심으로 믿지 않으면 강해질 수 없다고 전해 둬."

설마 일이 이렇게 될 줄이야. 그러고 보니 예전에 여왕이 얘기했었다.

교황이 갖고 있던 복제품은 진품에 비해 4분의 1의 위력밖에 낼 수 없다고.

그것도 충분히 납득이 될 만한 결과다. 아니, 어쩌면 그보다 더 웃돌지도 모른다.

다른 녀석들을 앞질렀다고 기뻐할 수도 있지만, 이 상태가 본래의 모습이라고 치면 최악의 경우…….

이튿날, 아침 식사를 마친 우리는 여왕이 있는 알현실로 찾아갔다.

렌, 모토야스, 이츠키도 올 줄 알았으나, 오려는 기색이 보이지 않는다.

"용사들은?"

"아침 일찍 출발했다고 들었습니다."

"다들 부지런하기도 하군. 배로 간다고 했던가?"

"네, 항구에 배편을 마련해 두었습니다. 이와타니 님도 서둘러 주십시오."

"알았어. 여비 같은 건 어떻게 되는 거지?"

"저희 쪽에서 전부 부담합니다. 혹시 더 필요한 게 있으시다면 도와드리겠습니다."

"그럼……."

나는 방패 강화에 필요한 광석과 재료의 종류를 종이에 적어서 여왕에게 건넨다.

"나중에 이걸 배달해 줘."

"알겠습니다. 다른 용사분들도 이와타니 님의 힘을 알면 생각을 고치실지도 모르겠군요."

그러면 좋겠는데 말이지.

이 강화 방법을 실행하는 것만으로도 스테이터스가 얼마나 상승하는지, 대충 계산했는데도 상당한 수치였다.

필로의 능력도 괴물처럼 향상됐지만, 그것도 귀여운 수준이라고 웃어줄 수 있는 차원이 될지도 모른다.

"그럼 출발해 볼까."

"네."

"출바~알! 다녀올게, 메르~!"

필로가 메르티에게 힘차게 손을 흔들고, 우리는 성을 나섰다.

참고로 간밤에, 필로는 메르티와 같이 잤다. 누가 친구 아니랄까 봐 참 정답기도 한 애들이라니까.

4화 웨폰 카피

성을 나선 우리는 출발 전에 무기상에 들렀다.

무기상 아저씨는 내가 누명을 뒤집어쓰고 있던 시절부터 여러모로 편의를 봐준, 말하자면 은인 같은 사람이다.

라프타리아의 마력검이나 필로가 인간형일 때 쓰는 글러브는 아저씨가 준 것이었다.

"여, 아저씨, 오랜만이네."

"오, 형씨 왔수? 형씨가 떠난 다음 날에 바로 현상금이 걸려서 깜짝 놀랐지 뭐요."

"그럴 만도 하지. 나도 그때는 죽을 고생을 했고."

"듣자 하니 결백이 증명됐다지?"

"그래. 아저씨 덕도 있어. 여러모로 도움이 되는 도구를 줘서 고마워."

"정말 감사드려요."

"고마워~."

라프타리아와 필로가 저마다의 무기를 아저씨에게 반납

하려 했지만, 아저씨는 거부했다.

"그러지들 마. 낯간지러우니까. 그건 시제품이니까 신경 안 써도 된다고."

"내 방패에 달아 준 건, 한 번 편리한 결계 같은 걸 형성해 주고 깨져 버렸어."

"신경 쓰지 마슈. 원래 조사를 위해 만든 거였는데, 역시 전설의 방패는 그렇게 쉽게 해석할 수 있는 물건이 아니었나 보군."

"아저씨 덕분에 살아남은 거나 마찬가지야. 고마워."

"신경 쓸 거 없다니까 그러네. 그건 그렇고, 오늘은 무슨 일이우, 형씨?"

"아아, 아저씨, 방패를 좀 보여줬으면 하는데."

"형씨가 필요로 할 만한 방패는 없을 것 같은데……? 아아, 아가씨들이 쓸 건가?"

"아니……. 뭐, 아저씨한테라면 얘기해도 되겠지."

나는 아저씨에게 웨폰 카피에 대해 설명했다. 그러자 아저씨는 예상대로 떨떠름한 표정을 지었다.

"그거, 가게 주인인 나한테 당당히 훔치러 가겠다고 하는 거나 마찬가지잖수."

"말도 안 하고 하는 것보단 낫잖아? 그만큼 국가의 의뢰를 알선해 줄 테니까 한 번 시험하게 해 줘."

"뭐……. 그럼 다른 용사들은 나한테 말도 안 하고 그 짓을 해 왔다는 거군……. 할 수 없지. 다른 사람도 아닌 형씨의 부탁이니까. 마음대로 만져 보고 가."

벽에 기대어져 있는 방패를 들어서 손잡이를 잡는다. 찌릿한 진동과 함께 시야에 아이콘이 떠오른다.

웨폰 카피가 발동했습니다.

아이언 실드의 조건이 해방되었습니다.
레드 아이언 실드의 조건이 해방되었습니다.
핑크 아이언 실드의 조건이 해방되었습니다.
화이트 아이언 실드의 조건이 해방되었습니다.
브라운 아이언 실드의 조건이 해방되었습니다.
블루 아이언 실드의 조건이 해방되었습니다.
스카이 아이언 실드의 조건이 해방되었습니다.
etc…….

가게에서 파는 방패는 컬러 베리에이션까지 다 해방되는 거였냐?!

그러고 보니 처음의 스몰 실드도 컬러 베리에이션이 전부 다 해방됐었다. 장비 보너스가 스테이터스 계통이었기에 딱히 기억할 생각도 안 했었지만.

하지만…… 이런 방식이라면 약간 의문스럽게 생각했던

점이 있는데…….

벌룬 실드라는 게 있나? 그 마물의 방패가 안 나타난다.

그 마물은 오렌지와 레드가 있었으니까, 어쩌면 노멀이 따로 있는 건지도 모르겠다.

어쨌거나 이 가게에 있는 방패는 모두 한 번씩 들어서 해방시켰다.

라운드 실드와 버클러와 나이트 실드, 구리 방패, 청동 방패, 강철 방패, 은 방패……. 가죽 방패라는 것도 있었다. 무두질한 가죽을 먹였을 땐 안 나오던 방패도 나오는군.

아무래도 가게에서 파는 방패는 컬러 계열이 기본적으로 들어가는 모양이다.

그 외에 마법은 방패, 헤비 실드, 철갑 방패, 마력 방패 등 다양한 방패들을 복제했다.

아이언 실드와 철갑 방패는 서로 다른 건가……. 마력 방패는 손잡이에 있는 스위치를 이용해서 마력 방패로 변화하는 특이한 방패인 모양이다. 구조는 라프타리아의 마력검과 같군.

"이것 말고는……. 그래, 잠깐만 기다리슈, 형씨."

그렇게 말하고, 무기상 아저씨는 가게 안쪽으로 들어간다.

쿵쿵 계단을 오르는 소리가 들려오고 부스럭부스럭 요란한 소리가 난다.

잠시 기다리자 아저씨가 돌아왔다.

"오래 기다렸수다. 이건 이 나라에선 구하기 힘든 방패라오."

아저씨가 가져온 것은 우락부락한…… 그러면서도 이상한 광택이 있는 방패였다.

제작에 사용된 금속은 철인가? 다만…… 뭔가 이상한 분위기가 느껴진다.

안력 스킬을 발동시켜서 감정한다.

운철(隕鐵) 방패 품질 보통

"운철?"

"그래, 하늘에서 떨어진 진귀한 광석으로 만든 방패라오. 제르토블의 주요 전시 상품인 운철 시리즈의 시제품이지."

"호오……. 전시 상품? 그런 걸 왜 아저씨가 갖고 있는 거지?"

"예전에 이런저런 사정이 좀 있었거든."

"흐으응……."

어찌 됐건 비매품이라는 얘기군.

그러고 보니 모토야스를 비롯한 다른 놈들은 제르토블의 가게에 좋은 물건이 많다고 그랬었지. 그 녀석들도 만져서 복제한 건가.

"자, 들어 보슈."

"그, 그러지."

나는 아저씨가 건네준 운철 방패를 든다.

웨폰 카피가 발동했습니다!

운철 방패 0/20 C

능력 미해방……장비 보너스, 스킬 「유성방패」

숙련도 0

드디어 나왔다! 용사들이 연발하곤 하던 유성 시리즈의 방패 버전!

더불어 컬러 베리에이션도 있지만, 그것들은 단순한 스테이터스 계열이었다.

이제 나도 합세해서 유성 바보 4인조가 되는 건가? 뭐, 성능을 봐야 알겠지만.

"오오."

아저씨가 놀라서 탄성을 지른다.

"좀 특이한 스킬이 나왔으니까 시험 좀 해 볼게."

"그게 무슨――어이!"

"유성방패!"

그렇게 소리친다. 그러자 내 주위에 파르스름한, 얇은 빛의 벽이 발생했다.

범위는 나를 중심으로 2미터. 소비 SP는…… 전체의 5퍼센트 정도로군. 쿨타임도 짧다. 15초밖에 안 된다.

생김새로 보아 방어벽을 전개하는 스킬인 모양이다.

아까 말했던, 아저씨가 만들었다는 마력으로 방벽을 만드는 도구와 비슷하다.

만약 비슷한 효과를 갖고 있다면 이건 상당히 우수한 스킬이리라.

"어떤 스킬이에요?"

"아마 방어벽을 만들어내는 스킬인 것 같은데……."

내가 만든 방어벽을 라프타리아가 건드리자…… 조금의 저항도 없이 그대로 뚫고 지나갔다.

"아닌가?"

"헤에……."

필로도 마찬가지로 벽을 뚫고는, 들어갔다 나갔다 하면서 장난치고 있다.

유성 시리즈는 용사들이 즐겨 쓰는 스킬이니 분명 성능도 뛰어날 것이다. 내 것만 쓰레기 스킬일 리는 없다.

"나 참, 가게에서 이상한 짓 좀 하지 말라고——으억."

아저씨가 투덜투덜 중얼거리며 벽을 뚫고 지나려다가 부딪친다.

"아아, 파티 멤버가 아니면 통과시키지 않는 모양이군."

내구성이 어느 정도인지는 모르지만, 범위 방어 결계 같은 스킬인 모양이다. 잘만 사용하면 꽤 도움이 되겠군.

그리고…… 효과 시간은 5분가량. 쿨타임까지 고려해 보면 상당히 우수한 스킬이다.

"이거야 원, 내 입장도 생각을 좀 해 주쇼, 형씨."

"미안해. 아저씨가 아끼고 아꼈다가 빌려준 방패에서 나온 스킬이니까 보여주고 싶어서."

"그렇게 말하면 나도 더는 할 말이 없게 되잖수."

"어쨌든 이 정도면 용무는 끝난 것 같군. 이제 우리는 카르밀라 섬에 갈 거야."

"아아, 활성화 현상이 일어나고 있으니까. 지금이 가기에 딱 좋을 때지."

"잘 알고 있네. 그러니까 섬에서 돌아오면 여러모로 의뢰를 하게 될 거야."

"얼마든지! 그런데 내 가게로 충분하겠수?"

"아저씨의 실력을 높이 산 내가 부탁하는 거야. 난 국가보다도 아저씨의 실력을 더 믿는다고."

"형씨……."

아저씨는 눈시울을 훔치며 감동하고 있는 모양이다.

내가 지금까지 사용해 온 장비들은 대부분이 아저씨한테 산 거였으니까. 아무래도 더 마음이 놓이기 마련이다.

"그럼 최선을 다해서 형씨의 기대에 부응해야겠군."

"그래, 기대하지."

이렇게 해서 나는 무기상 아저씨의 가게에서 방패 복제를 마치고 길을 나섰다.

5화 성묘

“이제 곧 항구가 있는 도시에 도착하겠군.”

이번 회합의 결과에 따르면, 모든 용사들은 항구가 있는 도시에 집합한 후에 배에 타기로 되어 있었다.

다른 용사들은 국가가 마련해 준 마차를 타고 이동하고 있는 모양이다.

포털 스킬에 위치를 등록해 두지 않았던 건가.

필로도 오랜만에 느긋하게 마차 여행을 한 덕분에 기분이 좋은 모양이다.

“아, 나오후미 님……. 어디 좀 들렀다 가도 될까요?”

“응?”

웬일로 라프타리아가 자신이 가고 싶은 곳을 얘기했다. 그다지 멀지도 않은 곳이다.

“그래, 그렇게 해.”

“그럼 필로, 내륙 쪽으로 경로를 꺾어서 가 주세요.”

“네~에!”

이렇게 해서 우리가 향한 곳은…… 폐촌이었다.

더 이상 아무도 물을 길어가지 않는 우물, 지붕 없는 가옥, 불타 버린 집……. 푹석 주저앉은 건물의 흔적이, 이곳이 한때 마을이었던 곳임을 가르쳐준다.

아주 오래전에 버려진…… 아니, 그렇게까지 피폐해진 것은 아니다. 하지만 그렇다고 며칠 정도밖에 되지 않은 정도도 아니다.

이곳이 폐촌으로 전락한 것이 언제일지를 생각해 본다.

아마도, 이곳이 라프타리아의 고향 마을이리라.

"………."

폐촌을 벗어날 때까지, 라프타리아는 말없이 마을의 모습을 바라보고 있었다.

마을 구석에 무수한 무덤들이 보인다.

첫 번째 파도 때, 이곳의 내정을 맡고 있던 자가 죽었다고 들었다. 여기가 그 영지일까.

내가 이 세계에 온 지도 이미 석 달 이상이 지나 있다.

용사가 소환될 때까지의 경위로 미루어 보면, 최대 4개월.

4개월 전만 해도 여기에 아인의 마을이 있었으리라고 생각하니, 파도의 위력이 새삼 실감된다.

"라프타리아 언니, 어디 가는 거야?"

"바다가 보이는 저 절벽까지 가 주세요."

"응, 알았어~."

덜컹덜컹 흔들리는 마차 속에서, 나는 라프타리아가 나고 자란 마을을 바라보고 있었다.

이윽고 바다가 보이는 낭떠러지에 다다르자 라프타리아는 마차에서 내렸다.

절벽 끝에는, 작은 자갈들을 쌓아 만든…… 무덤이 있다.

라프타리아는 근처에 피어 있던 꽃을 꺾어서 무덤 앞에 놓는다.

그리고 그 옆을 파기 시작했다. 나도 묵묵히 그 옆에 쪼그려 앉아 땅 파는 작업을 거들었다.

뭘 하려는 건지 나도 짐작이 갔다.

지난번 사건 때, 라프타리아를 고문했던 귀족의 저택에서 우리는 라프타리아와 같은 고향에서 자란 소녀의 유해를 발견했었다.

그 유해를 매장하려는 것이다.

가져온 뼈를 묻은 후, 양손을 모으며 명복을 빈다.

라프타리아가 얘기하길, 이 아이는 방패 용사를 만나고 싶어 했었다고 했다.

그런 싸늘한 지하에 있는 것보다는 그래도 여기가 좀 나으리라.

살아 있는 자의 일방적인 망상인지도 모른다.

그래도 나는, 이 뼈의 주인이 고이 잠들기를 기도했다.

……….

생각해 보면 라프타리아는 약 4개월 전에 가족을 잃고 말았다.

라프타리아는 정신적으로 아주 강한 아이라고 생각한다.

가족을 잃고, 그러고도 살아남아서…… 나를 만나기까지, 끔찍한 고생을 했다고 들었다.

내가 원래 세계로 돌아갈 때, 라프타리아에게 뭘 해줄 수 있을까.

필로에게는 메르티가 있지만, 라프타리아에게는 아무것도 없다.

때때로 라프타리아는 내가 원래 세계로 돌아가려는 이유를 묻곤 하는데, 그건 모든 것이 끝난 후의 일이 걱정돼서 그러는 건지도 모른다. 그대로 혼자만 남겨지는 게 두려운 것……이리라.

"저는……."

라프타리아가 오도카니 중얼거린다. 나는 가만히 그 목소리에 귀를 기울이고 있었다.

"저는 다른 모두의 몫까지 살아가면서, 파도로 고통받는 사람들을 구해 주고 싶다고 새삼 다짐했어요."

"그래. 앞으로는 이 나라도 협조해 줄 테니까 더 많은 사람들을 구할 수 있을 거야."

지금까지는 내가 방패 용사라는 이유로 국가가 협조를 거부하는 바람에 더 많은 희생자가 발생했었다.

하지만 앞으로는 파도에 대해 진지하게 맞설 수 있게 된다. 그만큼 희생자도 줄어든다.

"걱정 끼쳐 드려서 죄송해요."

"무슨 소릴 하는 거야. 이건 중요한 일이잖아……. 그럼, 슬슬 가 볼까."

"네! ……다녀올게, 아빠, 엄마, 리파나."

라프타리아는 무덤을 향해 손을 흔들고 마차에 올랐다.

……다음 파도를 넘기면 라프타리아에 대해서도 좀 더 배려해 줘야겠다.

내게는 라프타리아가 행복을 찾을 수 있는 상황을 만들어 줄 의무가 있다.

사라져 버린 추억의 공간을 되찾아 주는 건…… 불가능한 일일까?

라프타리아를 고문했던 귀족을 물리친 후, 라프타리아는 "그날 보았던 깃발을, 저는 기필코 되찾고 말 거예요……." 라고 중얼거렸었다.

죽은 사람을 되살리는 힘은 내겐 없지만 아직 살아 있는 자들도 있을 것이다.

키르라는 이름의 소년이 그 귀족의 지하 감옥에서 학대당하고 있었다.

마을의 생존자들과 라프타리아를 재회시키고 안식처를 마련해 줄 수는 없을까?

응. 기회가 있으면 찾아봐야지……. 라프타리아를 위해서라도.

그러지 않으면, 내가 나 스스로를 용서할 수 없을 것 같다.

용사들은 항구가 있는 도시에 집합해서 배에 오르기로 되어 있었다. 당연히 배의 출발 시각은 미리 정해져 있었으며, 먼저 도착해 있던 녀석들은 결과적으로 우리와 같이 출발하게 된 것을 불쾌하게 여기는 표정이었다.

이 와중에까지 남을 따돌리고 앞서 가려고 하다니…… 바보 아닌가?

출발을 위해서는 시간이 더 걸릴 모양이다. 배에 오르기 위해서 방파제에 줄지어 서 있다.

그때, 내 앞에 있는 녀석이 따분한 듯 주위를 두리번거리고 있었다.

"라르크, 제발 진정 좀 해."

"알았다고. 하지만 배 여행은 설레는 법이잖아."

하아……. 뭔가 어린애 같은 소리를 하는 녀석이 있다.

내가 한숨을 쉬자 앞에 있던 녀석이 뒤를 돌아보았다.

"응? 뭐야, 꼬마?"

"꼬마라니……."

이래 봬도 난 스무 살이다. 꼬마라는 소리를 들을 나이는 아니다.

앞에 있는 사내를 응시한다. 세운 머리라고 해야 할까. 짤막한 머리를 세워서 부풀린 형태다.

헤어밴드 같은 걸로 묶고 있는 건가? 아니면 원래 머리카락이 빳빳한 건가?

이런 헤어스타일은 꽤 보기 힘든 건데……. 뭐, 이세계니까 이런 녀석이 있어도 이상할 건 없겠지만.

이목구비도 가지런한 것이, 자연스레 사람들의 이목이 모일 것 같다.

눈매도 야무져서…… 뭐랄까, 눈만 마주쳤는데도 어쩐지 믿음직한 느낌이 들 정도다.

싸움에 특화된 근육이라고 해야 할까? 양어깨에 붙어 있는 근육으로 보아 싸움 경험이 상당히 풍부한 자임을 알 수 있었다.

나이는 몇 살쯤 됐을까? 외모로 보아 20대 후반쯤 되려나?

약간 중후한 느낌이 드는 모험가 같은 풍모다. 어째서인지 허리에는 낫을 차고 있다.

"난 이래 봬도 스무 살이라고."

"아아, 미안, 미안. 그런 뜻으로 한 소리가 아니었어. 나보다 어린 녀석에게는 반사적으로 꼬마라는 말이 튀어나가서 말이지."

그리고 또 하나 더 신경 쓰이는 건 그 앞에 있는 여자……. 아마 동행자인 것 같다.

우선 아름답고 뽀얀 살결이 가장 인상적인 여인이다.

머리는 특이하게도 청록색이다. 빛의 각도에 따라서 반짝반짝 빛나는 것처럼 보인다.

그 점은 라프타리아와 비슷한 느낌이다.

헤어스타일은, 일단 뒤로 늘어뜨려 땋은 머리를 어깨 앞으로 걸쳐 두고 있는 모양이다. 눈매는 다정하지만 그러면서도 심지가 굳게 느껴진다. 라프타리아와 비슷한 분위기라고 해야 할까?

그리고…… 양팔에는 보석이 박힌 팔찌를 차고, 이마에는 티아라를 쓰고 있다.

지금까지 만난 여인들 전체를 따져도 상위에 들어갈 만큼 아름다운 얼굴이다.

보석이 그녀의 아름다움을 돋보이게 하고, 또한 그녀의 아름다움이 보석의 광채를 돋보이게 하는 듯한, 신비로운 일체감이 느껴진다.

아아, 저도 모르게 신경이 쓰였던 건, 라프타리아와 분위기가 약간 닮아 있었기 때문이었다.

뭔가 성실해 보이는 느낌.

"그것 봐. 라르크가 정신 사납게 구니까 뒷사람한테 폐를 끼치잖아."

"미안, 미안."

"신경 쓸 것 없어. 그보다 이제 슬슬 탑승 시간 같은데?"

나는 우르르 탑승을 시작하는 승객들 쪽을 가리킨다.

렌과 이츠키와 모토야스가 득의양양하게 선두에 서 있다. 그렇게나 빨리 가고 싶냐. 한심한 놈들 같으니.

"오오!"

줄이 앞쪽으로 움직이기 시작했으므로, 내 앞에 서 있던 사내도 걸음을 내디딘다.

"주인님~!"

……왜 필로는 먼저 갑판에 가 있는 거지? 나를 향해 손을 흔들고 있다.

분명히 마차를 반입하는 곳에서 기다리고 있을 줄 알았는데……. 보아 하니 뛰어서 올라탄 모양이군.

여왕에게 부탁해서 특별히 마차를 실을 수 있도록 허락을 받았다.

카르밀라 섬에서는 탈 일이 없다고 했건만.

나는 필로를 향해 손을 흔들어 주고, 라프타리아와 함께 배에 올랐다.

그리고 가장 먼저 한 일은 객실로 가는 것이었다. 용사들에게는 각각 전용 객실이 배정되어 있다고 알고 있었는데, 아무래도 우리만 일반 객실을 쓰게 된 모양이었다.

"정말 죄송합니다!"

선장과 객실 승무원이 어쩔 줄 몰라 하며 사과하고 있다.

나를 화나게 만들면 해고, 혹은 물리적으로 목이 달아나는 신세가 될 수도 있는 걸까?

“먼저 승선하신 용사님들이 전용 객실은 물론 임시로 비워 둔 선장실까지 점거해 버리시는 바람에……. 저희도 어떻게든 전용 객실을 마련해 보려고 해 보았습니다만, 선실이 만실 상태인지라——.”

먼저 승선한 녀석들……. 그 자식들…… 선실을 점거하다니 뭐 하는 짓거리냐.

하지만 그 녀석들에게는 딸린 동료들이 많으니까. 게다가 남녀를 따로 태울 것 같기도 하고.

우리도 억지를 써서 필로의 마차를 실은 상태다. 더 이상 볼멘소리를 할 생각은 없다.

그래도 나중에 여왕에게 보고는 해 둬야겠군.

“일반 승객 분들에게 위약금을 물고 하선을 부탁드려서 선실을 비워 드릴 테니, 잠시만 기다려 주십시오.”

“이봐. 이 시기에 보통 모험가가 카르밀라 섬으로 가려면 돈이 얼마나 들지?”

나는 선원에게 탑승권의 시세를 물어보았다.

“네? 일반 모험가라면 다소 돈이 들게 돼 있습니다. 일단 국가가 발행하는 표라서, 국가가 직접 발행한 표는 저렴합니다만 그건 이제 매진된 상태라…….”

선원의 얘기에 따르면, 이 시기에는 모험가며 국가의 병사, 장군들까지 레벨을 올리러 몰려들기 때문에 입도(入島)

제한을 건다는 모양이다. 몰래 들어가는 자도 있지만 나룻배로 가기에는 너무 험한 지형이라서 쉽지 않다고 한다.

아이돌 콘서트 티켓 같은 건가…….

내 경우는 국가에서 비용을 부담해 주니까……. 그나저나 카르밀라 섬은 메르로마르크국 영토인가?

미미한 액수의 위약금에 쫓겨나면 모험가가 불쌍하지 않겠는가.

“방만 있다면 다른 사람이랑 같이 써도 상관없으니까 신경 쓰지 마.”

용사들에게 남는 방이 없는지 물어보는 방법도 있지만, 라프타리아나 필로와의 상성 문제도 있다.

바로 요전에만 해도 용사의 동료들끼리 대화를 하라고 했더니 오히려 싸움이 벌어졌으니까.

렌의 동료들은 그나마 괜찮지 않을까…… 하는 생각에 물어보았지만, 녀석들은 최대한 모여 있는데도 만실이었다.

그렇게 되면 공실이 있는지 물어볼 수 있는 건 이츠키와 모토야스 쪽이지만, 그들의 동료들과는 상성 면에서 영 좋지 않다.

이츠키의 동료는 라프타리아에게 시비를 건 적이 있었고, 모토야스의 동료들 중에는 빗치가 끼어 있다.

할 수 없지. 포기하는 수밖에. 이렇게 해서 우리는 일반 객실에 들어가게 되었다.

"처음부터 조짐이 좋지 않네요."

"그러게 말이야."

얘기를 마치고, 우리는 다른 모험가와 함께 쓰게 될 선실로 가서 문을 열었다.

그러자 거기에는――.

"오? 아까 그 꼬마 아냐?"

……나는 곧바로 문을 닫는다. 아까 그 애 같은 어른이다.

"라프타리아, 미안하지만 선실을 바꿔 줄 수 없느냐고 선원한테 물어봐 줘."

"왜, 왜 그러세요?"

"어이어이, 왜 그러는데, 꼬마?"

아까 그 남자가 선실 문을 열고 나왔다.

"꼬마라고 부르지 말라고 했잖아. 나이 차도 그렇게 많이 안 나는데."

"뭐, 그건 그렇지만 말이지. 왜 난리를 피우는 건데?"

"아아, 아무래도 당신들과 같은 방을 쓰게 될 거 같아서."

"그렇단 말이지? 같은 방 동료들끼리, 한번 잘 지내보자고! 자, 자, 그렇게 좁아터진 복도에 서 있지 말고 얼른 들어오라니까."

사내는 활달한 웃음을 지으며 우리를 방으로 불러들인다.

난 이런 성격은 도무지 적응이 안 된다. 뭐랄까, 무기상 아저씨를 대할 때처럼 내 페이스가 망가진다.

"먼저 자기소개부터 하지. 내 이름은 라르크베르크. 그냥 라르크라고 불러."

"잘해 보자……. 내 이름은……."

"모험가 일을 하고 있어. 그리고 이 녀석의 이름은 테리스야."

으음, 이 일방적인 말투……. 귀찮은 녀석이랑 한 방을 쓰게 됐군…….

"잘 부탁드려요. 테리스 알렉산드라이트예요."

"저는 라프타리아라고 해요."

"필로의 이름은 필로!"

"잘 지내 보자고!"

"저기, 테리스 양은 다른 나라 분이신가요? 말씀을 알아듣기 힘들던데……."

"응? 아아……. 들었지, 테리스?"

라르크가 그렇게 테리스에게 말을 건다.

그러자 테리스가 라르크가 허리에 차고 있는 낫을 어루만졌고, 그와 동시에 마법 구슬이 공중에 떠오른다.

"이제 알아들으실 수 있겠나요?"

"아, 네. 이제 알아들을 수 있게 됐어요."

"우후후, 깜박 잊고 있었어요. 말이 통할 수 있도록 마법으로 통역하고 있는 거였거든요. 잘 부탁드려요."

호오……. 그런 마법도 있었군.

아니, 잘 생각해 보면 전설의 무기 덕분에 자동으로 말뜻을 이해할 수 있는 내가 특별한 존재일지도 모른다.

그나저나 나는 아직 자기소개도 못한 상태인데…….

선실은 내부에 3단 침대가 둘 설치되어 있는 간소한 구조다. 도합 6명이 한 방에서 숙박하게 되어 있는 모양이다.

나와 라프타리아와 필로, 그리고 이 두 사람을 합치면 다섯 명인가…….

그러니 한 명이 더 들어올 줄 알았는데, 선원이 배려해 준 덕분에 다섯 명이서 한 선실을 쓸 수 있게 되었다.

"오? 배가 출발하는 모양인데."

드르륵드르륵 하고 닻을 끌어올리는 소리가 들려온다.

그리고 덜컹덜컹 소리와 함께 선실 창밖으로 보이는 풍경이 움직이기 시작했다.

불안한 배 여행이 시작되었다……라는 생각이 드는 건 내 기분 탓인가.

"그나저나 꼬마, 넌 이름이 뭐야?"

……여기서 이름을 대지 않으면, 라르크는 배를 타는 내내 나를 꼬마라고 부를 것 같다.

렌이나 이츠키, 모토야스가 그걸 들으면 무슨 소리를 할지, 상상도 하기 싫다.

"나오후미야."

"나오후미?"

내가 고개를 끄덕이자 라르크는 호쾌하게 웃음을 터뜨렸다.

"핫핫핫, 무슨 소릴 하는 거야. 그건 방패 용사의 이름이잖아. 가명을 쓰려거든 다른 걸 고르라고."

"내가 방패 용사인데?"

"말도 안 돼. 방패 용사가 꼬마 같은 녀석일 리가 없잖아."

"엉?"

"똑똑히 들으라고. 방패 용사라는 녀석은 말이지, 쓰러진 녀석의 품속에서 물건을 뜯어내는 사악한 놈이야."

……뭐, 나도 그건 부정하지 않는다.

글래스에게 당한 빗치의 품속에서 마력수며 혼유약을 훔쳤던 기억이 있으니까.

그렇다고 해도 처음 보는 사이인 내가 그런 악인일 리 없다고 확신하는 건 좀 어리석은 거 아냐?

사람이란 착해 보이는 얼굴로 태연자약하게 악행을 저지르기도 하는 법이다.

빗치가 그랬듯이!

"그런 사악한 놈이라면 좀 더 인상이 더러운 법이라고."

"인상 더럽다는 소리는 자주 듣는 편인데."

"무슨 소릴 하는 거야? 꼬마는 악하다기보다는 좀 뒤틀려 있는 것뿐이잖아."

대화를 나누다 보니 라프타리아가 이마에 손을 짚고 신음하기 시작했다.

뭐, 객관적으로 보면, 나는 분명 사악한 녀석일지도 모르겠다.

"뭐라고 대꾸할 말이 없네요……."

"그러니까, 꼬마가 그 방패 용사일 리가 없잖아?"

……그렇게까지 부정해 버리다니.

하지만 그래도 계속 꼬마로 불리기는 싫다.

"그럼 이렇게 하면 어때?"

나는 방패를 내보이고, 눈앞에서 방패의 형태를 휙휙 바꾼다.

"이 정도면 내가 방패 용사라는 게 증명된 셈이라고 보는데."

"말도 안 되는 소리 마. 내가 얼마 전에 붙잡은 가짜 방패 용사도 비슷한 걸 할 줄 알았다고."

"엉?"

"얼마 전에 방패 용사를 사칭하는 가짜가 잔뜩 출현했거든. 모험가들이 그 녀석들을 붙잡는 일을 했었다고, 꼬마. 지명수배용 영상 수정에 나온 방패 용사의 얼굴이랑 비슷하게 생기긴 했지만, 이제 방패 용사의 수배도 풀린 상황이라고. 거짓말은 정도껏 하는 게 좋을걸. 배에서 쫓겨나기 싫으면."

방패 용사를 사칭하는 가짜……. 삼용교 교도들이 방패 용사를 사칭하며 범죄행위를 저질렀던 게 뻔하겠군.

그 기간에 내가 필로를 이용해서 신조의 성인 행세를 하는 바람에, 삼용교의 꿍꿍이도 물거품이 된 것일 테고.

……뭐, 교황의 무기만큼 전투 능력이 높은 건 특별한 경우겠지만, 형태만 변형시키는 정도의 모조품 제작은 어렵지 않은 건지도 모른다.

젠장……. 방패의 형태 변화로 내가 진짜 방패 용사라는 걸 증명하는 방법도 실패했으니, 이제 방법이 없다.

애당초 인상착의를 보면 알 수 있으련만, 이 녀석은 전혀 감을 못 잡는다.

……일본인은 이 세계에서 희귀한 존재이긴 하지만 아주 없는 건 아니다. 그래서 그런 거겠지?

뭐, 용사로서 정기적으로 이세계인을 소환하고 있으니, 그 자손이라든가.

일본인스러운 얼굴로 방패 용사를 사칭하는 녀석이 많다면, 무슨 수로 내가 진짜라는 걸 증명해야 하지?

여왕의 증서 같은 걸 들이대면 되려나? 내 경우에는 필로가 증서 노릇을 하는 거나 마찬가지지만.

아니면 라프타리아라든가. 보기 드문 미인 라쿤 종이라 인지도가 꽤 높다.

하지만, 어디까지나 막연한 추측이지만, 마물 형태의 필로를 보여줘도 안 믿을 것 같은 예감이 든다. 지명수배 당시에 사용된 영상 수정을 보고도 내가 방패 용사라는 걸 믿지 않는 얼간이니까.

장사로 단련된 나의 직감이 그렇게 가르쳐준다. 그래서 나는 포기했다.

"그래, 그래. 아무렇게나 생각해. 마음대로 부르라고."

"될 대로 되라는 식이군, 꼬마."

"내가 무슨 짓을 하든 결론은 달라지지 않을 것 같으니까. 포기했어."

"나오후미 님, 좀 더 말씀을 골라서 하시는 편이……."

"귀찮아."

"뭐, 알았어. 그럼 잘 지내보자고, 방패 꼬마."

어차피 배에서 내리면 서로 볼 일도 없을 테니, 정정할 필요도 없겠지.

이렇게 해서 우리는 낯선 모험가와 한 방에 탄 채, 카르밀라 섬으로 향하는 여행을 계속했다.

6화 카르밀라 섬

용사들과 인사를 나누고 싶다는 선원들의 부탁에 다 함께 모였을 때.

용사 세 명이 뱃멀미에 녹초가 되어 있었다.

"뱃멀미라니……."

나는 멀미를 해 본 적이 없어서 잘 모르겠지만, 탈것에 약한 녀석이 생각보다 많군.

네놈들이 좋은 방을 점거하는 바람에 내가 얼마나 큰 피해를 받고 있는지 알고는 있는 거냐?

"나오후미는 용케 멀쩡하게 있군……."

"그래, 나는 멀미를 해 본 적이 없거든."

솔직히 위로의 말 따위를 건네며 친목을 다질 생각도 안 든다. 객실을 점거한 벌이니까.

"끼얏호~."

마물 형태의 필로는 배에서 뛰쳐나가서, 물새처럼 바다를 헤엄치고 있다.

"아……."

필로 뒤에서 거대한 물고기의 형체가 다가들고 있다.

"필로, 위험해!"

"으응~?"

필로가 뒤를 돌아보는 순간, 상어 같은 마물이 입을 쩍 벌리고 덮쳐들었다.

"에잇!"

필로는 퍽 하고 상어 같은 마물의 턱을 걷어차 올려서 공중으로 띄웠다.

곧바로 다시 배를 향해 걷어차서 갑판에 떨어트린다. 선원들과 모험가들이 비명을 지른다.

필로는 마지막으로, 펄떡펄떡 갑판에서 날뛰는 상어 마물의 숨통을 끊어 버렸다.

"그 정도로 필로를 밥으로 삼을 수 있을 거라고 생각하면 오산이라구~."

그러고는 발톱으로 상어 마물을 찢어발겨서 입에 집어넣는다.

"갑판 더럽히지 마."

"……굉장한 일을 태연자약하게 해치우네요."

이츠키가 새파랗게 질린 얼굴로 나를 향해 뇌까린다. 뭐, 굉장한 일이라면 굉장한 일이긴 하지. 하지만 필로라면 그럴 만도 하다.

참고로 이 상어는 두 마리째다. 첫 번째는 해체하는 것과 동시에 방패에 흡수시켰다.

그랬더니 재미있는 기능의 방패를 발견할 수 있었다.

블루 샤크 실드의 조건이 해방되었습니다.

샤크 바이트 실드의 조건이 해방되었습니다.

블루 샤크 실드

능력 미해방……장비 보너스, 「수영 기능1」

샤크 바이트 실드

능력 미해방……장비 보너스, 「선상 전투 기능1」

전용효과 「상어 이빨」

수영 기능이라고 해 봤자…… 안 그래도 남들만큼은 헤엄칠 줄 아는데 말이지.

뭐, 그건 상관없다. 선상 전투 기능1이라는 건, 배에서의 움직임과 관계가 있는 건가?

싸워야 할 상황이 벌어진다면 필요해질지도 모르겠군. 시간이 나면 해방해 두기로 하자.

같은 종류의 마물이었기에, 이번에는 방패에 흡수시키는 대신 필로에게 먹이기로 한 것이다.

"너희, 멀미가 너무 심한 거 아냐?"

"나오후미 네가 이상한 거라고."

"여어, 방패 꼬마. 무슨 일이야?"

"응?"

라르크가 내 쪽으로 다가와서 물었다. 그 뒤에는 라프타리아도 있다.

"무슨 일이긴, 지인들과 잡담을 하고 있었던 것뿐인데."

"아아, 저기서 뱃멀미로 자빠져 있는 놈들 말이야? 한심하군. 아직 배에 탄 지 한나절밖에 안 됐다고."

"내일 아침이면 도착하는데 말이지."

라르크와 테리스는 뱃멀미를 안 하는 모양이다.

나는 배 난간에 기대서 바다를 내려다보았다. 파도가 점점 높아지고 있다.

"폭풍우가 일지도 모르겠는걸." 하고, 선원들과 라프타리아가 수군거리고 있었다.

"그런데 꼬마는 섬에 도착하면 어떻게 할 거지?"

"활성화돼 있는 카르밀라 섬에서 할 일은 하나밖에 없잖아."

목적은 당연히 레벨업이다.

물론, 미지의 소재나, 섬에 있는 마물들의 드롭 아이템에 대해서도 확인해 볼 생각이다.

"하긴 그렇겠지."

그 외에는…… 카르밀라 섬에 있는 온천 정도다. 중증 저주를 치료하는 효능이 있다고 한다.

그래서 요양을 겸해 온천욕을 해 볼 생각이다.

"그럼 이렇게 된 김에, 같이 화끈하게 레벨업 한번 해 보는 게 어때?"

"응? 무슨 바람이 불어서 그런 소리를 하지?"

"배에서 같이 지내게 된 것도 다 인연이니까. 테리스랑 둘이서만 레벨업을 하러 다니는 것도 영 재미가 없고 말이지. 꼬마랑 같이 레벨업하는 것도 재미있지 않을까 해서.”

흐음……. 솔직히 말하면 어느 쪽이건 상관없다.

라르크는 내가 방패 용사 본인이 아닌, 방패 용사를 사칭하는 모험가라고 생각하는 모양이다.

그러니 우리에게 빌붙으려는 꿍꿍이가 아니라는 건 알 수 있다.

이걸 어쩐다……. 그렇게 생각하며 라프타리아에게로 눈길을 돌린다.

“어떡하지?”

“괜찮지 않을까요? 함께 행동한다고 해서 뭔가 장해가 발생하는 게 있나요?”

이 세계는 온라인 게임 같은 면이 있는데, 파티 인원 제한은 몇 명일까?

파도 때 기사단을 같이 데려가는 편대 기능은 어디까지나 파도 때만 쓸 수 있는 것으로, 파티와는 약간 내용이 다르다.

내가 알고 있는 게임 중에는 20명 정도의 대규모 파티가 가능한 것도 있었으니 하나로 뭉뚱그려 얘기할 수는 없다.

그렇게 생각하다가 이츠키의 파티를 떠올린다.

이츠키 일행은 꽤 대가족이다. 동료 여섯에 이츠키까지 더해서 일곱 명이다.

그들이 하나의 파티로서 성립되어 있는 거라면, 나, 라프타리아, 필로, 라르크와 테리스까지 다 합쳐도 다섯 명이니

문제는 없겠지.

“우리 발목을 붙잡으면 내팽개쳐 버릴 줄 알라고.”

“하하, 사돈 남 말 하고 있군.”

내가 비꼬았지만, 라르크는 어른스럽게 대처하며 되받아 친다.

나도 이런 녀석은 싫지 않지만 아무래도 내 페이스가 흐트러진다.

“나는 섬 사정에 대해 잘 모르니, 어느 정도 알고 있다면 서로 돕고 살자고.”

“그래. 한번 잘해 보자.”

이렇게 해서 낯선 모험가와 함께 사냥을 하며 레벨업을 하기로 약속을 하게 되었다.

쓰레기와 빗치에게 속았던 때와는 전개가 전혀 달라진 셈이다.

그나저나 다른 용사의 동료들은 뭘 하고 있는 건가…… 하고 생각했는데, 선실에서 축 늘어져 있었다는 모양이다.

밤에는 배가 상하좌우로 뒤흔들릴 만큼의 폭풍우와 조우했지만, 별다른 위험은 겪지 않고, 이튿날 아침이 되자 카르밀라 섬에 도착할 수 있었다.

선실이 비좁다고 해서 딱히 불편하게 느껴졌던 건 아니었으나, 필로는 흥분한 듯 활개치고 다니고, 라프타리아도 밝은 얼굴로 주위를 둘러보았다.

선원들 이외의 모험가들은…… 뭐, 말 안 해도 다들 짐작할 거라 믿는다.

카르밀라 섬은 상상했던 것보다 훨씬 더 큰 화산섬이었다.
지도가 정확하다는 보증은 없지만…… 내 세계로 따지면 하와이 정도?
참고로 카르밀라 섬이라는 건 애칭으로, 정식 명칭은 카르밀라 제도(諸島)라고 한다.
그 이름대로 주위에 많은 섬들이 있다.
각 섬들 사이의 파도는 잔잔하고, 썰물 때는 걸어서 건너갈 수 있는 섬도 많다……고 한다.
……필로를 타고 가면 다른 섬에도 갈 수 있으려나?
"그럼 또 보자고, 꼬마. 내일 모레쯤에 사냥 가기로 하는 거다."
"그래, 알았어, 알았다고."
어디서 재회할 건지 딱히 약속을 정하지도 않고, 우리는 라르크 일행과 헤어졌다.
"자, 카르밀라 섬에 도착한 것까지는 좋은데……."
나는 섬의 항구 부근에서 육지의 은혜에 감사하고 있는 용사들을 보며 황당해하고 있었다.
어젯밤에는 한숨도 못 자고 선실에서 맥없이 나뒹굴었다는 용사들과 그 일행은, 이제 섬에 도착했는데도 아직 그로기 상태에 빠져 있다.

빗치도 얼굴이 새파랗게 질린 채 오바이트 직전이다. 꼴좋군.

"어이, 멀미를 너무 심하게 하는 거 아냐?"

"나오후미 네가 이상한 거라고."

"가라앉는 줄 알았어!"

하긴 나도 가라앉는 게 아닐까 걱정했던 적도 있긴 했지만, 일일이 놀라다간 몸이 남아나지 않는다.

뒤흔들리는 배 안에서 나뒹구는 게 어찌나 성가시던지.

그러고 보니 그렇게까지 거센 폭풍우라니 희한한 일이다. 이것도 재앙의 파도가 원인일까?

내 세계 기준으로 따지면 배가 가라앉아도 이상할 게 없는 수준의 폭풍우였다.

여기가 이세계라는 걸 실감할 수 있었던 뱃길이었다.

"배가 가라앉아서 무인도 생활을 하는 신세가 안 된 게 다행이군."

"끔찍한 소리 하지 마."

"농담도 정도껏 하세요."

"어쨌거나 오늘은 일찌감치 숙소로 가자고. 시간 아까우니까."

그러고 보니 여왕이 소개해 준 숙소로 가기 전에 섬을 관리하고 있는 귀족에게 인사를 하러 가기로 되어 있었던가?

변경이라고는 해도 사람들이 빈번하게 찾아오는 땅이니 어느 정도 지위를 가진 인물이리라.

"잘 오셨습니다. 사성용사 여러분과 그 일행 여러분."

항구에서 다른 용사들이 회복하기를 기다리고 있으려니, 관광 안내원 같은 깃발을 든 수상한 녀석이 우리 쪽으로 다가와서 말했다.

메르로마르크 군복을 입고 있고, 외모는 중후한 초로의 아저씨 같아 보이지만…… 깃발이 영 안 어울린다.

"저는 이 카르밀라 제도를 맡아 다스리고 있는 하벤부르크 백작이라고 합니다."

"하, 하아……."

용사들 중에서 멀쩡한 건 나뿐이었으므로, 솔선해서 응대한다.

"기억해 주시면 감사하겠습니다."

"그래……. 잘 부탁하지."

각 용사들이 하벤부르크 백작이라는 안내원에게 인사를 건넨다.

"그럼 먼저 용사 여러분께 이 카르밀라 제도의 기원에 대해 설명 드리지요."

뭐야……. 이거 진짜 완전 안내원이잖아. 그런 건 귀찮으니까 그냥 넘어갔으면 좋겠는데.

"우리는 관광을 하러 여기 온 게 아닌데……."

활성화 때문에 경험치가 짭짤하다는 소식을 듣고 온 건데, 섬의 전승부터 가르치려고 들다니……. 이건 관광 여행이 아니라고.

"자, 자, 일단 들어나 보시지요. 옛날에 전승 속 사성용사들이 여기서 몸을 단련한 것이 시작이었는데——."

백작은 섬의 시장을 안내하면서 설명해 나갔다.

그 도중에 이상한 조형물을 발견했다.

산타클로스 같은 모자를 쓴 펭귄과 토끼와 다람쥐와 개가 쌓아 올린 듯 층층이 새겨져 있는, 토템 폴(totem pole)같은 장식물이었다.

펭귄은 낚싯대, 토끼는 괭이, 다람쥐는 톱, 개는 로프를 각각 움켜쥐고 있다.

저건 또 뭐야?

"오오? 방패 용사님께선 눈썰미가 예리하시군요. 저건 이 섬을 개척한 전승 속 원주민인 페클, 우사우니, 리스카, 이누루트입니다."

하나같이 일본어를 연상케 하는 이름이다. 과거의 사성용사들도 센스가 형편없었군.

"참고로 이름의 유래는, 용사님들 세계의 기준으로 원주민 개척자들과 가장 유사한 것들의 이름을 여쭤보고, 그걸 기반으로 스스로 이름을 붙였다고 합니다."

어느 쪽이건 형편없는 센스다. 좀 더 그럴싸하게 만들 수는 없었던 건가.

"그럼 이 섬에 저런 것들이 있다는 거야?"

"아뇨, 개척을 마치고 새로운 땅으로 떠나갔다고 합니다. 그 후로는 아무도 그 모습을 보지 못했다더군요."

한마디로 절멸했다는 거군. 실제 존재 여부가 의심스러운 걸. 애당초 마물이 섬을 개척했다는 것부터가…….

"헤에……. 뭔가 맛있을 것 같아."

필로가 침을 질질 흘리며 말했다.

……하지만 생각해 보면, 마차 끄는 걸 최고의 기쁨으로 여기는 마물도 있으니까.

개척을 즐기는 마물이 있다고 해도 이상할 게 없겠군.

그렇게 생각하고 있다 보니 그 조형물 옆에 비석이 있는 걸 발견했다.

"저건 뭐지?"

"사성용사가 남긴 비문이라고 합니다."

"호오."

사성용사라면 우리와 같은 일본인일 가능성이 높다.

일본어로 뭔가 적혀 있거나 하지 않을까?

어디 보자……. 아니.

"어이, 이거 가짜잖아!"

다른 용사들도 비문 쪽으로 다가왔다가, 그것이 읽을 수 없는 문자라는 걸 확인한다.

“이상하군요……. 새로운 용사가 나타났을 때를 대비해서 남긴 것이라는 전승이 있는 비석인데…….”

“지금 나랑 장난하자는 거야? 이건 이 세계의 마법문자라고.”

마법문자……. 이거 꽤 골치 아프게 됐는데.

마법문자는 남에게 배운다고 해서 익힐 수 있는 문자가 아니니까.

뭐랄까, 사람에 따라 해답이 달라지는 문자. 그것이 마법문자다.

예를 들어, 라프타리아의 주특기인 환영 마법을 익히는데 필요한 마법서라면 적성이 없는 내가 읽어 봤자 해독할 수 없다. 번역해도 이상한 문장이 된다. 하지만 라프타리아는 얼마든지 해석할 수 있고, 마법으로써 표현할 수 있다.

공통으로 쓸 수 있는 마법문자도 있지만, 더 고도의 실전적인 내용은 적성이 없으면 읽을 수 없다. 말 그대로 마법으로 읽어내는 것이다. 하지만 문자 자체는 이 세계의 문자에 대한 지식 없이는 읽을 수 없다.

“너, 읽을 줄 알아?”

“수정구슬에만 의존하는 네놈들은 못 읽겠지만, 나는 쓰레기 때문에 불우하게 살아 왔으니까. 글자를 읽을 줄 모르면 마법도 쓸 수 없었다고.”

마법은 수정 구슬로도 익힐 수 있지만, 기본적으로는 마법서를 읽어서 익히게 되어 있다. 전자는 금방 습득할 수 있는 대신 위력 조절이 힘들다. 후자는 습득 시간이 길지만 여러모로 조정이 가능하다.

"뭐라고 적혀 있는 거지?"

"으음……."

마력을 비추어 가며 비문을 읽어 나간다. 상당히 간단한 내용이 적혀 있다.

『힘의 근원인…… 방패 용사가 명한다. 다시금 전승을 깨우쳐, 저자의 모든 것을 지탱하라.』

"쯔바이트 아우라……."

대상을 지명할 수 있는 모양이다. 어디 보자……. 일단 필로에게 걸어 볼까.

필로를 향해 손바닥을 뻗자, 필로 주위에 어렴풋이 투명한 마법의 막이 출현했다.

"와아! 뭔가 힘이 솟구치는 거 같아!"

필로가 깡충깡충 뛰어다닌다. 인간형 상태이건만, 엄청나게 높이까지 뛰잖아.

스테이터스를 보니 모든 스테이터스가 향상되어 있었다.

"아우라……. 전설의 용사가 사용하는, 전 능력치 향상 마법입니다."

이츠키의 동료…… 리시아라는 계집아이가 오도카니 중얼거린다. 그런 전승이 있었던 건가.

"끝내주는데! 우리도 익히자고!"

고대의 마법 습득이라는 말에 아직 게임 감각에 빠져 있는 용사 녀석들이 일제히 비문 해독을 시도한다.

하지만.

"어라……. 읽을 수가 없잖아."

"그야, 너희는 마법언어를 이해 못 하잖아?"

수정구슬로 손쉽게 마법을 습득해 온 이 녀석들이 손쉽게 이 마법을 익혀 버린다면 그것도 나름대로 억울한 일이다.

"나오후미 씨."

이츠키가 내 얼굴을 쳐다본다.

"왜 그래?"

"마법언어 이해 효과가 있는 방패는 어디서 구하신 거예요?"

"내 힘으로 익힌 거라고! 사사건건 무기에만 의존하지 마!"

"가르쳐주기 싫어서 그러시는 거죠?"

"맞아, 맞아! 가르쳐 달라고!"

나 참, 이 녀석들은……. 이러다가는 아예 이세계 언어 이해 효과가 있는 방패는 없느냐고까지 물어볼 것 같다.

남이 노력해서 얻은 걸 무기의 힘으로 손에 넣으려는 생각이겠지.

"나는 아우라라는 마법을 익혔지만, 너희도 똑같은 마법을 쓸 수 있다는 보장은 없어."

"하긴 그렇겠죠. 저희 쪽이 더 좋은 마법일지도 모르니까요."

나를 얕잡아 보고 있다는 게 뻔히 보인다. 거만한 말투가 정말이지 재수 없다.

교황을 상대로 제대로 싸우지도 못한 주제에……. 아니, 열을 내면 지는 거다.

"다음으로 가 볼까. 이것 말고는 뭐가 있지?"

"그럼 숙소로 가면서 카르밀라 제도에서의 주의사항과 이동 수단에 대해——."

백작의 얘기를 개략적으로 설명하면 다음과 같다.

현재, 카르밀라 섬에 있는 마물들의 서식지가 활성화되어 있어서 마물들의 생활 사이클이 가속되어 있다고 한다.

마물들이 기하급수적으로 증식을 되풀이하고 있기 때문에, 모험가들이나 용사들이 토벌해 주지 않으면 더없이 곤란한 상황이다. 우리의 목적은 그 상황에 편승해서 레벨을 올리는 것이다.

따라서 가능하면 마물은 눈에 보이는 대로 모조리 해치우는 편이 낫다.

다른 모험가들에게 길을 양보하는 짓 따위는 필요 없지만, 다른 모험가가 싸우고 있는 현장에 난입하면 쓸데없이 소동이 벌어질 테니 자제해 달라고 했다.

……온라인 게임의 매너 교육 같은 강습이었다.

이동 수단은, 제도 내부에서는 소형 선박이 항상 비치되어 있어서 나룻배로 섬과 섬 사이를 이동할 수 있다고 한다. 최악의 경우 헤엄쳐서도 건널 수 있다는 모양이다.

여왕이 마련해 준 숙소는 이 섬 전체에서 최상급 클래스의…… 내 세계로 따지자면 호텔에 필적하는 건물이다.

원래는 성 같은 용도로 쓰였던 건물일까?

어쨌거나 호화로운 구조와 청결한 분위기. 벽은 대리석 같은 석재로 만들어져 있고, 광택이 감돈다.

페클과 리스카의 석상이 분수 역할을 하고 있어서, 어째 이세계에 있다는 감각이 옅어지는 기분이 든다.

내가 지금 남국의 섬에 와 있는 건가? 내 세계의 하와이에 와 있는 거 아닌가?

그런 착각을 느낄 만큼 호화스러운 계단을 올라, 안내에 따라 방으로 이동한다.

짐은 이 숙소…… 호텔이 책임지고 맡아 준다고 하기에 필로의 마차도 맡겨 두었다.

방에 짐을 내려놓자마자, 우리는 어서 마물 퇴치에 나서기로 했다.

나룻배를 타고 적당한 섬으로 이동한다.

"오랜만에 강해지는 걸 목적으로 마물 퇴치를 해 보네요."

"그러고 보니 그렇군."

필로가 성장한 후로는 행상 일에 힘을 쏟느라 가끔 길에서 조우한 마물을 물리치는 데에 신경을 썼을 뿐, 따로 부탁을 받지 않는 한 일부러 마물 퇴치에 나서는 일은 거의 없었다.

그 후에는 클래스 업도 하지 못한 채 외국으로 가려다가 지명수배를 당했다.

그리고 교황과 싸운 이후에는 이런저런 사정으로 이동의 연속. 마차를 타고 카르밀라 섬에 올 때도 필로가 마물을 치어 버린 정도가 고작이니, 딱히 싸웠다고 할 수도 없다.

그렇게 생각하면 오랜만이라는 표현도 틀린 말은 아니다.

애당초…… 도망 생활을 하던 시절에는, 마물 퇴치라기보다는 조우한 마물을 잡아서 식량으로 삼았던 것뿐이었으니.

"이제부터 카르밀라 제도를 떠날 때까지 같이 레벨을 올리는 거야. 힘들 내자고."

"네!"

"네~에!"

나룻배에서 내려서, 마물들이 서식하는 지역에 발걸음을 내디뎠다.

바이올렛 브로브, 마젠타 프로그, 옐로 비틀, 캑터스 웜이라는 마물들이 서식하고 있는 구역인 모양이다.

별로 강한 놈들은 아니리라.

그렇게 분석을 하고 있자니, 풀숲에서 튀어나온 마젠타 프로그가 공격해 온다.

"읏차."

뛰쳐나온 마젠타 프로그의 배에 방패를 부딪힌다.
철썩 하는 소리와 함께 마젠타 프로그가 내 방패에 달라붙었다.
"하아아앗!"
라프타리아의 검이 마젠타 프로그를 향해서 번뜩인다.
응. 재빠른 움직임이군.

EXP 95 획득

흐음……. 확실히 강함에 비해 경험치가 짭짤한 것 같군.
일격으로 해치울 수 있는 피라미다. 라프타리아가 어째 검을 바라보며 고개를 갸웃거리고 있다.
"무지하게 약한데도 경험치는 상당히 많이 들어오네요."
"이게 활성화의 영향이겠지."
"그랬군요……. 그럼 마음껏 싸워 볼게요."
"다른 사람이 잡고 있는 걸 공격하면 안 돼."
"알고 있어요! 에잇!"
"타아아앗!"
라프타리아의 검에 맞은 마물은 일도양단 당하고, 필로의 발길질에 얻어맞은 마물은 다진 고깃덩이 같은 신세가 돼서 나가떨어졌다. 방패에 먹여야 하니까 살살 좀 해 주면 좋으련만.
우리도 예전보다 강해졌기에 상당한 수의 마물을 상대로

도 얼마든지 싸울 수 있다. 그나저나…… 전혀 대미지를 입지 않아서인지, 마물 놈들이 나를 무시하기 시작했다.

마물들도 바보는 아니다. 벌룬 같은 단순한 마물이라면 계속 공격해 오겠지만, 다소 지능이 있는 마물이라면 나한테는 전혀 피해를 입힐 수 없다는 걸 알아채고 라프타리아나 필로를 노린다.

일단은 내가 앞장서서 마물을 붙잡아 두는 식으로 빈틈을 만들곤 하지만, 수가 너무 많으니 그것도 여의치 않다. 다행스럽게도 라프타리아나 필로가 재빨리 마물의 공격을 회피해 준 덕분에, 나도 지켜주지 못했다는 죄책감에 시달릴 일은 없었다.

하지만 이건 큰 문제다. 방패가 공격을 받지 않으면 내가 있는 의미가 없어진다.

"나오후미 님……. 상대가 좀 지나치게 약한 것 같아요. 좀 더 안쪽으로 들어가 보는 게 어떨까요?"

"흐음……."

어쩌면 좋을까. 이 문제를 해소할 수 있는 방법이 없는 건 아니다.

하나는 어느 정도 약한 방패로 마물을 상대하는 것.

마물들도 자신들의 공격이 어느 정도 먹히는지를 대충 아는 듯, 내가 약한 방패로 상대하면 비록 내가 멀쩡한 상태이더라도 라프타리아나 필로를 공격하는 빈도가 줄어든다. 덤으로 미해방 상태인 방패도 해방시킬 수 있다.

이제 다음 파도까지 시간도 얼마 남지 않은 상태이니, 가능한 한 유익하게 시간을 활용하는 편이 좋을 것이다.

당장은 이 방안으로 가도 문제는 없을 것 같다.

뭐, 애당초 지금 있는 섬의 중턱 정도까지는 라프타리아나 필로 둘 다 거의 일격에 마물을 해치울 수 있겠지만,

그렇게 나아가다 보니, 갑자기 나에게 들어오는 경험치가 0이 되었다.

"뭐지?"

"왜 그러세요?"

"나한테 들어오는 경험치가 0이 됐어. 라프타리아, 너희는?"

"저희는 평소와 똑같이 들어오는데요."

나도 라프타리아와 필로의 경험치를 확인하고 있다. 오직 나만이 경험치를 얻지 못하는 상태가 된 것이다.

무슨 일이 있었던 걸까, 하고 생각하다가 깨달았다.

"이 자식! 우리가 물리친 마물을 가로채다니 뭐 하는 짓이냐! 네놈 같은 건 살아 있을 자격 따위——."

"히익?!"

이츠키와 갑옷남과 그 외 패거리들이 태연한 얼굴로, 다른 모험가들이 싸우고 있던 마물의 숨통을 끊고 있었다.

어이, 어이. 다른 모험가가 잡고 있는 마물을 가로채지 말라는 주의를 들은 직후건만, 뭐 하는 짓거리야!

내가 황당해 하며 이츠키 일행을 보고 있자니, 이츠키도 경험치가 들어오지 않는 걸 깨달은 듯 우리 쪽을 쳐다본다.

"아아, 나오후미 씨가 계셨군요. 어쩐지 경험치가 안 들어온다 싶더라고요."

"용사들의 무기들이 서로 반발을 일으킨 건가?"

"네. 괜찮으시다면 나오후미 씨 일행 분들은 다른 섬에 가 주시면 안 될까요?"

이 자식……. 자기들이 이동할 생각은 눈곱만치도 없는 것 같은 태도다.

아무래도 요즘 들어 이츠키의 태도가 영 신경에 거슬린다.

"맞아, 맞아! 방패 용사는 다른 섬으로 가라고!"

"시끄러! 넌 닥치고 있어!"

이 갑옷남 자식, 진짜 재수 없는 놈이다. 뭐랄까, 태도가 맘에 안 든다.

애당초 이 녀석은 왜 이렇게까지 노골적으로 나에 대한 적개심을 드러내는 거야?

"그보다 이츠키, 너…… 방금 그건 뭐 하는 짓이지?"

"무슨 말씀이신지?"

"이 섬 백작이 얘기했잖아. 다른 모험가가 싸우고 있는 마물을 빼앗는 짓은 하지 말라고."

"무슨 말씀을 하시는 거예요? 먼저 공격한 건 저희 쪽이었어요."

그렇게 말하면서, 이츠키는 멀리 있는…… 마침 모험가에게 달려들려 하던 마물에게 화살을 내쏘았다.

"저기……."

"왜 그러시죠? 퍼스트 어택은 제가 했는데요?"

우리와 모험가가 동시에 품고 있던 의문에 대해, 이츠키는 마치 당연한 일이라는 듯 대답했다.

규칙을 어긴 건 아니지만 문제가 없는 것도 아니다.

온라인 게임에서 말하는 스틸, 혹은 낚시라는 행위다.

게임에 따라서 허용되는 곳도 있고 안 되는 곳도 있는 등 천차만별이니 뭉뚱그려서 얘기할 순 없지만…… 상대에게 폐를 끼치거나 불쾌감을 느끼게 만드는 행동을, 다 함께 마물을 사냥하는 엄연한 규칙이 있는 곳에서 하는 건 옳지 않은 거 아냐?

그러고 보니 이츠키는 자신이 컨슈머 게임의 세계에 왔다는 식으로 인식하고 있었지.

"이츠키, 온라인 게임에서는 그 행위가 여러모로 문제를 일으키는 행위라는 걸 알고 있는 거야?"

"네……? 선제공격은 제가 했는데요?"

"나는 멀리서 공격할 수 있다, 그러니까 마물을 토벌할 권리는 우리에게 있다……. 그런 얘기냐?"

이츠키는 서슴없이 고개를 끄덕였다. 골치가 아파 왔지만 그러는 이유도 짐작이 간다.

컨슈머 게임에서라면 이런 건 전혀 신경 쓰지 않아도 된다.
애당초 상대는 사람이 아니니, 이렇게 한 마물을 두고 신경전을 벌일 필요도 없다.
하지만 나는 꼭 한마디 해 줘야겠다.
“나중에 렌이나 모토야스한테 물어봐. 이 섬의 백작한테 물어봐도 되고. 민폐 행위, 매너 위반이라는 대답이 돌아올걸.”
“무슨 말씀을 하는 거예요?”
“못 알아듣겠단 말이지? 그럼——.”
내가 눈짓으로 필로에게 명령한다.
풀숲에서 출현한 마물을 이츠키가 활로 겨눈 순간.
“퍼스트 윈드~.”
필로가 먼저 바람 마법을 적중시킨다. 직후, 이츠키의 화살이 박혀서 마물의 숨통을 끊었다.
“보다시피 이건 가로채기야. 네가 감히 내가 싸우려던 마물을 빼앗다니! 라는 식으로 화를 낼 수밖에 없지.”
내가 득의양양하게 이츠키를 삿대질하며 내뱉는다.
그러자 갑옷남이 불쾌한 표정으로 앞으로 나서서 입을 연다.
“이 자식! 방패 용사 주제에 이츠키 님에게 대들려는 거냐!”
이츠키는 순간적으로 불쾌한 표정을 지었지만, 곧 상황을 이해했다.

"진정하세요. 그랬군요, 이제 잘 알겠네요."

온화한 척 미소를 짓고는 있지만, 눈은 안 웃고 있잖아. 불쾌감을 미소의 가면 속에 숨기면서 고개만 끄덕거리지 말라고.

우리가 떠나고 나면 내가 한 얘기를 지킬지 어떨지 의심스럽군. 일찌감치 다른 섬으로 가자.

"그럼 저한테 경험치가 들어올 수 있을 때까지 점심 식사나 할까요."

이츠키는 동료들에게 휴식을 지시하고 있다.

남의 파티 일이니 그런 것까지는 딱히 관심도 없지만——.

"리시아! 런치타임이다!"

"아, 네!"

갑옷남과 다른 동료들이 리시아라는 아이에게 점심 식사 준비를 지시하고 있다.

건방진 놈들. 런치타임 좋아하시네. 어디까지나 방패의 번역을 통해서 들린 말이었지만, 단어 선택이 맘에 안 든다.

"……자기 밥 정도는 자기가 가져다 먹으라고."

가만히 중얼거렸더니 갑옷남이 물고 늘어진다.

"무슨 말씀을 하시는 건지 모르겠군요? 리시아는 친위대 가운데 가장 신참. 잡무가 임무란 말입니다."

"하아……?"

말문이 막혀 버린다. 뭐라고? 신참?

응? 용사가 동료를 고용하고 있다고 치면 회사 같은 조직이라고 생각할 수도 있지만, 뭔가 다른 거 아냐?

리시아라는 아이가 동료들에게 점심 식사를 나누어준다. 그런데…… 나누어주는 데도 순서가 있는 듯, 음식물을 주의 깊게 검사하고, 여러 번 확인한 후에 동료들의 이름을 순서대로 중얼거리고 있었다.

리시아가 나눠주는 순서가 뒤쪽으로 갈수록 식사가 초라해져 간다.

이츠키에게 준 건 수제 도시락일까? 런치박스를 그대로 건네준다.

다음은 요란한 갑옷남. 뼈다귀가 붙은 고기와 큼직한 고기가 든 샌드위치. 그다음은 전사. 샌드위치와 구운 생선. 그다음은…… 하는 식으로 이어진다.

리시아는 남은 봉지에서 과일을 꺼내서 먹기 시작한다.

뭐야, 이거? 모두 똑같은 걸 먹는 게 아니었어?

"이건……?! 설마 서열 같은 게 있는 거야?"

"왜 쳐다보고 계신 거예요, 나오후미 씨? 거치적거리니 빨리 이동해 주세요."

"지금 그딴 말이 나와?! 이츠키, 너…… 머리가 어떻게 된 거 아냐?"

내가 할 소리는 아닌지도 모르지만, 이건 리시아라는 애가 노예나 다를 바가 없잖아.

아니, 적어도 나는 라프타리아와 같이 밥을 먹는다. 이츠키 패거리는 그보다 더 심한 대접을 하고 있다. 노예 이하인 거 아냐?

"주인님 배고파~."

"필로, 넌 좀 가만히 있어!"

이츠키 패거리가 밥을 먹고 있는 모습에 현혹됐는지, 필로가 밥 타령을 하기 시작했다.

그런 우리를 보고, 갑옷남이 득의양양한 웃음을 지으며 입을 열었다.

"얼마나 이츠키 님의 신뢰를 얻고 있는지, 그리고 얼마나 공헌하고 있는지에 따라 우리의 지위가 정해집니다. 얼마나 좋은 일입니까? 방패 용사 씨에게도 이츠키 님의 근사한 점에 대해 찬찬히 얘기해 드리도록 하죠."

"아니, 관심 없어!"

"그런 말씀 마시고 들어 보시죠. 우선 저희가 이츠키 님과 만나고 정의에 눈을 뜬 것은——."

그리고 이츠키의 동료들은 지금까지 이츠키가 이룬 위업들을 찬양하기 시작했다.

어떤 내용이었는지는 떠올리고 싶지도 않다.

남들이 알아보지 못하도록 스스로를 감춘 채 나쁜 짓을 일삼는 녀석들을 퇴치하러 돌아다닌 이야기가 대부분. 이 녀석들은 그 모습을 보고 이츠키야말로 세계를 구할 용사라고 믿어 의심치 않게 되었다는 모양이다.

이건 완전히 종교나 마찬가지잖아……. 아예 그냥 이츠키교라고 불러야겠다.

게다가 이츠키 본인은 득의양양한 얼굴로 우리를 쳐다보고 있다.

남의 입을 빌려서 자기 자랑을 하다니…… 상종 못 할 놈이다.

이건 내 분석이지만, '이츠키가 항상 악인을 퇴치하고 있다=자신들은 정의의 사도다' 라는 식으로 착각하고 있는 것 같다.

아마…… 그런 정신상태를 가리키는 이름이 있었던 것 같은데.

옛날 외국 영화에 나오는, 정의의 경찰이 악당을 해치우는 모습에 영향을 받은 것 같은 이름이 붙은 정신병. 경찰관들이 자주 걸리곤 하는 병.

이름은 생각이 나지 않지만, 원래는 영화 제목이 유래라고 했던가…….

악당은 살아갈 자격도 없다고 주장하면서, 아무리 사소한 죄라도 죽음으로 죗값을 치르게 하려는 과도한 정의감의 결과로 일어난 사건. 저항만 해도 죽여 버리곤 한다던가.

실제 영화에 나오는 경찰은 그런 짓을 한 적이 없지만, 이미지만이 그렇게 떠돌아다닌 결과였다고 들었던 것 같다.

그것과 비슷한 느낌이다.

이츠키, 너 혹시 정의의 사도 놀이에 너무 심취한 거 아냐?

내가 읽은 사성무기서라는 책에 묘사된 바에 따르면 활의 용사는 정의감이 투철한 녀석이다.

하지만 넌 정의의 의미를 잘못 생각하고 있어. 옳다는 것은 무슨 짓을 해도 된다는 권리가 아니라고.

하지만…… 이츠키에게 무슨 소리를 해 봤자 효과는 별로 없을 것이다.

무엇보다, 나는 짜증을 감수해 가면서까지 설득을 시도할 만큼 이츠키에게 기대를 품고 있지 않다.

"그럼 저희는 좀 더 안쪽으로 들어가 봐야겠어요. 나오후미 씨, 잘 가세요."

"그래, 잘 있으라고. 될 수 있으면 주위에 민폐 끼치지 말고."

순식간에 식사를 마친 이츠키 일행은 이동을 시작한다.

나는 대화를 포기하고 그 자리를 떠났다.

"성에서 얘기했을 때도 생각했지만, 터무니없는 생각을 가지신 분이네요."

"그러게 말이야……."

이츠키와는 별로 마주치고 싶지 않다는 생각이 든다.

또 이동하는 건 귀찮으니, 다른 용사들이 어느 섬으로 갔는지 제도 안에 있는 그림자에게 미리 물어봐 두는 게 좋을 것 같다.

그렇게 결론을 내리고, 우리는 곧바로 본도로 돌아왔다.

"오? 방패 꼬마 아냐? 꼬락서니를 보아 하니 상대가 너무 강해서 돌아온 건가?"

본도 항구에 돌아오자 라르크와 테리스 일행과 재회하게 되었다.

"마물 자체는 피라미였지만, 다른 이유가 있어서 돌아왔어."

구체적으로는 용사들이 가진 무기들 간의 반발 때문이었지만, 그걸 일일이 설명하기도 귀찮으니까.

"무슨 일인데 그래?"

"……밥 때가 됐으니까. 그리고 같은 섬에 용사가 와 있어서 다른 섬에서 사냥해야 해."

이츠키 패거리의 무용담을 듣느라, 시간은 어느덧 2시 가까이 되어 있었다.

지금부터 사냥터로 간다고 해도 바로 돌아와야 하는 신세가 될 것 같다.

일단, 용사 놈들이 어디로 갔는지를 물어봐 두지 않으면 괜한 헛걸음을 하게 될 수 있다.

"호, 꽤 본격적으로 용사 흉내를 내고 있군. 용사들끼리 반발한다든가 하는 거 말이지?"

"뭐, 그런 거야."

"라르크 씨 일행도 사냥하러 가시나요?"

"그래, 어느 정도 놈들이 있는지 시험해 보려고. 꼬마들은 가 보니 어땠어?"

"마물들의 위력에 비해서 경험치가 짭짤하더군."

"그래, 그렇단 말이지."

그런 얘기를 하고 있으려니 테리스가 나에게 말을 걸었다.

"나오후미 씨라고 불러도 될까요? 라프타리아한테 얘기를 들었는데……."

"응? 무슨 얘기지?"

"나오후미 씨는 세공에 재주가 있다지?"

세공에 재주가 있다……. 뜬금없는 화제군.

라르크와 만난 뒤부터 꽤 대화를 나눠 봤지만, 테리스와는 별로 얘기를 나눠 본 적이 없었던지라 살짝 곤혹스럽다.

"재주가 있는 건 아니고, 세공을 할 줄 아는 녀석한테 배워서 어느 정도 소양이 있는 것뿐이야."

"그럼 소재와 돈을 줄 테니 액세서리를 만들어줄 수 없을까요?"

"뭐……. 시간만 있으면 만들어줄 수야 있지만……."

"부탁할게요."

"그래, 알았어."

뭐, 의뢰라면 받아 줘야지. 돈도 벌 수 있고.

“그래서, 어떤 액세서리가 필요하지?”

“팔찌가 좋으려나? 어쨌거나 나오후미 씨가 생각하기에 제일 좋을 것 같은 물건으로 부탁할게.”

그렇게 주체성 없는 주문이 제일 곤란하단 말이지.

어찌 됐든 테리스가 준 소재로 만들 수 있는 물건을 만들면 되겠지.

“소재가 없으면 아무것도 못 만든다고.”

“그럼, 라르크.”

“알았어.”

라르크 일행은 허리에 차고 있던 보따리에서 이런저런 넝마 쪼가리와 광석의 원석을 꺼내 우리에게 내보인다.

……보석의 원석이 많은걸.

“그래서? 어떤 게 필요한데?”

“이 중에서 좋은 걸 골라서 뭐든 만들어주면 돼요.”

“……알았어.”

나는 라르크에게서 원석을 받아 든다. 의뢰라고 생각하면 되겠지.

“그럼 돈은 나중에 청구하도록 하지.”

“좋아! 방패 꼬마, 부탁 좀 하자고.”

“그래, 그래.”

무기상 아저씨의 기분을 맛보게 되었다. 내 의뢰를 받을 때면 이런 기분이었겠지.

일단 의뢰를 받아들였으니 잘 만들어야겠다는 생각이 든다.

"그럼 우리는 갔다 올게."

"라르크 씨, 테리스 씨. 다녀오세요."

"잘 다녀와~!"

라프타리아가 필로가, 나룻배를 타고 출발하는 라르크와 테리스를 향해 손을 흔들고 있었다.

이츠키 패거리보다 평범한 모험가가 말이 잘 통한다는 게 어째 좀 서글픈데.

그 후로 우리는 성에 출장 와 있는 그림자와 백작에게 가서, 용사들이 어느 섬으로 갔는지를 물었다.

일단 다른 용사들, 렌과 모토야스가 서로 마주쳐서 이동해야 할 상황이 됐다고 한다.

그래서 서로 다른 섬에 가기로 했다는 모양이다.

성가신 일이군……. 용사들의 무기에 이런 폐해가 있다니. 지금까지 한자리에서 싸운 경우라고는 파도 때 정도밖에 없었던 탓에, 까맣게 잊고 있었다.

이 시간 허비가 너무도 뼈아프게 느껴진다. 이렇게 된 거 좀 과감하게 나가 볼까.

"라프타리아."

"왜 그러세요?"

"야간전투라도 해서 시간 절약을 해 볼까?"

내 제안에, 라프타리아는 입가에 손을 대고 숙고한다.

"그것도 괜찮겠네요. 약간 위험할 것 같긴 하지만, 조금이라도 더 강해지려면 시도해 볼 만한 방법일지도 몰라요."

"밤에 싸우는 거야~?"

"그래."

저주를 풀기 위해서 온천욕을 하는 것도 한 방법이지만, 지금은 배 여행 때문에 몸이 약간 둔해져 있다.

뒤처진 시간을 만회하기 위해서 야간전투를 경험해 보는 것도 한 방법이리라.

파도가 꼭 낮에만 닥쳐오리라는 보장도 없다.

그리고 애초에 필로는 야생동물이나 다름없는 녀석이고, 야간전투는 도망 생활 중에도 몇 번 경험해 본 적이 있었다.

이렇게 해서 우리는 용사들이 없는 섬으로 이동해서, 밤에도 쉬지 않고 싸우기로 마음먹었다.

"후우……."

"이 정도면 될까요?"

"그래."

섬에 도착한 우리는 해가 저문 뒤에도 마물과의 싸움을 계속했다.

카르밀라 섬에 출현하는 마물들이 여러 아이템을 드롭한다는 사실이 판명되었다. 대부분은 치료약이나 마력수, 혼유약의 재료 따위였지만.

날이 완전히 저물자 마물의 출현 빈도가 증가했다.

마물이 많으면 손에 들어오는 경험치도 그만큼 증가한다. 덕분에 제법 많은 경험치를 획득할 수 있었다.

지금은 지칠 만큼 지쳤기에, 모닥불을 피우고 휴식을 취하고 있다.

필로가 이따금 흘깃거리며 주위를 둘러보곤 한다. 마음 편히 쉬기는 힘들 것 같군.

카르밀라 제도에는 급경사의 산 같은 섬, 숲 같은 섬, 밀림 같은 섬 등 다양한 섬들이 있다.

"마물과 조우하는 빈도가 높네요."

"그러게 말이야."

지금 우리가 있는 곳은 산이 있는 섬이다.

산 쪽을 올려다보니 산의 윤곽이 빨간 실루엣 같은 느낌으로 도드라져 보였다.

이것이 활성화의 영향일까.

아아, 야간 전투를 한 덕분에 내 레벨도 어느 정도 상승했다.

섬에 도착할 당시 내 레벨은 43, 라프타리아와 필로는 40이었는데, 지금은 내가 48, 라프타리아와 필로는 각각 50과

51까지 상승해 있다.

라프타리아가 말하길, 마물이 너무 약해서 의욕이 떨어진다는 모양이다.

그리고 똑같은 이름을 가진 마물이라도, 사이즈나 경험치가 다른 경우가 있었다.

내 덩치와 비슷한 정도의 마젠타 프로그와 마주친 적도 있었다. 그래도 필로는 여유 있게 해치웠지만.

별로 강하지는 않다. 그런 주제에 경험치가 짭짤하고 출현 빈도도 높아서, 고맙게도 레벨업 효율이 아주 좋다.

이제 첫날인데도 엄청난 속도로 레벨이 오른다.

라프타리아와 필로의 스테이터스 상승도 상당하고 말이지. 그런 가운데, 나는 방패 강화 작업에 내몰려 있다. 현재 보유한 소재로 가능한 강화는 어차피 뻔하다.

주로 사용하고 있는 건 키메라 바이퍼 실드 정도이지만, 써먹을 수 있는 방패가 그것밖에 없는 건 아닐 것이다. 위험 부담이 큰 라스 실드에 대한 의존도를 최소화할 수 있도록, 원래는 약하지만 강화를 통해 강해질 수 있는 방패가 없는지를 찾는 중이다.

"아……."

"나오후미 님, 저 때문에 무리하시게 만들어 놓고 이런 말씀을 드리는 건 좀 민망하지만…… 보아 하니 저주 때문에 피곤하신 것 같아요. 좀 더 쉬시는 게 어떨까요?"

몸이 무겁게 느껴진다. 오랜 시간 싸우기는 버거울지도 모르겠다.

뭐, 방패를 강화한 덕분에 저주 따위는 무시할 수 있을 만큼 강해져서 지금껏 싸워 왔지만, 너무 무리했다가 탈이 난 모양이군.

"여기 마물들은 나한테 상처 하나 내지 못하는 것 같아서 괜찮을 거라고 생각했는데 말이지."

긴장을 완전히 풀고 두 다리를 쭉 뻗고 있으려니, 저벅저벅 다가오는 발소리가 들려왔다.

누구지?

어리둥절해하며 살펴보았더니, 그건 다급한 표정의 라르크 일행이었다.

"아무리 기다려도 너희가 안 돌아오는 바람에 소동이 벌어져서 찾으러 왔다고!"

"하?"

"나룻배 주인이 어쩔 줄 모르고 있더라니까. 아무리 기다려도 꼬마들이 안 돌아온다고."

"모험가 생활을 하다 보면 섬에서 죽을 수도 있는 거 아냐? 그런 걸 일일이 신경 쓰다니 별일이군."

이 녀석은 나를 방패 용사를 사칭한 애송이 모험가로 취급하고 있지 않은가. 그런 신참 모험가가 분수를 모르고 주제 넘는 짓을 했다가 죽는 건, 모험가 업계에서는 흔히 있는 일…… 아닌가?

다른 모험가들과는 딱히 얘기를 나눠 본 적이 없어서 잘은 모르겠지만.

“그야 그렇다고들 하지만, 걱정돼서 와 본 거야.”

흐음……. 걱정이 돼서 위험한 밤의 섬까지 쫓아온 건가.

스스로가 조금이나마 라르크 일행에 대해 호감을 품게 되었음을 자각한다.

아무래도 이 둘은 걱정이 많은 성격인가 보다. 모험가라기보다는 기사나 성직자 같군.

……이 나라의 기사와 성직자들은 다들 쓰레기 같은 놈들이었지만.

“시간이 아까워서 말이지. 밤낮 안 가리고 싸워 볼 생각이었어.”

“어쨌든 일단 숙소로 돌아가. 나 참, 걱정 좀 끼치지 말라고.”

“그래, 그래.”

저주도 치료해야 하니, 야간 전투는 이 정도로 끝내 둘까.

“그럼 돌아갈까?”

“그렇게 해요. ……걱정 끼쳐 드려서 죄송해요.”

“이제 돌아가는 거야?”

필로가 고개를 갸웃거리고 있다.

“그래.”

"그렇구나. 그럼 가자~."

이렇게 해서 우리는 캠프를 중단하고 본도로 돌아갔다.

딱히 신경 쓴 적 없었는데, 의외로 인연이라는 게 있긴 있는 모양이군.

7화 술집

"폐 끼쳐서 미안하게 됐어."

"신경 쓰지 말라니까 그러네, 꼬마."

우리는 나룻배를 타고 본도로 돌아왔다.

완전히 해가 지고, 낮에는 북적거렸던 상점들도 대부분 닫혀 있다. 남아있는 건 술집 정도가 고작이다.

"꼬마들의 무사 귀환에 대한 축하의 의미로 술집에서 화끈하게 한 잔 하자고."

"돌아가면 냉큼 씻고 자고 싶은데……."

"뭐야, 재미없는 녀석일세. 조금 마시는 게 뭐 어때서?"

……우리를 걱정해서 찾아오기까지 한 녀석들이다. 조금 정도는 어울려 주는 것도 괜찮겠지.

"알았어. 조금만 있다가 갈 테니 그리 알라고."

"좋아!"

모험가들이 저마다 떠들어대는 소리에, 술집 안은 활기가 넘친다.

어느 사냥터에서 몇 레벨을 올렸다느니 하는 얘기를 나누고 있는 모양이다.

참고로 용사들의 술값은 여왕이 내주기로 했다는 건 이미 확인해 두었다. 나중에 경비로 처리할 생각이다.

일단 파티석으로 가서 앉는다.

술집 아저씨에게 적당히 술을 주문했다.

"필로는 어쩔 거지?"

"으~응?"

필로는 술 냄새가 마음에 안 드는 듯 떨떠름한 표정으로 술집을 슬쩍 흘겨본다.

"뭔가 즐거워 보이긴 하지만…… 냄새가 이상해."

"그렇겠지."

아무래도 필로가 드나들기에는 너무 일렀던 모양이다.

아직 어린애니까. 애당초 필로에게 술을 먹였다가 이상한 소동이라도 벌어지면 곤란하다.

"자! 누가 이길 것인가!"

그때, 술집 안에서 힘자랑을 하겠답시고 팔씨름을 벌이는 자가 나타났다.

우락부락한 남자 둘이 상대의 팔을 꺾어 버릴 것 같은 기세로 팔씨름을 하고 있다.

그 뒤에서는 승패를 두고 내기를 벌이는 자들이 생겨났다. 아, 모토야스가 술을 먹이면서 여자를 꼬드기고 있는 장면을 발견. 한결같은 녀석이군. 보나 마나 좀 있다가 여자를 바래다주겠다면서 수작을 걸 꿍꿍이겠지.

그 뒤에서는 무희가 요염하게 춤을 추고 있고, 그 뒤에서는 시인 같은 녀석이 하프를 든 채 노래를 부른다. 이런 장면을 보면 정말 내가 이세계에 있구나 하는 실감이 든다.

"아! 저쪽이 뭔가 재미있을 것 같아."

필로는 조류 마물인 필로리알이라서, 지저귀는 소리처럼 들리는 저런 악기에 관심을 가지는 걸까.

"좋아, 다녀와. 폐 끼치지는 말고."

"응!"

필로는 춤과 노래가 펼쳐지는 쪽으로 총총히 달려간다.

바로 그때, 내 몫의 술이 나왔다. 가볍게 마셔 본다.

으음. 역시 이세계라도 술맛은 그게 그거인 것 같군.

"이게 술……."

라프타리아가 흥미진진한 눈길로 술을 바라보고 있다.

"……그러고 보니 라프타리아는 마시면 안 되겠군."

"네? 왜요?"

그야, 라프타리아, 네 실제 연령은 아직 어린애니까.

하지만 잘 생각해 보면 육체적으로는 이미 어른인가? 도덕적으로는 어떻게 되는 거지?

"알았어. 하지만 인사불성이 될 정도로 마시지는 마."

"네!"

뭔가 어린아이가 첫 번째 경험을 하는 것처럼, 라프타리아는 머뭇머뭇 술잔에 입을 가져간다.

"……뭔가 씁쓸한 맛이네요."

"그렇지 뭐."

"하하하, 라프타리아 아가씨한테는 너무 일렀나 보군."

라르크는 유리잔에 든 술을 호쾌하게 들이켜기 시작했다.

테리스는 홀짝홀짝 마시고 있다. 마시는 방식이 그야말로 하늘과 땅 차이다.

내가 느끼기에는 물이나 주스와 딱히 다를 것도 없는 감각인데 말이지. 취한 적도 없으니까.

"나오후미 님은 술 마시는 걸 어떻게 생각하세요?"

"나는 아무래도…… 술 마시는 데에는 별 관심 없어. 그냥 친교 관계상 마시는 정도야."

"그러셨군요."

"내 세계에서는 안 마시는 녀석도 나름 있지만, 이 세계에서는 얼마 없는 것 같기도 해."

렌과 이츠키는 미성년자지만, 여기는 이세계라는 구실로 마시고 있을지도 모른다.

아……. 술집 밖에서 연회에 참가하고 있는 이츠키를 발견. 네놈은 미성년자잖아.

뭐, 여긴 이세계다. 처벌할 법률도 없겠지. 이러면 렌도 마시고 있을 가능성이 높겠는데.

"어느 정도까지 마실 수 있는지 측정해 보는 것도 괜찮을지도 모르겠군."

"하아……."

라프타리아는 술잔에 입을 대고 꿀꺽꿀꺽 술을 들이켠다.

"이런 식으로요?"

"오? 제법 잘 마시는데?"

"그러게 말이야."

원래 세계에서의 연회를 떠올린다.

나는 딱히 여자는 술을 마시면 안 된다는 식의 사고방식은 갖고 있지 않다.

예로부터 술은 하루하루의 피로를 달래 주는 수단으로 애용되어 왔으니 어느 정도 효과는 기대할 수 있을 터.

라프타리아는 참을성 있는 아이니까. 진짜 속내가 어떨지 궁금하기도 하다.

"자, 마음 놓고 마셔."

"네."

라프타리아에게 술을 권하고 있으려니, 시인이 노래하고 있는 쪽에서 수런거리는 소리가 들려왔다.

그쪽을 돌아보니 필로가 시인의 연주에 맞추어 노래하고 있다. 실력이 제법인데.

시인과 그 주위 사람들은 처음에는 놀라는 기색이었지만, 뜻밖에도 근사한 필로의 목소리 덕분에 흥이 올라 있다.

응? 모토야스 녀석, 필로가 노래하고 있는 걸 발견한 모양이다.

"필로, 브라보!"

같이 있던 여자는 어쩌고 그러고 있는 거냐.

"싫어~!"

거참 시끄럽네.

그 후로 30분.

"이 섬에서 얼마나 레벨을 올릴 수 있을까요? 좀 더, 안쪽으로, 좀 더 강한 곳으로――."

"크윽――. 꼬마랑 아가씨도 제법 센데?"

총 15병 분량의 술을 마신 라프타리아는 나를 향해 자신의 생각을 얘기하고 있다.

주량이 꽤 센 모양이다.

"그래 봐짜, 이 모만테는 모 땅한단 말쓰이야!"

라르크는 만취를 넘어서 혼수상태다. 혀가 꼬부라질 대로 꼬부라져 있잖아.

"자, 자, 라르크. 이제 그만 숙소로 돌아가자구."

테리스가 그런 라르크의 어깨를 부축한다.

저 덩치를 용케 들쳐 업는다 싶었더니, 마법을 사용하고 있는 모양이다.

“그럼 오늘 밤은 이만 마시고, 우리는 숙소로 돌아가 볼게요.”

“알았어. 기회가 있으면 내일 다시 만나자고.”

“그나저나…… 두 분 모두 잘 드시네요. 특히 나오후미 씨는 전혀 취한 기색이 없는걸요.”

“뭐, 옛날부터 술은 셌으니까.”

“제 눈에는 그런 차원이 아닌 것처럼 보이는걸요.”

테리스는 그렇게 말하며 미소 짓고, 라르크를 부축한 채 술집을 떠났다.

“그럼 나오후미 님, 조금 더 마셔요.”

“라프타리아도 주량이 제법 센 것 같군.”

술집 아저씨도 라프타리아의 주량에 경악을 감추지 못하고 있는 모양이었다. 아인은 술에 대한 특별한 내성을 갖고 있는 건지도 모르겠다. 술병을 든 너구리 모양의 *시가라키야키를 연상케 한다.

그런 생각을 하고 있으려니, 팔씨름에서 패한 녀석이 이쪽으로 나뒹굴어 왔다.

“뭐예요! 지금 얘기하는 중이니까 방해하지 마세요!”

라프타리아가 노골적으로 불쾌감을 드러내며 쏘아붙인다.

---

* 시가라키야키 : 일본 시가(滋賀) 현 고카(甲賀)시 시가라키(信楽) 일대에서 만들어지는 도자기류의 총칭. 너구리 장식품이 유명하다.

평소 같으면 절대로 이런 소리는 안 할 텐데. 술이 들어가서 그런가?

돌이켜 보면 지금까지 줄곧 행상, 파도, 도망 생활에 시달리느라 마음 편히 쉴 수 있는 시간은 거의 없었다.

스트레스 해소를 위해서는 이렇게 배출구를 마련하는 것도 괜찮을지도 모르겠다.

“핫! 불만 있으면 팔씨름에서 이기고 말하라고.”

“그렇단 말이죠……. 알았어요. 상대해 드리죠.”

라프타리아는 팔씨름 참가를 표명했다.

……괜찮겠지? 괜히 참다가 병나면 곤란하니까.

나는 걱정하면서, 카운터 석에 앉아 상황을 지켜본다.

근처에 있는 포도처럼 생긴 과일로 천천히 손을 뻗어서 먹는다.

“어?!”

뭐야 이거, 무지 맛있잖아. 포도를 응축한 것 같은 맛이면서 뒷맛이 깔끔하다.

그러면서도 계속 입안에 남아있는 것 같은 신기한 풍미……. 저도 모르게 계속 손이 간다.

“승부가 났다!”

“이 녀석! 보통내기가 아냐!”

“이겼다~! 다른 사람 없어요~?”

반쯤 감긴 눈으로 승리의 포즈를 취하는 라프타리아. 저

거 완전히 고주망태가 된 거 아냐?

일찌감치 말려야 하는 거 아닌가?

"저기……."

술집 아저씨가 걱정스러운 눈길로 내게 말을 건다.

"응?"

"괜찮은 건가요?"

"가게가 걱정돼서 그래? 알았어. 일찌감치 정리되도록 노력하지."

"아뇨, 그게 아니라……."

"엉?"

어째 술집 아저씨의 안색이 안 좋다. 눈에 띄게 파랗게 질려 간다.

라프타리아가 우락부락한 남자들을 팔씨름으로 꺾고 있으니까. 그 모습에 놀란 거겠지.

"술 가져와! 술 추가다!"

커다란 나무 술통을 가져온 사내가 술집 구석에 걸려 있는 포도 열매 한 알을 나무통에 넣고 휘휘 젓는다. 조미료 같은 건가 보군. 뭐, 이렇게 맛있는 열매니까.

그렇게 술집의 흥청거림은 계속된다.

라프타리아는 팔씨름 상대를 금세 꺾고, 도박은 불이 붙었다.

"팔씨름으로 이 사람을 꺾을 자는 누구냐!"

필로 쪽은 노래하는 게 그렇게 재미있는지, 시인과 함께 열창을 펼치고 있다.

확실하게 기분 전환이 돼서 다행이군.

야금야금 포도 같은 과일을 입에 집어넣는다.

"다, 당신 뭐 하는 거야?!"

한 사내가 엄청난 성량으로 고함치며 나를 삿대질했다. 그 목소리에, 술집은 순식간에 정적에 잠긴다.

"뭐야? 왜 그래?"

열매를 다 먹고, 남자에게 묻는다.

완전히 꽐라가 돼서, 나한테 시비라도 걸려는 건가?

"루코르 열매를 직접 먹다니, 죽으려고 환장한 거냐?!"

"엉? 무슨 소리야?"

근처에 한 송이가 더 있었으므로 가져다가 한 알을 입에 집어넣는다.

직후, 웅성거림이 한층 더 커졌다. 뭔가 이상한 일이라도 있었던 건가?

"나, 나오후미 님. 무슨 일이에요?"

소란 때문에 취기가 가셨는지, 라프타리아가 평소 같은 태도로 묻는다.

"글쎄? 저 녀석들이 갑자기 난리를 피워서 말이야. 뭐가 뭔지 알 수가 있어야지."

이거 중독성이 장난이 아닌데. 앞으로 애호하게 될 것 같다. 하나 더 먹어야겠다.

한 알을 덥석 입안에 집어넣는다.

"어어?! 또 먹었어?!"

어째 술집 안의 모든 이목이 나에게 집중된다. 내가 식사 좀 하겠다는데 왜들 이렇게 난리를 치는 거야.

도대체 뭘 그렇게 놀라고 있는 거지?

"무슨 일이야?"

모토야스 녀석이 얕잡아 보는 눈길로 내게 다가온다.

"그게 말이지, 이 과일을 좀 먹었더니 이 녀석들이 난리를 피우더라고."

"호오……. 그 과일이 무지하게 비싼 거 아냐?"

"그런 거야? 그거 미안하게 됐군. 나중에 값을 치를 테니 좀 참아 줘."

말만 하면 여왕이 돈을 내 줄 것이다. 이건 여왕 돈으로 먹는 셈이니 마음 놓고 먹을 수 있다.

"그게……. 그런대로 비싼 과일이기도 합니다만…… 문제는 그게 아니라……."

술집 아저씨가 애매모호하게 말한다.

"왜 그러는 건데?"

"저기…… 그 루코르 열매라는 건 커다란 물통에 한 알 정도를 섞어서 마시는 술의 원재료 같은 것입니다. 그런 녀석을 그대로 드시다니……."

"하아? 무슨 소릴 하는 거야? 농담 좀 작작 해."

"아뇨……. 사실입니다만……."

"나오후미는 완전히 술에 취해서 맛이 갔어. 그런 농담은 안 통한다고."

모토야스가 루코르 열매 한 알을 집어서 입에 집어넣는다.

"오……. 이거 맛이 굉장히 진한데. 이거 맛있——."

말을 채 마치기도 전에, 모토야스 녀석은 앞으로 고꾸라졌다.

낙법도 취하지 못해서, 쿵 하고 요란한 소리가 울려 퍼진다.

하핫! 눈깔을 까뒤집고 있잖아, 이 녀석. 그나저나, 이 열매가 그렇게 위험한 건가?

"큰일 났다! 루코르 열매에 중독돼서 쓰러졌어!"

"빨리 토하게 해!"

"알았어!"

어째 술집 안이 소란스러워지고, 모토야스는 부축을 받아 업혀 나갔다.

나 원 참……. 즐겁던 분위기가 엉망이 됐잖아.

그나저나, 이 열매에는 고농도의 알코올이 함유돼 있단 말이지…….

"라프타리아도 하나 줄까?"

"아뇨……."

"그럼 필로가 먹어 볼래?"

노래를 멈춘 필로가 내 쪽으로 다가왔으므로, 열매를 입가로 가져가 준다.

그러자 필로는 입을 틀어막고 내게서 거리를 벌렸다.

"싫어!"

"먹보 필로가 별일이군."

"그 열매, 어쩐지 싫어!"

으음……. 어째 반응이 영 안 좋네. 설마 필로까지 거부할 줄은 생각 못 했었다.

"술고래가 나타났다아아아아아아!"

"완전 괴물이잖아!"

"술의 신이라도 저 친구를 보면 꼬리를 말고 도망칠걸!"

뭔가 대혼란이 벌어졌다.

이 열매가 말이지……. 모종의 농담이 분명하다. 아니면 이세계인과 체질이 달라서 그런 건가? 모토야스는 이쪽 세계 사람과 체질이 비슷한 건지도 모른다. 애당초 나와 모토야스는 비슷하긴 해도 각기 다른 세계에서 온 사람들이니까.

"어째 나 때문에 소동이 벌어진 것 같아서 미안한데. 숙소로 돌아갈까."

"아, 네."

수런거리는 술집에서 이야기를 매듭짓고, 우리는 자리에서 일어섰다.

8화 카르마

이튿날, 해가 어느 정도 떠올랐을 때, 우리는 사냥을 떠났다.

내일부터는 라르크 일행과 함께 사냥을 하기로 되어 있다.

딱히 거기에 대비하려는 건 아니지만, 빨리 레벨을 올려두고 싶다.

그리고 재미있을 정도로 레벨업이 빨리 되니까.

아, 그러고 보니 아저씨의 가게에서 웨폰 카피로 얻은 방패 중에 재미있는 스킬을 발견했다.

『헤이트 리액션』이라는 스킬이다.

"헤이트 리액션!"

아무 일도 일어나지 않아서 고개를 갸웃거린다. 그러자 필로가 몇 번인가 눈을 깜박거리고는,

"주인님한테서 뭔가 기분 나쁜 이상한 느낌이 뿜어져 나와서, 주위에 날아다니고 있어."

그런 소리를 했다. 처음엔 이게 무슨 소린가 싶었지만, 금방 이해할 수 있었다.

그 자리에 있던 마물들이 나를 향해서 몰려들었기 때문이다.

물론, 다른 모험가와 싸우고 있던 녀석까지 포함해서.

효과 범위는 15미터 정도.

어제 싸울 때는 우리를 당해낼 수 없을 걸 알고 무시하곤 하던 마물들이 나를 노리고 덤벼들게 되었다.

사람들이 많은 곳에서 쓰면 민폐가 되는 스킬이지만, 섬의 오지…… 일반 모험가들은 발걸음을 옮기지 않는 곳까지 가면 마음껏 쓸 수 있게 된다.

모험가들은 숲의 중심부까지는 들어오지 않는다.

보통은 레벨 40이 상한선인 모양이니까. 선택받은 모험가가 아니면 위험하겠지.

드문드문 마주치는 일이 없는 건 아니지만…… 그래도 이런 오지까지 발걸음을 들여놓는 모험가는 거의 없는 것 같다.

뭐랄까, 지나치게 욕심을 부리다가 백골 신세가 된 시체를 발견했다……. 이런 걸 보면, 여기가 약육강식의 세계라는 걸 실감하게 된다. 도대체 얼마나 많은 모험가들이 이 섬에서 목숨을 잃었을까.

라르크 일행이 우리를 걱정해서 찾으러 와 준 것은 일반 모험자로서는 상당히 용기 있는 일이었던 것 같다.

뭐, 그렇게 산기슭을 지나서 점점 더 오지 쪽으로 들어갔을 무렵…….

카르마 도그 파밀리아라는, 커다란 검은색 개 같은 마물과 조우했다.

예전에 라프타리아와 함께 물리쳤던 쌍두흑견(雙頭黑犬) 같은 마물이군. 견종은 도베르만처럼 생겼다.

머리는 하나지만 검은 털이 안 좋은 기억을 되새기게 했고, 아니나 다를까 라프타리아의 표정도 썩 밝지 않다.

"괜찮겠어?"

"네. 문제없어요."

라프타리아가 검을 힘껏 움켜쥐고 경계 태세를 취한다.

야금야금……. 필로가 카르마 도그 파밀리아를 상대로 거리를 좁혀 나간다.

어쨌거나 우리가 할 수 있는 건 싸우는 것뿐이다.

내가 선두에 서서 카르마 도그 파밀리아를 향해서 돌진한다.

"카악!"

카르마 도그 파밀리아가 크게 입을 벌려서 내 어깨를 깨문다.

하지만, 카르마 도그 파밀리아의 이빨은 강화된 내 몸에 상처 하나도 낼 수 없었다.

나는 카르마 도그 파밀리아의 머리를 끌어안고 짓누른다.

"하앗!"

"에이이이잇!"

그 틈을 놓치지 않고, 라프타리아와 필로가 각각 공격을 날렸다.

"우……. 역시 만만치 않네요."

말은 그렇게 했지만, 라프타리아의 검은 푹 하고 카르마 도그 파밀리아의 옆구리에 박히고, 필로의 발차기까지 얻어맞은 카르마 도그 파밀리아의 다리가 떨어져 나간다.

"——?!"

카르마 도그 파밀리아가 뭐라 형언할 수 없는 절규를 내지른다.

그럼에도 적의를 상실하지 않은 듯, 숨통이 끊어지는 그 순간까지 나를 물고 늘어졌다.

엄청난 집념이다. 마치 자기 목숨 따위는 안중에도 없는 것 같은 맹공.

상당히 강한 마물이지만, 그 정도 각오 없이는 이 오지에서 살아남을 수 없는 건지도 모른다.

"꽤 끈질긴 놈이었어."

"그러게 말이에요."

"쫄깃쫄깃해."

필로가 카르마 도그 파밀리아의 시체를 뜯어 먹기 시작한다.

"그러지 마."

"네~에."

못 말리는 녀석이라니까……. 그렇게 생각하며, 카르마 도그 파밀리아를 방패에 흡수시킨다.

카르마 도그 파밀리아 실드의 조건이 해방되었습니다.

카르마 도그 파밀리아 실드

능력 미해방……장비 보너스, 「후각 향상(소)」「이누루트 스테이터스 보정(소)」

그 외에도 이런저런 항목이 등장했지만, 복잡하게 따질 것 없이 해방 상황과 장비 보너스만 살펴보자.

후각 향상……. 코가 예민해진다는 건가.

이런 감각계 기능은 향상시키면 필로 같은 야생 인류가 될 것 같단 말이지.

이누루트라면 섬의 개척을 도왔다는 마물 말인가? 그런 거 없잖아!

드롭 아이템은…… 운이 나빴는지 딱히 좋은 건 안 나왔다.

다음에 만나거든 해체해서 흡수시켜 봐야겠다.

경험치는 상당히 많이 들어왔다. EXP 800 정도가 들어왔었던 것 같다.

섬 외곽 부분의 마물들이 주는 경험치는 90 언저리였으니, 그에 비하면 꽤 높은 경험치다.

"카악!"

오? 또 출현했잖아. 이런 식으로, 우리는 전진을 계속했다.

"여기가 제일 안쪽인가?"

"글쎄요."

그렇게 빠른 걸음으로 나아가니 적이 강해짐과 동시에 경험치도 높아졌다.

그런 강한 적들과 싸운 덕분에 우리의 레벨도 그에 비례하듯 급상승한다.

현재 나는 57, 라프타리아는 59, 필로는 61이 되었다.

지금까지 해 왔던 레벨업이 거짓말처럼 느껴질 정도의 상승 속도다. 라프타리아와 필로의 스테이터스도 쑥쑥 향상되고 있다.

"우……."

라프타리아가 몇 번 검을 살펴보고 끙끙댄다.

"왜 그래?"

"아뇨……. 어쩐지 검이 좀 시원치 않게 느껴져서요."

라프타리아는 검을 몇 번 붕붕 휘둘러서 확인한다. 어쩐지 검신이 휘어져 있는 것처럼 보인다. 그렇게 오래된 검은 아닐 텐데…….

"능력의 성장에 버티지 못하는 모양이군."

무시하고 그냥 썼다가는 휘어지거나 부러져 버릴 것 같다.

그렇게 생각하며 필로 쪽을 보니, 금속제 발톱 끝부분이 갈라져 있다.

"왜 그래, 주인님?"

"아니……."

라프타리아와 필로의 전투력을 무기의 내구력이 감당하지 못하고 있다.

다음 파도에 대비할 때는, 라프타리아와 필로의 무기를 우선적으로 갖추지 않으면 위험할지도 모르겠다.

일단 마물이 드롭한 아이템 중에 철제 검 같은 게 있으니 비상사태에 대한 대처는 가능하겠지만, 그래 봤자 언 발에 오줌 누기다.

제대로 된 주문 제작 무기가 필요한 때다. 좋은 무기를 만들어 달라고 부탁해야겠다.

"마력검으로 싸울까요?"

라프타리아가 금속제 검을 칼집에 넣고 마력검을 뽑아 든다.

실체가 없는 상대에게 사용하는 무기로, 실체가 있는 상대에게는 마력을 깎아내는 효과밖에 없다. 치명상을 입히는 게 아니라 실신시키는 효과밖에 없는 것이다.

대신 부서질 가능성은 낮다. 라프타리아는 마력검 검신을 출현시킨다.

종전보다 출력이 훨씬 강해진 듯, 파직파직 소리를 내고 있다.

"아……."

라프타리아는 황급히 검신을 없앴다.

"왜 그래?"

"안 되겠어요. 힘을 너무 많이 불어넣으면 칼자루가 뜨거워지는 것 같아요."

"함부로 썼다간 망가질 것 같군."

"네."

그런 얘기를 하면서 섬의 가장 안쪽까지 다다르니, 뭔가 신전 같은…… 스톤헨지 같은 조형물이 있는 유적이 나타났다.

스톤헨지 한가운데에 둥근 구체…… 마법 렌즈 같은 형상의 물체가 있다.

"이건 또 뭐지?"

"글쎄요……."

뭔가 파도 때 나타나는 균열 같은 느낌이다. 그것과는 뭔가 다르다는 건 알겠지만.

"필로, 공격 좀 해 볼 수 있겠어?"

"응!"

필로가 도약해서 검은 구체를 걷어찬다.

순간 형편없이 찌그러지는 것처럼 보였지만, 말끔하게 본래 모습으로 되돌아왔다.

대체 뭐지? 내가 알고 있는 게임의 지식에 비추어 보면 조건에 따라서…… 뭔가가 일어나게 돼 있는 것 같은데…….

그렇게 생각했을 때 온몸이 시커먼 털로 뒤덮이고 날개가 달린 커다란 개가 나타났다. 길이는 5미터쯤 될까?

무지막지하게 크다. 견종은…… 골든 레트리버 같다고 해야 하나? 어째 좀 볼품없는 마물이다. 하지만 흉악한 마물이라는 점은 틀림없을 것이다.

이름을 확인하니, 카르마 도그라고 나와 있다.

……이 섬의 보스인가?

카르마 도그 파밀리아가 이 녀석의 사역마 같은 포지션이라는 게 손쉽게 상상이 가는군.

"라프타리아, 필로! 간다! 쯔바이트 아우라!"

라프타리아와 필로에게 보조마법을 걸고, 카르마 도그에게 달려든다.

거대한 카르마 도그의 이빨이 나를 물어뜯기 위해 덮쳐온다.

"흥!"

깨물려고 하는 카르마 도그의 입을 팔로 붙들어서 짓누른다.

깡 하는 딱딱한 소리가 나고, 나는 카르마 도그의 움직임을 봉쇄한다.

바득바득, 카르마 도그의 이빨이 살갗에 박혀 들어서 고통이 몰아쳤다.

카르마 도그 파밀리아보다 강한 녀석임을 알 수 있었다. 내 방어력을 돌파하는 걸 보면 상당히 강한 것 아닌가?

아직 강화가 완전히 끝난 상태가 아니긴 하다. 그렇다고 해도 이 정도면 제법 강해졌을 거라고 생각했는데, 아직 부족했던 모양이다.

"에에잇!"

"호오!"

라프타리아의 검과 필로의 발톱이 카르마 도그에게 쑤셔 박힌다. 하지만 카르마 도그는 조금도 개의치 않고, 나조차 완전히 방어해 내지 못했던 발톱을 라프타리아와 필로를 향해 휘두른다.

"어림없는 공격이네요!"

"읏차!"

내가 짓누르고 있는 덕분에, 둘 다 손쉽게 회피한다.

"와오오오오오오오오오오오오오오오오오오오오오옹!"

카르마 도그가 포효를 내지른다. 그러자 구체에서 카르마 도그 파밀리아 두 마리가 출현했다!

크……. 이거 성가신데.

"라프타리아! 필로! 더 싸울 수 있겠어?"

"문제없어요!"

"응!"

"좋아! 합성 스킬을 쏘자! 필로, 나한테 맞춰!"

"알았어~."

합성 스킬이란, 모토야스 패거리가 썼던, 마법과 스킬을 조합해서 공격하는 걸 가리킨다.

보통 스킬과는 다른 효과를 기대할 수 있다.

"알겠지, 필로? 나는 에어스트 실드를 사용할 거야. 너는…… 거기에 맞춰서 바람 속성 공격마법을 사용하는 거야."

"응!"

필로가 의식을 집중했다.

『힘의 근원인 필로가 명한다. 다시금 이치를 깨우쳐, 저 자를 격렬한 진공의 소용돌이로 날려 버려라.』

"쯔바이트 토네이도!"

내 시야에 발동 가능한 스킬명이 나타났다.

"토네이도 실드!"

나를 덮쳐 오던 카르마 도그 파밀리아의 눈앞에, 바람을 휘감은 방패가 출현한다.

쩍 하는 소리와 함께 충돌한 순간, 방패 중심부에 필로가 사용한 쯔바이트 토네이도보다도 거대한 회오리가 출현했다.

두 마리의 카르마 도그 파밀리아는 회오리에 휘말려 공중으로 날아간다.

오오……. 굉장한데. 제대로 발동시키면 이런 것도 가능하단 말이지.

라프타리아는…… 환각계 마법이 주특기니까 공격에는 부적절하다.

그러니 이런 기술은 쓸 수 없다. 대신 상대를 교란하는 건 가능하다. 관건은 사용 방법이란 말씀이지.

“라프타리아!”

“네!”

『힘의 근원인 내가 명한다. 다시금 이치를 깨우쳐, 저자를 현혹하라.』

“패스트 미라주!”

“미라주 실드!”

세컨드 실드를 이용해 다음 합성 스킬을 내쏜다.

회오리가 사라져서 낙하하는 카르마 도그 파밀리아를 받아내듯이 방패를 출현시켜서 충돌시킨다.

곧이어 방패는 카르마 도그 파밀리아를 푹신하게 휘감았다.

“깨갱!”

두 마리 카르마 도그 파밀리아는 꼴사납게 등부터 착지하고, 곧바로 비틀거리며 일어선다.

그리고——.

“커엉!”

두 마리 모두 우리가 있는 곳과는 전혀 다른 방향을 향해 짖는가 싶더니 서로 싸우기 시작했다.

아마도 서로를 우리로 착각해서 같은 편끼리 싸움을 벌이게 된 것 같다.

보아 하니 미라주 실드에는 상대를 현혹시키는 효과가 있는 모양이다.

"좋아! 이 틈에 이 녀석을 해치우자!"

"네!"

우리는 카르마 도그에게 시선을 돌리고, 무기를 움켜쥐며 덤벼들었다.

"후우."

카르마 도그를 물리쳤다. 성가시게 패거리를 불러내는 녀석이었다.

자기들끼리 싸우게 만드는 데 성공한 게 불행 중 다행이었고, 라프타리아와 필로가 강해진 상태인 덕분에, 그렇게까지 고전하지는 않았다.

그 후에 카르마 도그가 소환한 파밀리아 녀석들을 해치우고, 안전을 확인한 상태에서 카르마 도그를 방패에 먹이고 드롭 아이템을 확인한다.

한때 게이머였던 나의 감이, 카르마 도그는 보스이니 좋은 아이템을 드롭했을 거라고 속삭여 주었다.

보스가 드롭하는 아이템은 게이머의 로망이다. 강력한 유니크 무기가 나올 거라는 기대를 품을 수 있는 것이다. 유니크 무기라는 건, 그 보스 특유의 특징을 가진 희귀하고도 강력한 무기를 말한다.

그래서 확인해 본다.

오레이칼 광석? 아마 강화에 사용하는 광석이겠지. 어디선가 본 적도 있었던 것 같다.

응?

"카르마…… 도그 클로……?"

이름으로 짐작하면, 이건 무기겠지? 나는 방패의 메뉴에서 아이템을 불러내도록 지시한다.

쿵 하고, 방패에서 검은…… 두 개의 발톱이 튀어나오는 걸 확인했다.

"그, 그건 뭐예요?"

"예전에 설명했잖아? 전설의 무기가 가진 능력이야."

"그건 저도 알고 있지만, 뭔가 까만 발톱 같은 게 튀어나와서 놀란 것뿐이에요."

뭐, 그렇겠지.

나는 발톱을 확인했다. 크기는 손등 정도다. 필로의 발에 신기기는 힘들 것 같다.

안력 스킬이 작동해서, 상세 정보가 표시된다.

카르마 도그 클로

품질 최고품질

부여효과 「민첩 상승」「마력 저하」「공격력 상승」「방어력 저하」

기초 스테이터스는 상당히 높다.

다만 블러드 클린 코팅 같은 건 되어 있지 않다. 따라서 때때로 연마가 필요할 것 같다.

그 외에도 '저하' 라는 부여효과도 마음에 걸린다.

"발톱~?"

필로가 고개를 갸우뚱거리며 묻는다.

"그런 모양이야. 하지만……."

필로의 발에는 안 들어갈 것 같다.

"필로 한번 써 보고 싶어."

"그러려면 인간형으로 변신해야 할 텐데."

마물을 상대로 싸울 때면 필로는 인간형으로 변신하지 않는다. 상대의 크기에 맞추는 편이 싸우기 편하다는 피트리아의 가르침을 받았기 때문이다.

"으~응. 그럼 사람 모습으로 싸워 볼래!"

그렇게 말하고, 필로는 퐁 하는 소리와 함께 인간형으로 변신해서 양손에 발톱을 끼운다.

"뭐, 필로가 괜찮다면 괜찮은 거 아냐? 조금만 기다리면 시험 삼아 베어 볼 만한 마물도 출현할 테니까."

그런 식으로 섬의 오지에서 마물을 찾으러 돌아다니다 보니, 비교적 빨리 조우할 수 있었다.

"토네이도 클로~!"

필로는 조우와 동시에 공격 태세를 취하고, 회전하면서

카르마 도그 파밀리아를 향해 몸을 날렸다.

"커엉?!"

카르마 도그 파밀리아는 충돌과 동시에 나가떨어지고, 찢어발겨졌다.

"우와~, 무지하게 날카로워 주인님~."

다만, 바닥에 떨어진 카르마 도그 파밀리아의 전신은 검은 저주 같은 상처로 뒤덮여 있었다.

필로는 킁킁 하고 냄새를 맡고는 얼굴을 한껏 찌푸렸다.

"이걸로 찢어발기면 먹지는 못할 것 같아……."

"그러게."

어둠 속성의 무기 같다. 혹은 저주받은 무기거나.

"필로, 그 발톱, 손에서 벗을 수 있어? 아니, 이상한 느낌 같은 거 안 들어?"

"으~응? 뭐가?"

필로는 간단히 발톱을 벗어 보인다. 저주받은 무기는 아닌 모양이군.

마이너스 효과도 필로와는 영향이 없는 모양이다.

뭐, 무기상 아저씨와 재회할 수 있을 때까지 잠깐 쓰는 용도로는 괜찮은 것 같군.

"그럼 필로의 공격을 축으로 삼아서 싸울까요?"

"그게 좋겠군."

그런 얘기를 하다가 두 시간쯤 지났을 무렵이었을까. 아까 그 유적이 다시 일그러지더니, 카르마 도그가 출현했다.

보아 하니 카르마 도그는 특정 주기에 맞추어 출현하는 모양이다. 다음은 30분 후에 나타났다.

필로가 강력한 무기를 손에 넣은 덕분에 아까보다도 더 손쉽게 해치울 수 있었다.

경험치도 그럭저럭 괜찮았고, 의미 있는 사냥이었던 것 같다.

덤으로 카르마 도그는 다양한 사이즈의 클로를 드롭했으므로, 필로의 각 형태에 맞는 클로를 조달하는 데도 성공했다.

이제 형태를 바꿀 때마다 카르마 도그 클로를 사이즈에 맞추어 장착할 수 있겠군.

슬슬 해가 저물기 시작했으므로 일찌감치 본도로 돌아왔다.

현재 레벨은 내가 63, 라프타리아가 65, 필로가 67로 제법 많이 오른 상태다.

레벨은 어디까지 오르는 거지?

뭐, 레벨이 높아서 나쁠 건 없을 테지만.

"오? 오늘은 좀 어땠어?"

그런 생각을 하다 보니 항구에서 라르크 일행과 조우했다.

"끝내줬어. 너희 쪽은 어땠지?"

"우리도 마찬가지야. 제법 보람 있는 사냥이었어."

"그거 다행이군."

"아, 맞아, 듣자 하니 이 섬에는 사성용사가 와 있다더군. 여러모로 소문이 돌고 있더라고."

"……."

지금 네 눈앞에 있는 게 사성용사 중 하나라는 말이 목구멍까지 솟구쳐 올랐다.

하지만 나를 가짜 방패 용사라고 믿어 의심치 않는 라르크에게는 무슨 말을 해도 쇠귀에 경 읽기다.

"헤."

나는 대충 흘려 넘기며 맞장구를 쳐 준다.

"어떤 소문이 돌고 있는데요?"

라프타리아가 말을 받아 주었다. 귀찮으니까 라프타리아한테 맡기기로 하자.

"아아, 소문에 따르면, 검의 용사는 혼자서 싸우고 있고, 창의 용사는 시장에서 길 가는 여자애들을 꼬드기고 다닌다더군."

……그 녀석들, 행동이 참 한결같군.

"활의 용사는요?"

라프타리아가 질문하자 라르크와 테리스가 곤란한 듯 시선을 피하며 답했다.

"듣자 하니 사냥터를 점거해서 소란을 일으키고 있는 모양이야."

역시 우리 얘기는 한 귀로 흘렸던 건가. 예상을 벗어나질 않는군.

그나저나 용사들에 대한 소문들이 이상한 것밖에 없잖아……. 이 소문을 들은 모험가들은 어떤 기분이었을까.

얘기하다 보니, 소문의 장본인들이 걸어오는 모습이 보였다.

"자, 숙소로 돌아가 보실까."

"흥……."

"자, 일찌감치 쉬면서 내일에 대비하자고요."

용사들이 줄지어 숙소 쪽으로 걸어간다.

"그런 녀석들이 어디 있었다는 건지 몰라."

"그러게 말이에요……. 그렇게 튀는 분들이라면 한 번쯤 보고 싶었는데……."

방금 눈앞에 지나간 녀석들이라고……. 답이 없군. 대책 없이 둔감한 한 쌍이다.

하지만 평소에 대화할 때는 뒤끝 없이 시원시원하고, 상대방의 좋은 점을 보고 나쁜 점은 별로 보지 않는, 호감이 가는 녀석들이다.

……너무 둔감해서 불안해지긴 하지만.

"저기, 방패 용사님에 대해서는 어떤 소문이 돌고 있나요?"

"으음……. 방패 용사는 술고래라는 얘기로 떠들썩하던데."

"바다에 사는 걸까?"

"주당이라는 얘기라고, 테리스. 웬 얼빠진 소릴 하는 거야?"

"후후후, 과연 그럴까?"

"하아……."

술고래라……. 그 열매 좀 먹었다고 나를 대단한 주당처럼 취급하는 거냐.

"애당초 방패 용사는 섬이 아니라 다른 곳에서 유명하잖아."

"무슨 뜻이지?"

"아아, 여기 오는 배 안에서도 얘기했었잖아? 방패 용사는 갈 데까지 간 악당에 사기, 공갈, 유괴, 그리고 권력자에 대한 아첨, 마음에 안 드는 자에 대한 처형까지 저지르는 악마라고."

……객관적으로 보면 나는 그렇게 비치고 있는 건가.

뭐, 아주 틀린 말은 아니다.

반쯤은 삼용교가 뿌린 풍설 같기도 하지만. 마지막 건 빗치와 쓰레기에게 내린 벌이 와전된 것인 모양이다.

라프타리아는 곤혹스러운 얼굴로 손을 머리에 대고 있다.

"부정할 수 없다는 사실이 더 슬프네요."

"라프타리아, 너도 말재주가 많이 늘었는데. 내 위업도 나름 괜찮았던 모양인걸."

"뭘 그렇게 득의양양해하시는 거예요?!"

"하하."

"웃을 일이 아니라구요. 나오후미 님 본인에 대한 소문이잖아요."

나에 대한 풍문이야 처음부터 나빴었으니 이제 와서 신경 쓸 것도 없지 않나 싶다.

그것도 조금씩 사라져 가고 있으니 얼마 후면 조용해지겠지.

아직 사건이 해결된 지 1주일도 안 되지 않았는가. 이 정도인 게 당연하지.

"어때? 방패 꼬마랑은 완전 딴사람이잖아? 그러니까 무턱대고 방패 용사 흉내를 내는 건 그만두는 게 좋을걸."

"그래, 어련하시겠어."

성선설의 표본과도 같은 녀석들이다.

"그래서? 꼬마는 이제 뭘 할 거지?"

"야간전투까지 할 생각은 없어. 숙소로 돌아가서 쉴 거야. 테리스한테 부탁 받은 액세서리도 만들어야 하고."

"그래요?"

"그럼 꼬마, 내일 아침 이 항구에서 모이자고."

"그럼 내일 만나요."

"알았어. 내일 보자고."

라프타리아와 필로가 손을 흔들고, 라르크 일행과 헤어진다.

"자, 이제 휴식 시간이야. 둘 다 마음대로 섬을 만끽하고 와."

"나오후미 님은요?"

"나는 숙소에서 푹 쉴 거야. 아직 저주의 영향도 남아 있으니까."

"그러시군요……. 그럼 저도 함께 있을게요."

"필로는 헤엄치고 올래~."

"그래, 다녀와. 라프타리아는 정말 괜찮겠어? 간만의 바캉스 같은 기회인데."

"오늘은 너무 오래 싸워서 좀 지쳤는걸요."

하긴 그렇겠지. 요 이틀 동안, 쉴 새 없이 싸웠다. 휴식도 중요한 일이지.

필로는 해안으로 달려가고, 우리는 숙소에서 쉬기로 했다.

참고로 필로는 바다에서 꽤 오랫동안 놀다 왔다. 바닷속이 예뻤다면서 신이 나서 보고해 댔다.

"오늘은 라르크와 같이 사냥하기로 했었지?"

용사들과 조우하지 않도록 행선지를 미리 결정해 둬야 한다.

딱히 서로 짠 건 아니지만 용사들은 순조롭게 각각 따로 섬을 순회하고 있다고 한다. 이건 그림자들과 메르로마르크 관리들이 목적지를 바꾸도록 권유한 덕분이라고 한다.

뭐, 특정한 마물만 사냥하는 것보다는 그게 효율이 더 나을 테니까.

항구로 가니 라르크 일행이 기다리고 있었다.

"여! 방패 꼬마, 오늘 컨디션은 좀 어때?"

"이제 막 시작했는데 컨디션이 좋고 나쁘고 할 게 뭐가 있겠어? 아, 어제는 다소 시간이 남아서 너희가 부탁한 물건을 만들어 왔어."

나는 제작한 액세서리를 꺼내서 테리스에게 던져 준다.

라르크 일행이 갖고 있던 보석 원석 중에 스타 파이어라는 진귀한 보석이 있었기에, 호기심이 들끓었다.

이 보석의 원석을 연마하고 마력을 부여한 후, 어떤 광석으로 바탕을 만들지를 고민했다.

고민 끝에, 어제 손에 넣은 오레이칼 광석을 방패에서 꺼내서 섬의 제철소에 가서 바탕 제작을 의뢰했다.

덕분에 충동적으로 만든 물건치고는 제법 걸작이 만들어졌다.

그 결과물이 이것이다.

오레이칼 스타 파이어 브레이슬렛(마법 위력 향상(강))

품질 고품질

"이건……."

받아 든 브레이슬렛을 쳐다보며, 테리스가 숨을 죽이고 있다.

"굉장해요……. 보석이 환희에 가득 차 있어. 이렇게 걸작을 만들어 주시다니……."

테리스의 눈에서 눈물이 뚝뚝 흐른다.

뭐야? 그게 그렇게까지 기쁜 일이야?

아니, 애당초 감수성이 너무 풍부한 거 아냐?

"이, 이봐……."

"근사해요……. 이렇게…… 이렇게 근사한 물건을 만들어 주시다니……."

"테, 테리스, 왜 그러는 거야?"

"라르크는 모르겠어? 여기에 한 보석의 환희가 넘쳐흐르고 있다는 걸……. 마치 새로운 세계가 펼쳐진 것과도 같은 물건이라구."

"그건 좀 오버인 것 같은데……."

"굉장한 명장이에요, 나오후미 씨. 그 재능을 썩혀 둬서는 안 돼요. 꼭 이 직업을 계속하셔야 해요."

아니, 내 직업은 방패 용사인데……. 세공장인 같은 건 절대 아니라고.

"그건 그렇고, 그 액세서리의 가격 말인데……."

테리스가 라르크 품속으로 재빨리 손을 뻗어서, 돈 보따리를 이쪽으로 던진다.

"아, 테리스! 이게 무슨……!"

"이 정도로는 어림도 없겠는걸. 라르크, 전 재산을 다 내놔."

"어이! 테리스! 그러지 마."

테리스가 라르크의 옷을 벗기기 시작했다. 주위 사람들도 수군수군 수런거리기 시작한다.

"소란 피우지 마! 나눠서 내도 괜찮으니까."

"알았어요."

테리스가 라르크의 옷을 벗기는 일을 멈추고 고개를 끄덕였다.

나 참, 남자의 옷가지를 벗기려고 드는 여자는 질색이다.

하지만 이렇게까지 기뻐해 주니 만든 사람 입장에서도 기쁘긴 하다. 무기상 아저씨의 기분을 좀 알 것 같다.

"오늘은 있는 힘껏 싸워야겠는걸."

"테리스의 눈빛이 변하다니 보통 일이 아닌데. 방패 꼬마, 사실 넌 굉장한 실력의 세공사였나 보군."

"그렇게까지 칭찬받을 실력은 아닌 것 같은데……."

따지고 보면 그냥 소재가 좋았던 것뿐인데 말이지.

"좋아, 그럼 가 볼까?"

"그래, 가지. 아, 맞아, 아까 방패 용사를 봤어."

"뭐라고?"

내가 묻자, 라르크가 연신 고개를 끄덕이며 대답한다.

"첫눈에 보고 '이 녀석이야! 확실해!' 라는 생각이 들더라고. 그 녀석은 분명 뭔가 일을 저지를 놈이야. 얼굴에 그렇게 쓰여 있었다고."

"어떤 녀석인데?"

나를 사칭하다니 도대체 어떤 녀석이지? 상황에 따라서는 따끔한 맛을 보여줘야겠다.

"봐, 저 녀석이야."

라르크는 출발 준비를 하고 있는 이츠키 일행의…… 갑옷남을 가리켰다.

"보라고. 꼬마도 알아보겠지? 저게 방패 용사야. 자기만족에 가득 차고, 남들을 나락에 빠트리는 걸 주저하지 않는 저 얼굴을 봐. 저건 자기만이 정의라고 믿어 의심치 않는 얼굴이야."

틀렸어! 용사랑 같이 있다고 용사라고 생각하지 마!

"저 녀석은 언젠가 분명 일을 저지를 거야. 똑똑히 기억해 두라고."

"……그건 부정할 수 없겠군."

얘기를 나눠 보면 단박에 알 수 있으니까. 뭔가 일을 저지를 놈이라는 걸.

아니, 아마 섬에 온 후로 줄곧 문제를 일으키고 있을 것이다.

어쩐지 피곤해 보이는, 성에서 온 그림자와 병사들의 얼굴을 보면 짐작이 간다.

"저분과 착각하시다니……."

라프타리아도 마뜩잖은 표정이다.

억울하기 짝이 없는 심정이지만 라르크를 상대로 얘기해 봤자 쇠귀에 경 읽기겠지.

"얘기는 이쯤 해 두고 슬슬 출발하는 게 어때?"

"그러지."

나는 라르크 일행에게 파티 신청을 보내서 수락을 요구한다.

"목적지는 일단 정해 뒀는데 혹시 다른 후보지 있어?"

웬만하면 찬동해 줬으면 좋겠다. 안 그러면 용사들 간의 반발 현상이 일어난다.

"문제없어. 방패 꼬마가 가고 싶은 곳으로 가면 돼. 우리도 어지간한 곳에서는 다 싸울 수 있으니까."

"맞아요. 나오후미 씨에게 받은 팔찌가 싸우고 싶다고 난리를 치고 있어요."

아아, 그래……. 팔찌가 싸우고 싶어 한단 말이지.

나는 테리스의 지나치게 높은 감수성에 약간의 껄끄러움을 느끼면서, 뱃사공에게 목적지 섬을 지시했다.

"그러고 보니 라르크랑 테리스는 지금 레벨이 얼마지?"

혹시라도 레벨이 40 언저리 정도라면 그저 짐짝만 될 가능성도 없지 않다.

뭐, 그렇게 되더라도 문제 될 게 없도록, 라프타리아와 필로의 레벨을 넉넉하게 올려 두긴 했지만 말이지.

상식적으로 생각하면 이 녀석들은 일개 모험자다. 40보다 위일 거라고 생각하기는 힘들다.

"아, 나는 56이고 테리스는 52야."

오? 일단 클래스 업은 완료한 상태란 소리군. 그렇다면 문제 될 것 없다.

게다가 은근히 고레벨이다. 좋은 의미에서 배신당한 기분이다. 이런 배신이라면 대환영인데 말이야.

"꼬마들은 어느 정도지?"

"내가 63이고 라프타리아가 65, 필로가 67이야."

"오오, 무지 높잖아."

"섬에 온 지 이틀 만에 꽤 많이 올랐으니까."

필로는 27이나 올랐다.

터무니없는 상승 속도다. 물론 방패의 힘으로 적을 억눌러 둔 덕도 있지만 말이지.

이쪽은 마음껏 공격할 수 있고, 방어는 완벽. 강력한 마물도 손쉽게 물리칠 수 있으니 레벨업이 빠른 것도 당연한 일이리라.

"일단 작전부터 짜자고. 꼬마는 어떤 식으로 싸우지?"

"방패가 하는 일이 하나밖에 더 있겠어? 앞으로 나서서 적의 움직임을 봉쇄하는 거지. 그 틈에 동료들이 숨통을 끊는 거야."

"오오, 한없이 방패 용사 흉내에 충실하게 싸운다는 거지? 하지만 나도 그런 단순한 방법은 맘에 들어."

"그러는 너는 어떻게 싸우지?"

허리에 차고 있는 커다란 낫이 무기일 것 같은데, 그 낫으로 싸우는 건가?

특이한 무기로군. 낫이라면 게임에서는 사신의 낫을 연상케 하는 무기로서 등장하긴 하지만, 보통은 농민들이 작업에 사용하는 농기구다.

"나 말이야? 나는 이 무기로 싸워. 테리스는 마법 담당이고."

"네, 팔찌의 힘으로 마법이 얼마나 더 강해져 있을지 기대되네요."

흐음……. 라르크가 전위고 테리스가 후위라는 얘기군. 우리는 후위 쪽이 약간 불안한 상황이었으니 마침 잘됐다.

다만 전위가 너무 많은 것 같은 느낌도 든다. 중위도 좀 있었으면 좋겠는데.

중위란 전위와 후위 사이에 위치하는…… 양쪽 모두에서 활동할 수 있는 녀석을 말한다.

혹은 무기의 사정거리가 전위보다는 길지만 후위보다는 짧은 정도인 자.

사성용사로 따지면 모토야스의 포지션이다.

만약에 용사들끼리 연대해서 싸운다면, 나와 렌이 전위, 모토야스가 중위, 이츠키가 후위가 된다.

중위의 역할은 전위가 놓친 적 공격의 피해가 후위에 미치기 전에 차단하는 것……. 혹은 후위보다 재빠르게 전위를 엄호하는 것 등, 해야 할 일이 많다.

뭐든지 만능이라는 것이 장점이자 단점……. 뭐, 모토야스는 전위 쪽으로 기울어진 성격이지만.

"알았어. 그럼 내가 적의 발을 묶어 둘 테니, 라르크랑 테리스는 라프타리아와 필로의 뒤에서 싸워 줘."

대략적인 포진 정도만 짜 둬도 별문제는 없겠지.

……혹시라도 마법이나 무기로 내 뒤통수를 친다면 가만두지 않을 테지만.

"좋았어!"

대답 하나는 시원시원하군.

나룻배에서 내린 우리는 그길로 섬의 오지를 향해 나아갔다.

길가에 있는 마물은 그다지 강하지 않으므로, 접촉과 동시에 필로가 선제공격을 날려서 해치웠다.

일단 필로는 현재 인간의 모습으로 싸우고 있다.

본인 왈, 인간형일 때에도 어느 정도 싸울 수 있도록 연습하고 있다고 한다.

"어디 보자……."

"이 마물은 어떻게 할 거지?"

라르크가 마물 시체를 가리킨다.

"응? 해체라도 해서 소재로 쓸까?"

카르밀라 섬에 있는 마물들은 소재용으로 쓰기에 적합한 것들이 얼마 없다.

그러니 오지로 가는 도중에 조우한 피라미를 해체해서 소재로 삼겠다는 건 더더욱 추천 못 한다고.

"아니, 내가 가져도 될까 싶어서."

"으음……."

드롭 아이템은 그럭저럭 소모품 같은 게 나오니 쓸 만하다.

하지만 말이지…… 하고 고민하고 있으려니, 라르크가 멋대로 무기를 앞으로 들었다.

"그럼 반씩 나눠 갖자고."

그러면서, 라르크는 내가 방패로 하는 것처럼 낫에 마물을 흡수시켰다.

"어?"

"왜 그래, 꼬마?"

너무나 자연스럽게 낫에 마물을 집어넣는 바람에 나는 말문이 막혔다.

어? 이 기능은 용사의 무기에만 있는 거 아니었어?

하지만, 라르크는 분명 용사가 아니다. 아까 마물을 해치웠을 때 나한테도 경험치가 들어왔었으니까.

도대체 어떻게 된 거야?

"그, 그럼 나도……."

나도 방패를 대서 마물을 흡수했다.

으음……. 여왕도 얘기한 바 있지만, 이 세계에는 수수께끼가 넘쳐흐르는 것 같다.

용사가 아닌데도 라르크는 전설의 무기와 같은 기능을 가진 무기를 갖고 있다.

돌이켜 보면 나는 보통 모험가들에 대해서 잘 모른단 말이지.

하지만 너무 복잡하게 생각할 건 없을지도 모른다. 변화 능력은 희소하지만 아예 없는 건 아니다. 메르티가 얘기했었던 건 용사가 쓰는 스킬 재현 능력에 관한 것이었는지도 모른다.

다음에 무기상 아저씨한테 물어봐야겠다.

이런 편리한 무기가 있다면 왜 안 파는 거냐고 말이지.

어쨌거나 지금 내가 가진 지식으로는 그런 결론밖에 나오지 않는다.

"뭔가 굉장한 사람을 알게 된 것 아닐까요?"

"그럴지도 모르겠는데."

라프타리아와 속닥거리면서 라르크 일행 쪽을 본다.

"필로 아가씨는 엄청 강한데."

"에헴! 필로는 강하다구~."

라르크와 테리스는 가슴을 활짝 펴는 필로와 얘기를 나누고 있다.

얼마나 강한지, 실력 발휘 한번 해 달라고.

이렇게 섬 안쪽으로 나아가자, 카르마 래빗 파밀리아라는 검은 토끼 같은 마물과 마주쳤다. 이 흐름으로 보아 섬의 가장 깊은 곳에는 카르마 래빗이라는 보스 같은 녀석이 튀어나오는 지점이 있을 게 분명하다.

……거기까지 데려갈 수 있을까?

어쨌거나 지금은 전투에 의식을 집중하자.

그리고 이 토끼처럼 생긴 마물, 생김새에 현혹돼서는 안 된다.

게임 분야에서만 보면, 예로부터 토끼라는 생물은 성가신 적으로 등장해 왔다.

가장 흔한 것은 초반의 잡몹으로 등장하는 패턴. 이 경우에는 경계심이 낮다. 어차피 잡몹으로 등장하는 거니까. 우사피르가 그 좋은 예다.

하지만 어느 정도 레벨이 오른 상태에서라면 얼핏 보면 전투력이 약해 보이는 토끼 같은 마물은 오히려 더 위험하다.

외모로 상대방을 현혹하고, 그 틈을 노려서 일격필살의 공격을 날리곤 하는 패턴을 게임에서 몇 번인가 경험한 적이 있었다.

빈틈을 보이는 순간 목이 떨어져 나가는…… 그런 식으로.

눈앞에 있는 토끼가 뒷다리를 용수철처럼 튕겨서 내게 돌진해 왔다.

내가 재빨리 방패로 방어하자, 챙 하는 소리와 함께 목 언저리에서 불꽃이 튄다.

예상대로군…….

나는 뒷걸음질을 쳐서 도망치려는 카르마 래빗 파밀리아를 붙잡는다.

"조심해. 이 녀석, 생긴 것과는 딴판으로 공격력이 강해! 적의도 있고 재빨라!"

"그래!"

"알았어요."

내 조언에 라르크와 라프타리아가 고개를 끄덕였다.

"간다아~."

필로도 재빨리 카르마 래빗 파밀리아에게 돌격한다.

테리스는 후방에서…… 뭐 하는 거지?

『여러 보석들의 힘이여. 내 요청에 답하여 나타날지어다. 내 이름은 테리스 알렉산드라이트. 동료들이여. 저자를 토멸(討滅)하는 힘이 되어라!』

테리스가 마법을 영창하고 있다.

하지만 지금껏 들어 본 적이 없는 문구다. 마법을 영창한

테리스의 머리칼이 붉게 물들어 간다.

그리고 양손에 차고 있던 팔찌가 빛을 내뿜고, 테리스 앞에 불의 탄환이 만들어졌다.

"휘석(輝石), 홍옥염(紅玉炎)!"

내가 지금까지 보았던 것 중에 가장 아름다운 광채를 내뿜는 불꽃이, 카르마 래빗 파밀리아를 향해 발사된다.

나까지 말려들도록.

"나오후미 님!"

어이! 내가 있잖아! 나한테까지 마법을 퍼붓는 거냐?!

그렇게 생각했을 때, 신기한 광경이 펼쳐졌다.

내가 붙잡고 있던 카르마 래빗 파밀리아만이 타들어 간다.

그때 어렴풋이 목소리가 들려왔다.

고마워…… 라는, 어딘지 귀에 익은 목소리였다.

테리스가 내쏜 마법의 불꽃은 카르마 래빗 파밀리아만을 불태운 모양이다. 나 자신은 조금의 열도 느끼지 못했다. 방어력 때문이 아니라, 애초에 나에게는 효과가 없는 것 같다.

효과가 없는 정도를 넘어서 불꽃은 나를 보호해 주는 것 같았다. 내 몸의, 저주에 의해서 나른하던 부분이 야금야금 정화되어 가는 것 같은 감각이 느껴졌다.

신비로운 마법이다.

이윽고 불꽃은 사라지고, 라르크가 낫을 세로로 움켜쥐고

휘두른다.

"비천대차륜(飛天大車輪)!"

에너지로 변한 낫이 수레바퀴처럼 회전하며 카르마 래빗 파밀리아를 찢어발겼다.

카르마 래빗 파밀리아가 절명해서 털썩 쓰러졌다.

"괜찮아?"

"뭐야, 방금 그 마법은?"

"테리스의 마법이 같은 편을 공격할 리 없잖아?"

"뭐……. 그건 똑똑히 알았지만……."

지금껏 한 번도 본 적이 없는 마법이었다고.

"나오후미 씨가 만든 팔찌, 굉장한걸요."

"그러게 말이야. 나도 척 보고 알았다고. 홍옥염으로 이런 위력을 낼 수 있다니, 소지금을 몽땅 줘도 모자랄 지경이야. 꼬마, 고맙다."

"아니, 그게 아니라……."

라르크는 그제야 내 질문의 뜻을 깨달은 듯, 턱에 손을 짚고 고개를 주억거린다.

"그게 말이지, 테리스의 마법은 소지한 보석과 힘을 합해서 쏘게 돼 있거든."

"하아……."

"처음 들어 보는 마법이네요."

"그건…… 으음, 제 고향의 독자적인 마법이니까요."

"무슨 소릴 하는 거야, 테리스? 네 마법은——."

그 순간, 테리스가 라르크의 입을 손으로 틀어막는다. 그리고 라르크의 귓가에 속닥속닥 뭔가를 중얼거리자, 라르크도 고개를 끄덕였다.

뭐지?

"뭐, 기업 비밀 같은 거라고 생각해 줘."

"그렇군……."

나도 모든 걸 다 솔직하게 털어놓은 건 아니니, 피차일반이군.

같이 사냥하는 것도 이 섬에서 지내는 동안의 한정적인 관계이고……. 이 정도 실력이라면 스카우트라도 하고 싶을 정도다. 한번 생각해 봐야겠다.

"경험치가 짭짤한데."

"그러게."

짧은 시간 동안에 꽤 많은 경험치를 벌었다. 조우한 마물은 일단 라르크와 반씩 나눠서 드롭 아이템을 확인했다.

그중에서 쓸 만한 기능이 있는 건 이것 정도였다.

카르마 래빗 파밀리아 실드의 조건이 해방되었습니다.

카르마 래빗 파밀리아 실드

능력 미해방……장비 보너스, 「탐지 범위(소)」 「우사우니 스테이

터스 보정(소)」

탐지범위(소)라. 아마, 카르마 도그 파밀리아의 후각 향상(소) 비슷한 기능이리라. 오히려 이쪽이 더 상위인 것 같기도 하고.

"꼬마, 방어력이 진짜 대단한데."

"그야 뭐……."

방패 용사가 마물의 공격을 못 막아내면 존재 의미가 없지 않겠는가.

"그보다 라르크 너도 제법 강한 것 같던데."

라프타리아에게 필적하는 공격력을 갖춘 라르크가 조우한 마물을 일격에 해치운다.

보아 하니 라르크가 사용하는 낫은 평소에 휴대하고 다니기 위한 소형 낫과 전투용 대형 낫으로 변화할 수 있는 것 같았다.

용사의 무기는 아니다. 하지만 교황이 다루는 것 같은 사성 무기의 복제품도 아니다. 원래부터 그런 무기였던 모양이다.

그러나 라르크의 무기가 우수하면 우수할수록 의문은 끝없이 솟아난다.

이 무기, 도대체 뭐지?

그러고 보니 여왕이 말하길, 기대했던 것보다 용사들이 약하다고 그랬었지.

이것이 강한 모험가……인지도 모른다. 그렇게 생각하면 납득이 간다.

아무리 그래도……. 의문이 가시지 않은 채, 우리는 답답한 마음을 품고 섬 최심부에 다다랐다.

역시 카르마 도그를 보았을 때와 마찬가지로, 스톤헨지 같은 곳에 정체불명의 구체가 보였다. 다가가 보니 구체가 일그러지고, 커다란 토끼…… 카르마 래빗이라는 마물이 출현했다.

귀가 엄청나게 길고, 마치 손처럼 움직이고 있다.

이건…… 카르마 래빗 파밀리아처럼 이빨의 즉사 공격을 방어하는 동시에, 손 같은 귀의 공격에도 대처해야겠군.

"부우!"

내 세계의 토끼에는 성대가 없다. 하지만 카르마 래빗은 커다랗게 숨을 내뱉어서 목소리 같은 소리를 낸다.

카르마 래빗 주위의 땅이 날카롭게 돌출된다.

지면 공격도 하는 건가. 이거 좀 성가시겠는데.

"좋아! 내가 발을 묶을 테니까 너희는 각자 공격을 가해! 알았지?!"

"네."

"좋아!"

"네~에!"

"시작할게요."

우리는 이렇게 카르마 래빗과의 싸움에 나섰다.

전투 중에 몇 번인가 파밀리아가 난입해 왔지만 아랑곳하지 않고 물량으로 밀어붙인다.

카르마 래빗이 다양한 공격 수단으로 날뛰어 대지만, 내가 억누른 탓에 민첩성을 발휘하지 못했다. 덕분에 비교적 안전하게, 어제 카르마 도그를 물리칠 때보다 더 빨리 해치울 수 있었다.

"후우."

"무사히 물리쳤네요."

라프타리아가 검을 가볍게 휘둘러서 피를 털어내다가, 검신을 다시 확인했다.

검신이 휘기 시작했다. 이거 오래 못 가고 부러지겠는데…….

"꼬마야, 너희는 역시……."

"응? 뭔데?"

한순간, 라르크가 뭔가 고민에 잠긴 표정으로 우리를 쳐다보았던 것 같은 기분이 든다.

"아, 아니, 신경 쓰지 마. 그건 그렇고 너희 진짜 강하잖아."

"굳이 따지자면 라르크랑 테리스 쪽이 더 강한 것 같은데."

묘한 힘을 갖고 있다.

라르크 일행이 없었더라면 전투에 시간이 좀 더 걸렸을

터였다.

"그렇게 말해 주니 기분 좋은데."

"그래, 그래. 그나저나, 이건 우리가 가져도 될까?"

카르마 래빗의 드롭 아이템이 궁금하다. 카르마 도그의 드롭 아이템 덕분에 필로가 제법 강해졌으니까. 이번 싸움에서도 필로가 가장 크게 활약했었던 것 같고.

"그렇게 해. 꼬마들 쪽이 더 많이 활약했으니까."

"고맙군."

나는 카르마 래빗을 방패에 먹였다.

그리고 드롭 아이템을 확인한다.

"카르마 래빗 소드?"

나는 방패에서 카르마 래빗 소드를 꺼냈다. 검고…… 칼자루에 토끼 문양이 새겨진 검이었다. 필로의 카르마 도그 클로와 같은 종류의 무기 같군.

카르마 래빗 소드

품질 최고품질

부여 효과 「민첩 상승」「마력 저하」「공격력 상승」「방어력 저하」

꽤 강력한 무기라는 건 확실해 보인다. 필로에게 준 카르마 도그 클로와 마찬가지로 말이지.

"라프타리아, 한번 써 봐."

"아, 네."

"오? 괜찮은 무기라도 얻은 거야?"

"그래."

라프타리아가 카르마 래빗 소드를 움켜쥐고 치켜든다.

"제법 괜찮은 검인 것 같아요. 일시적으로 사용하기에는 충분하겠어요."

그 후로 라르크 일행과 함께 오지에서 싸움을 계속했다.

결과, 라르크 일행도 레벨이 상당히 상승한 것 같았다.

우리는 내가 70, 라프타리아가 72, 필로가 73까지 올랐다.

상승 폭이 상당히 줄어들었다. 왜지? 적정 레벨 같은 것 때문인가?

나는 이 세계의 구조에 대해 잘 모른다.

고레벨이 저레벨과 파티를 짜고 레벨업을 도와주는 '버스'는 가능한 것 같은데, 사냥터에 따른 적정 레벨 같은 개념도 정해져 있는 건가?

이런 건 각 게임마다 다르다.

온라인 게임들 중에는 약한 적만 잡아서 레벨을 올리는 행위를 불가능하게 해 놓은 게임도 존재한다.

그런 게임은 적정 레벨, 즉 자신과 레벨이 가까운 적을 물리쳤을 때만 경험치를 얻을 수 있게 되어 있다.

이 경우, 약한 동료를 데리고 강력한 적을 물리쳐도 약한 동료에게는 경험치가 들어가지 않는다.

하지만 필로를 키울 때는 그런 건 느끼지 못했었다. 도대체 어떻게 되어 먹은 거야?

"라프타리아, 새 검의 사용감은 좀 어때?"

"상당히 가볍게 느껴지긴 하지만, 아무래도 다루기가 좀 까다로운 것 같아요."

강하지만 다루기가 까다롭다면, 편하게 쓸 수 있는 무기는 아닌 모양이다.

무기상 아저씨에게 부탁하면 '카르마' 라는 접두어가 붙은 보스의 소재로 이런 무기를 만들어 줄 것 같다.

뭐, 공격력은 기대할 만한 것 같으니 상관없지만.

블러드 클린 코팅이 되어 있지 않으니, 오랜 시간 사용하기는 힘들 것 같다는 게 단점이라면 단점이다.

숙소에서 숙박하는 동안에는 항상 방패를 숫돌 방패로 해두는 방법도 있지만, 지금은 미해방 방패가 대량으로 남아 있으니까 그쪽을 우선시하도록 하자. 코팅도 아저씨한테 부탁하면 해 줄 것 같지만……. 어찌 됐건 다음 파도에 대비해서 아저씨를 한번 찾아갈 필요가 있다.

그리고 레벨업 쪽은 지나치게 순조로워서 맥이 빠질 정도다.

너무 쑥쑥 올라가서 도리어 위기감이 짙어진다.

일단 방패는 상시 해방해 두고 있지만, 아직 만나지 못한 마물의 방패들도 모아 두지 않으면 예상치 못한 문제가 발생했을 때 대처하지 못하는 사태가 벌어지지 않을까 하는 위기감.

뭐, 다음 파도를 넘어선 후에라도 낯선 마물이 서식하는 지역에 가면 되려나……?

여왕이 자금 원조를 해 줄 것 같으니, 돈 걱정은 딱히 안 해도 될 것이다.

일단은 라프타리아와 필로를 포함해서 우리부터 강해지는 게 우선이겠지.

"오늘은 이 정도까지만 해 둬도 될까?"

해가 상당히 기울었을 무렵, 라르크 일행이 그렇게 말했다.

"응? 그러지. 오늘은 의미 있는 사냥이었어. 내일은 어쩔 거지?"

이쯤 되니 카르마 래빗 정도는 잡몹으로 보일 지경이군.

어차피 라프타리아와 필로만 있으면 물리칠 수 있을 테지만, 지금은 라르크 일행과 함께 싸우고 있다.

라르크 일행의 레벨업을 돕고 싶다는 의미에서도 일단 물어봐 두고 싶다.

"아니, 그건 됐어. 덕분에 오늘은 즐겁게 사냥했어. 내일부터는 우리 마음대로 돌아다녀 볼 생각이야."

"그렇군……."

살짝 아쉬운데. 하지만, 라르크 일행은 모험가들이니 자유를 즐기는 건지도 모른다.

섬에서 나갈 때 동료가 되어 주지 않겠느냐고 한번 물어 봐야겠군.

"그럼 숙소로 돌아갈까."

"그러지."

그렇게 해서, 우리는 해가 완전히 저물기 전에 섬에서 귀환했다.

나룻배 안에서 라르크 일행이 이따금 깊은 고민에 잠기곤 하는 걸 발견했다.

왜들 저러는 거지? 내가 방패 용사라는 걸 깨닫고 눈치라도 보는 건가……?

그럴 리가……. 별로 오래 알고 지낸 건 아니지만 그런 것에 눈치를 볼 만한 녀석들이 아니라는 건 나도 안다.

"그럼 방패 꼬마. 기회가 있으면 다시 같이 싸우자고."

"그래. 돈에 여유가 생기거든, 섬을 나가기 전까지 가져오라고."

그렇게 가볍게 말하고 우리는 헤어졌다. 어찌 됐건 즐거운 사냥이었어.

"파도 때를 제외하면 메르티 이외의 낯선 분들과 마물 퇴치를 한 건 처음이었네요."

"그러고 보니 그렇군."

"모험가 분들은 역시 경험이 풍부하고 강한 분들이셨어요."

그러게 말이야, 하고 나도 고개를 끄덕인다.

라르크와 테리스는 상당히 강했었다. 우리에 못지않은 힘을 갖고 있었다.

가능하면 동료로 받아들일 수 있으면 좋으련만.

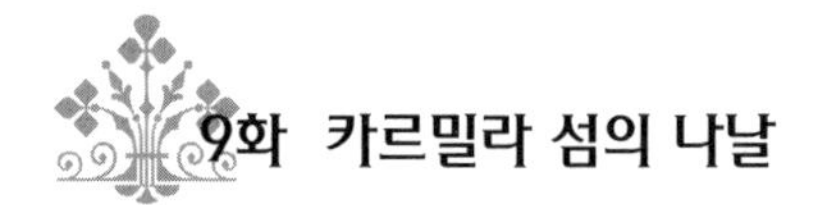

9화 카르밀라 섬의 나날

카르밀라 섬에서의 레벨업 작업은 그 후에도 이어졌다.

카르마 펭이라는 보스를 물리쳤다. 날아다니는 검은 펭귄 같은 마물이었다.

하지만 엄청나게 약하게 느껴진다. 지금까지 축적해 온 경험들이 있으니까. 그래도 이렇게까지 쑥쑥 올라가니, 다른 용사들이 지금까지 게임 기분에서 벗어나지 못하는 것도 이해가 간다.

카르마 펭 실드

능력 미해방……장비 보너스, 「잠수 기능2」 「낚시 기능3」 「페클 스테이터스 보정(중)」

전용효과 「잠수 시간 향상」

카르마 펭 파밀리아 실드

능력 미해방……장비 보너스, 「잠수 기능1」「낚시 기능2」「페클 스테이터스 보정(소)」

페클…… 멸종된 것 아니었어?

그러고 보니 다른 카르마 시리즈를 방패에 흡수시켰을 때도 비슷한 방패가 나왔었다.

우사우니와 이누루트였던가?

마물문으로 사역할 수 있는 모양이지만 어차피 이미 멸종된 녀석들이잖아. 내심 그렇게 투덜대면서 드롭 아이템을 확인한다.

……페클 인형옷? 뭐야, 이거? 천천히 꺼내 본다.

“이, 이건 도대체 뭐죠?”

“뭔가 인형옷인 것 같아.”

“잠옷인가요?”

산타 모자에 펭귄 인형옷. 일단 스테이터스를 확인해 본다.

페클 인형옷

방어력 상승 / 충격 내성(소) / 물 내성(대) / 어둠 내성(소) / HP 회복(약) / 마력 상승(중) / 자동 수리 기능 / 잠수 시간 증가 / 사이즈 보정 / 기능 보정(소)

종족 변경 마물 장비 시, 종족 변경 이외 미적용

끄응……. 꽤 다양한 효과가 붙어 있고, 내가 장비하고 있는 야만인의 갑옷+1?에 못지않은 성능이다. 잠수 시간 증가라니…… 잠수복 같은 거라도 되는 건가?

"뭐가 우수한 장비 같은데. 라프타리아, 이건——."

"싫어요! 아무리 그래도 그런 걸 입고 싸울 순 없어요!"

역시 그렇게 생각하나 보군. 사실 내 생각도 그렇다.

"그럼 필로가 입어 볼래."

"옷 입기 싫어하는 거 아니었어?"

"뭔가 재미있을 것 같은걸!"

그러면서 필로가 인간형이 아닌 필로리알 퀸의 모습으로 페클 인형옷을 받아 든 순간, 인형옷이 커졌다!

어? 사이즈 보정이란 게 그런 뜻이었어? 이거 진짜 끝내주잖아!

"필로가 입어 볼게."

그렇게 말하면서, 필로는 페클 인형옷을 착용했다. 착용했다기보다는…… 인형옷이 빛으로 변해서 필로의 깃털에 녹아들었다고 해야 할까?

으음……. 필로의 거구가 펭귄 컬러로 변하고 산타 모자를 쓴 것처럼 보인다.

"으~응……. 보통 옷을 입었을 때 같은 빳빳한 느낌이 안 느껴져."

"그, 그래?"

"아, 그치만 어쩐지 힘이 잘 안 들어가."

"그럼 그만 벗어."

아마 종족 변경이라는 효과가 원인이리라. 인형옷을 입고 있는 동안에는 마법적 효과 때문에 필로리알이 아닌 것으로 인식되어, 내가 부여한 효과들이 무효화되는 것이다. 마물이 장착하면 효과가 없어지다니……. 미묘한 장비로군.

"있잖아. 이거 숙소에서 잘 때 입고 싶어."

"뭐, 그러기에 적합한 옷 같군."

잠옷이라는 평가가 가장 어울리는 장비다. 벗으라고 하면 마음대로 벗을 수 있는 건가? 하고 생각했더니, 순식간에 필로의 손에 인형옷이 출현했다. 신기한 인형옷이다.

"나오후미 님의 갑옷을 제가 입고, 나오후미 님이 이걸 입으시면 딱 맞을 것 같은데요."

"라프타리아……. 너, 나에게 이걸 입으라는 거야?"

뭐, 효과만 따지자면 그 방법도 없는 건 아니지만…….

방패 덕분에 이 섬의 마물에게서 대미지를 받지는 않지만, 라프타리아와 필로의 장비가 좀 불안하다.

"으음……."

"그럼, 그럼, 제비뽑기를 해서 누가 입을지를 결정해요. 필로의 얘기에 따르면 움직임에 지장은 없는 것 같으니까요."

"아, 알았어."

어쩌다 이렇게 된 걸까. 효율과 외견을 저울질하는 대결이 시작된 것 같은 기분이다.

결과.

"주인님 귀여워~."

"젠장! 숙소에 돌아가면 당장 벗을 줄 알아!"

이런 모습을 다른 모험가들에게 보일 순 없다고! 아무래도 장착 시의 형태가 필로 때와는 다른 것 같다.

단순히 인형옷이다.

이런 모습을 다른 용사들에게 보일 수는 없어!

뭐, 얼굴은 감추고 있으니 방패만 숨기면 나라는 걸 알아볼 수도 없을 테지만.

방패……. 그러고 보면 페클의 인형옷도 참 신기한 물건이다.

인형옷 주제에 저런 효과 상승 기능이 있다니. 다만 내가 입었을 때는 종족 보정이 걸리지 않는 모양이다.

라프타리아는 내 갑옷을 입어서 방어력 향상을 도모했다. 이렇게 해서, 카르마 펭 파밀리아와 카르마 펭 사냥은 순조롭게 진행되었다.

"라프타리아……."

"어, 어째서 그런 눈으로 쳐다보시는 거예요?! 죽어도 안 입을 거예요. 안 입는다니까요——."

나는 제비가 든 통을 라프타리아에게 내민다.

"내일은 무슨 일이 있어도 입히고 말 테니까 각오해 둬."
"왜 벌칙 게임처럼 말씀하시는 거예요?!"
필로는…… 응. 필로리알로 태어난 걸 감사히 여기라고 해 두는 수밖에.
"어쨌거나 유익한 하루였군."
"그러게 말이에요."
돌아오는 나룻배에서 라프타리아가 마뜩잖은 얼굴로 고개를 끄덕인다.
뭐……. 이해가 안 가는 바는 아니다. 오늘 사냥의 결과를 보자면…….
내가 레벨 73, 라프타리아가 레벨 75, 필로가 레벨 76.
섬의 사정에 밝은 백작에게 듣기로는 레벨 80부터는 효율이 떨어진다고 했다.
하긴, 그렇게 모든 게 술술 풀릴 리가 없지. 어떤 원리인지는 모르겠지만.
70 전후부터 레벨업 속도가 급격히 떨어지는 건 나도 느끼고 있었다. 80까지 다다르려면 꽤 많이 물리쳐야만 할 것 같다.
드롭 아이템 확인은 게임 같아서 재미있지만, 사냥 효율이 떨어진다면 다른 실마리나 장비를 갖추는 방향으로 전환하는 게 나으리라. 파도도 가까워져 오고 있으니까.
"그래도 적이 강하지는 않았잖아? 이 정도면 괜찮은 거 아냐?"

"응!"

필로는 아직 더 헤엄치고 싶은지, 바다에 뜬 채로 고개를 끄덕였다.

"필로, 너한테 한 얘기 아냐."

"에~."

"다시 본론으로 돌아가자면, 처음 카르밀라 제도에 왔을 때보다 30레벨 이상 올랐다고."

"그야 그렇지만……. 그치만…… 마물이 너무 약해서…… 정말 이래도 되는 건지 불안해지는걸요."

"하긴 그래."

이제 카르마 계열의 보스는 잡몹이나 다름없어져서, 조우와 동시에 퇴치하는 지경에까지 이르렀다. 라프타리아와 필로의 스테이터스가 눈에 띄게 상승했으니 상관없긴 하지만…….

아직 장비 보너스를 해방하지 못한 방패가 산더미처럼 많다.

이 섬에서 효율적으로 레벨업을 한 건 정말이지 반가운 일이다. 하지만 그것만으로는 단순한 '강함' 밖에 얻을 수 없다는 건 라프타리아와 필로도 느끼고 있는 것 같다.

아무래도…… 레벨이란 마법적인 의미도 포함되어 있는 것이고, 정신적인 강함과는 별개인 것 같단 말이지.

불의의 사태에 대처할 수 있는 정신력을 단련할 필요가 있을 것 같다고나 할까…….

이것도 빠른 레벨업의 폐해라고 할 수 있다.

내가 아는 온라인 게임에서도 이벤트 등을 통해 급격히 레벨업을 한 플레이어들 중에 그런 사람들이 널려 있다. 그런 녀석들은 실제 실력과 레벨이 걸맞지가 않는 풋내기들이 많다.

게다가 '레벨이 높은 놈=잘난 놈'이라고 착각하는 녀석들까지도 존재한다.

이건 엄청나게 위험한 짓이다. 그런 의미에서 이츠키의 동료들에게는 주의할 필요가 있다.

10화 수중 신전

이런 식으로, 섬에서의 나날은 평온하게 흘러가고 있었다.

필로가 수영에 빠질 때까지는.

섬에 온 지 닷새쯤 되던 때였던 것 같다.

"있잖아, 주인님~. 바다 밑에 있지~, 빨갛게 빛나는 섬이 하나 더 있었어~."

"뭐라고?"

뭐지? 은근히 흥미를 끄는 문구다.

그러고 보니 카르밀라 섬은 밤에 보면 붉은 윤곽이 도드라져 보인다.

활성화의 영향이라고 한다. 나도 몇 번인가 본 적이 있었다.

"응. 밤에 바다에 가서 잠수하면 볼 수 있어."

흐음……. 또 하나의 카르밀라 섬이라.

"어차피 요즘은 마물 퇴치를 해 봤자 경험치도 별로 안 들어오던 참이니까 마침 잘됐군. 한번 조사해 볼까."

"괜찮으시겠어요?"

"우리한테는 잠수 가능한 장비가 있잖아."

라프타리아의 얼굴이 굳어진다. 아, 어제는 라프타리아한테도 입혔으니까. 페클의 인형옷.

외견만 따지지 않는다면 꽤 우수한 장비다.

드롭률 자체는 그다지 높지 않지만 세 벌 정도는 입수할 수 있었다.

일단 전원이 착용하고 잠수할 수 있을 만큼의 분량은 있다. 필로에게는 별 효과 없지만.

"바닷속에 가시겠다는 거군요……."

"라프타리아도 헤엄칠 줄 알잖아."

"라프타리아 언니는 있지, 필로랑 비슷한 정도로 잠수할 수 있어."

"그거 대단한데."

나도 헤엄치러 갔다가 필로가 헤엄치는 모습을 본 적이 있었는데, 필로는 꽤 오랜 시간 잠수하곤 했었다.

그에 필적할 정도로 잠수가 가능하다면 상당한 수준이다.

"어촌 출신이라서 수영은 자신이 있으니까요……."

"어쨌거나 그 섬인지 뭔지에 한번 가 보자고."

"바닷속 마물 같은 건 어떻게 하시려구요?"

"어느 정도는 싸울 수 있으니까 괜찮을 거야."

"그럴까요……."

수중전은 해 본 적이 없었다. 이것도 한 번쯤 경험해 볼 필요가 있을 것이다.

"그럼 필로의 등에 타."

필로리알 형태로 변신한 필로가 항구에서 바다로 뛰어들었다.

그 등에 타고 목적지 근처로 이동……. 이제 나룻배가 필요 없겠군.

우리는 필로의 등에 탄 채로 이동을 개시했다.

"이 아래야."

본도에서 한동안 이동한 후…… 상당히 먼 바다까지 이동했을 때, 필로가 말했다.

"그럼 인형옷으로 갈아입고 들어가 볼까."

필로의 등 위에서 인형옷으로 갈아입었다.

라프타리아는 떨떠름한 표정이었지만, 상황이 상황이니만큼 어쩔 수 없이 인형옷을 착용했다.

"그럼 들어간다."

"응."

"네. 뭔가 초현실적인 광경이네요."

"어쩔 수 없잖아. 잠수장비가 이것밖에 없으니까."

그렇게 볼멘소리를 하면서, 페클 인형옷을 입은 채로 물속에 들어간다.

오오! 끝내주는데! 바닷속인데도 숨 막히는 느낌 없이 헤엄칠 수 있고, 다리만 가볍게 흔들어도 상당한 속도를 낼 수 있었다. 이거…… 꽤 우수한 장비였잖아.

필로가 손짓으로 아래쪽을 가리키면서 잠수해 간다.

그 뒤를 쫓아가 보니 필로의 말마따나 해저에 섬 같은 형체가 보인다.

가라앉은…… 섬인가? 붉은 윤곽이 카르밀라 섬의 특징을 표현하고 있다.

나는 그대로 섬을 향해 잠수해 갔다.

그러기를 10분.

10분이나 잠수해 있는데도 숨이 막히지 않다니 굉장한데. 역시 게임 같은 이세계. 장비만 있으면 이 정도 일은 얼마든지 할 수 있는 건가.

그래도 약간 숨이 차기 시작했다. 20분쯤 잠수하면 산소 결핍 상태에 빠지겠는데.

마물과 조우하지 않은 게 행운이었다.

필로는 그렇다 쳐도, 라프타리아는 바닷속에서 검을 휘두른다 해도 적에게 맞기나 할지 의심스럽다. 그런 생각을 하다 보니 섬 같은 곳에 도착했다.

으음……. 딱히 마물 같은 형체는 없다. 애당초 이런 곳에서 싸웠다간 숨이 끊어지고 말 거다. 그렇게 생각하며 주위를 둘러보다…… 인공적으로 보이는 건조물을 발견했다.

다가가 보니, 그것은 신전 같은 건물이었다.

수중 신전? 입구는 굳게 닫혀 있다.

나는 문을 어루만진다. 그러자 번쩍하고 방패의 보석이 빛나더니, 우르릉 소리와 함께 문이 열려 간다……. 나는 라프타리아와 필로 쪽으로 눈짓을 보낸다.

슬슬 숨이 막혀 오기 시작했다. 일단 위로 올라갈까?

보글…… 하고 문에서 공기가 미세하게 새어 나온다. 안에 공기가 있는 건가? 나는 문 밑으로 들어갔다. 그리고 위를 올려다보니 수면이 보였다. 보아 하니 수중 신전 안에는 공기가 있는 모양이다.

나는 라프타리아와 필로에게 이쪽으로 오도록 지시하고 수면 위로 떠올랐다.

"푸하!"

"여기는 대체 어딜까요?"

"글쎄?"

우리는 숨을 크게 들이쉬며 주위를 둘러보았다. 어둠침침하지만, 얼핏 석조 방 같다. 물은 안쪽까지는 차올라 있지 않은 모양이다. 첨벙하고 물에서 나와서 안쪽으로 향한다.

"어두워서 잘 안 보이는데."

"마법으로 빛을 만들까요?"

"부탁하지."

라프타리아가 마법으로 주위를 밝혔다. 그리고 나는 숨을 죽일 수밖에 없었다.

"이건——."

놀랍게도 그곳에…… 용각의 모래시계가 들어앉아 있었다.

모래시계의 모래가 거의 다 떨어져 가는 모습을, 선명하게 나에게 보여준다.

이런 곳에도 용각의 모래시계가 있었던 건가.

그러고 보니…… 피트리아가 얘기했었다. 사람들이 사는 마을 밖에서도 파도가 일어난다고.

보아 하니 이건 사람들의 손길이 닿지 않는 곳에 있는 용각의 모래시계인 모양이다.

이걸 어쩐다……? 어쩌면 피트리아가 관할하는 곳인지도 모르지만 무시하는 건 위험하겠지.

카르밀라 섬은 모험가며, 그들을 상대로 장사하려는 수많은 사람들이 방문하는 곳이다. 거기서 파도가 일어나면, 끔찍한 피해가 발생할 것이다.

카르밀라 섬뿐만이 아니다.

이 근해에 마물들이 우글대는 현상이 일어나는 것이다. 위험한 건 그쪽도 마찬가지다.

"최대한 빨리…… 국가에 알리는 게 좋겠군."

"네."

나는 용각의 모래시계로 방패를 향했다.

번쩍하고 방패의 보석에서 빛이 뻗어 나오고, 이 수중 신전에 있는 모래시계의 남은 시간이 표시되었다.

—48:21

파도가 닥쳐올 시간은…… 겨우 이틀 앞까지 육박해 있었던 것이다.

"수중 신전에 모래시계가 있었다고?!"

나는 그날로 용사들을 긴급 소집해서 통고했다.

"그럴 리가……."

"못 믿겠다면 안내해 줄 수도 있어."

"딱히 네가 거짓말을 한다고 생각하는 건 아냐."

"바닷속이라……. 게임에서는 꽤 희귀한 퀘스트였던 기억이 있네요."

이츠키의 반응도 상상의 범위 안이군.

"어쩔 거지? 무시할까?"

솔직히, 파도가 뭔지는 나도 잘 모른다.

그저 마물이 우글대는 재해라는 정도의 인식이다.

최악의 경우, 이 일대의 섬에 있는 녀석들을 피난시키기만 하면 그다지 피해는 없다.

하지만 피트리아의 말이 사실이라면 용사에게는 싸워야 할 의무가 있다.

이걸 무시했다가는 피트리아가 우리를 죽이러 올 것……같은 예감이 든다.

"레벨업의 성과를 시험해 볼 수 있으니 저는 찬성이에요."

"나도 그래. 좀이 쑤시는군. 물론, 나오후미의 얘기가 사실일 경우의 얘기지만."

"거짓말 아냐. 나중에 안내해 주지."

이츠키도 모토야스도 급상승한 힘을 시험하기 좋은 기회라고 의욕이 넘치는 모양이다.

"흥, 시시하군."

하지만…… 참가를 거부하는 녀석이 한 놈 있었다.

검의 용사인 렌이다. 아까부터 말이 없다 싶더니, 눈곱만큼도 관심 없다는 듯이 자리를 떠나려 하고 있다.

“어이, 우리는 세계를 위해 싸워 달라고 부탁 받은 몸이잖아? 싸우라고.”

너, 싸우는 거 엄청 좋아하잖아. 아니면, 실은 세계 따위 어찌 되든 알 바 아니라고 생각하고 있는 거냐? 그런 태도로 잘도 나를 규탄했었군.

내가 렌의 손을 붙잡자, 렌은 내 손을 뿌리쳤다.

“건들지 마. 나는 친목이나 쌓자고 여기 온 게 아냐. 용사가 세 명이나 있으니 별문제 없을 거라고 생각해서, 이 섬을 떠나려고 생각하고 있는 것뿐이야.”

……뭔가 좀 이상한데, 이 태도.

나는 뒤에서 양 겨드랑이 밑에 손을 넣어 옥죄듯이 렌을 붙잡고 짓누른다.

악?! 관절기도 방패의 제한에 걸리는지 고통이 몰아치잖아.

관절기가 아니라 결박이라면 문제가 없던 것 같은데, 이 차이가 도무지 이해가 가지 않는다.

“이거 놔!”

렌이 힘껏 버둥거린다. 뭐야, 이 녀석…….

“모토야스, 이츠키! 나오후미를 말려! 나는 억지로 싸우고 싶진 않아!”

하하, 그러셨군. 내가 이해하는 동시에 모토야스와 이츠키도 눈치를 챈 모양이다.

"렌. 너…… 맥주병이지?"

"무슨 소리……! 아, 아냐! 알았어. 참가하면 될 거 아냐? 너희가 그렇게까지 말한다면 참가해 주지. 고맙게 생각하라고."

수영을 할 줄 몰라서 수중 신전에 가는 것도, 바다 한가운데서 일어날 가능성이 높은 파도에 참가하는 것도 거부했던 건가.

우리는 그렇게 결론을 지었다.

렌은 필사적으로 부정하지만 정곡을 찔린 듯이 한층 더 거세게 버둥거린다.

"크윽……. 나오후미, 이렇게 도가 지나치게 굴면 힘으로 해결하는 수가 있어."

"할 테면 해 보시지."

"우오오오오오오오오오오오!"

렌이 발끈해서 내 결박을 풀려고 했지만, 뜻대로 되지 않는다.

그렇게까지 싫은 거냐?!

"어쩌지?"

"맥주병이 아니라면서? 나오후미, 렌을 결박해서 바다로 가자고."

"그거 좋지."

모토야스의 말에 동의하는 건 아니꼽기 짝이 없지만, 확인은 중요한 일이다.

여기서 쓸데없이 폼을 잡느라 참가했다가…… 정작 파도가 닥쳤을 때 헤엄을 못 쳐서 버둥거리면 못 견딜 노릇이다.

"어, 어이! 장난 그만해! 난 헤엄칠 수 있어! 그러니까 당장 놔!"

"그래, 그래."

우리는 렌을 끌고 항구로 향했다.

"이츠키는 헤엄칠 수 있지?"

"네, 할 수 있어요."

"렌처럼 헤엄도 못 치면서 칠 줄 안다고 거짓말하면 안 돼. 정말 헤엄칠 수 있는지 시험해 볼 테니까."

"알았다니까요."

"이거 놔아아아아아아아!"

"렌, 평소에는 그렇게 쿨한 척을 해대던 주제에 수영도 못하다니 웃긴 놈이네!"

모토야스가 능글맞게 웃으며 렌을 도발하고 있다.

"크윽……. 난 헤엄칠 수 있어."

"그럼 어디 한번 해 보라고."

내가 붙잡고 있던 손을 놓아 주고, 모토야스가 렌을 부두에서 바다로 걷어찬다.

"앗?!"

그야말로 한심하기 짝이 없는 표정으로, 렌이 머리부터

바다로 곤두박질쳤다.

물보라가 튀어 오른다.

보글보글보글…… 하고 거품이 수면 위로 떠오른다.

"……."

"……."

"……안 떠오르네요."

"하아……. 할 수 없지."

내가 바다로 뛰어들었다. 그랬더니 렌은 그렇게 깊지도 않은 바다에서 허우적거리고 있었다.

등 뒤에서 붙잡아서 일으켜 세운다. 이 녀석, 어깨 정도 깊이의 바다에서 익사할 뻔하다니!

"하아…… 하아! 이 자식들! 장난질도 정도껏 해!"

렌, 이런 상황에서 정색하고 화를 내 봤자 전혀 박력이 안 느껴진다고.

"아무리 그래도 너무 빨리 익사 위기에 처하는 거 아냐?"

아직 물에 들어간 지 30초도 안 지났다.

그냥 벌떡 서기만 하면 되는 상황에서 바닥으로 가라앉던 그 모습, 나는 절대 안 잊을 거다. 이 녀석, 진짜 맥주병이다.

"렌 씨는 전력이 되지 못할 것 같네요."

"그러면 곤란한데 말이지."

공격을 담당할 용사 하나가 빠져 버리면 어쩌자는 거냐.

"난 맥주병 아냐!"

"벌써 증거가 나왔는데도 우기기냐."

내 덕분에 바다 위로 올라오고도 여전히 자신이 맥주병임을 부인하는 자칭 쿨가이는 무시하고, 지금은 작전을 짜야 한다.

"파도에 참가할 때는 배나 탈것 같은 것도 가져갈 수 있는 건가? 파도 때는 배 위에서 대기하는 수밖에 없을 것 같은데."

짐차는 가져갈 수 있었다. 만약에 배도 전송시킬 수 있다면, 일단 해상에서의 파도에 대해서는 대처할 수 있다.

"모 아니면 도 식의 도박이 되지만, 대열을 짤 때에는 이 방안대로 가도록 하지."

"알았어요."

"그리고 너희, 이제 편대 편성 개념 정도는 이해하고 있겠지?"

모토야스와 이츠키가 울컥한 표정을 짓는다.

딱히 무시하려는 발언은 아니었잖아? 사실 그대로 얘기한 것뿐이니까.

"알고 있다고요."

"그래! 그 정도는 알고 있는 게 당연한 거 아냐?"

"그럼 작전은? 어떤 진형으로 덤빌지 생각은 해 뒀어? 상황을 봐야겠지만 어떻게 대처할지 패턴은 생각해 두고 있는 거냐?"

"묘, 묘하게 자세하게 지적하시네요. 꼭 전부터 알고 있었던 것 같잖아요."

"너 말이야……. 이 대규모 전투가 네가 알고 있는 게임에만 있을 거라고 생각하는 거냐?"

내 입으로 말하긴 좀 그렇지만, 나도 상당한 오타쿠였다.

그렇기에 온라인 게임의 대규모 전투에 대한 지식이라면 넘쳐날 정도로 갖고 있다.

게임 내 최강자가 되거나 만렙을 찍거나 하는 데에는 딱히 관심이 없었지만, 다 함께 즐겁게 노는 건 좋아했다.

자연스럽게 스스로 길드나 팀을 만들어서 사람들을 모으고, 이벤트를 즐기곤 했다.

대규모 전투도 경험한 적이 있다. 아니, 애초에 대규모 전투는 온라인 게임의 백미 아닌가.

파도에 그와 비슷한 측면이 있을 거라고는 생각지 못했었지만 말이지.

"이것과 완전히 같은 게임을 경험한 건 아니지만, 대규모 전투가 있는 게임 정도는 해 본 적이 있었어. 너희는 경험이 없는 것 같지만."

"나는 해 본 적 있다고 했잖아."

모토야스가 반론한다. 하지만, 그것은 의미 없는 경험이다.

모토야스가 경험한 길드전은 부하가 모든 걸 다 고안해

준 허울만 좋은 길드였던 것 같다.

게다가 중소 길드의 경험 따위는 애초에 아무런 의미도 없다.

"모토야스, 네 경험은 어디까지나 참가 경험 정도잖아? 50명…… 100명 이상의 대규모 길드 경험도 있었어?"

"으……. 나오후미는 해 본 적이 있다는 거야?"

"있는데?"

이래 봬도, 일단은 온라인 게임을 하면서 서버 내 3위 동맹의 회계 겸 동맹 수뇌진 중 한 명이었다.

"정말인가요?"

"못 믿겠으면 지난번 파도 때를 떠올려 봐. 임무도 완수했고, 사상자도 거의 안 나왔잖아?"

이츠키와 모토야스가 울분에 차서 나를 쏘아본다. 사실 그대로니까.

네놈들은 지식만은 풍부한 것 같지만 경험은 없는 것 같군.

게임에서도 대인전은 어려운 요소니까. 장비는 물론 경험, 그리고 감이 승부를 가른다.

"어느 정도는 지휘할 수 있어. 뭐, 이 세계에 적임자가 있다면 그 녀석에게 맡기는 게 최선책이지만."

경험이라고 해 봤자 어차피 게임 지식이다. 실제 전투에서 도움이 되리라고 보장하기는 힘들다.

게임은 어디까지나 게임이다.

연대라고 해 봤자 대충 돌격, 철수, 대기라는 세 가지 신택지밖에 없고, 동맹원에게 명령하는 게 고작인 경우가 많다. 게임에서의 동료는 병사가 아니니까.

명령을 고분고분 따른다는 보장도 없고, 결국은 개인의 능력에 좌우되는 부분도 많았다. 내가 할 수 있는 건 기껏해야 돌격 장소 지정 정도다.

하지만 여기는 이세계이고 군대도 있다.

그런 상대에게 게임으로 얻은 대규모 전투 지식으로 덤벼 봤자 이길 리가 없겠지.

게임은 어디까지나 정해진 규칙 속에서 싸우는 것이다.

하지만 이 세계에서 맞서야 할 적은 무슨 일이 일어날지 모르는 파도 아닌가. 규칙 따위가 있을 리 없다.

그리고 이쪽 역시 신병기를 투입한다거나, 게임에서 정해진 것 이외의 행동을 얼마든지 할 수 있다는 가능성이 있다.

기발한 전략도 쓸 수 있다.

이를테면 내 세계에서의 대규모 전투는 공성전이 대부분이었다.

게임에서의 요새는 파괴가 불가능한 조형물이다. 그렇기에 벽을 부수고 요새를 파괴하는 것은 불가능했다.

그러나 이 세계는 가능하지 않은가? 그러면 전략도 달라지기 마련이다.

"메르로마르크에서 유능한 녀석을 지원 보내 준다면 그 녀석에게 맡기는 게 제일 좋아. 그 녀석들을 참가시키기 위해서라도 편대는 필수 불가결한 거고."

"그렇군요. 무슨 말씀인지는 알겠어요."

"복잡하게 얘기하고 있지만, 결국 성의 녀석에게 의존하겠다는 거군."

뭐, 그런 거지. 하지만 네놈들은 그렇게 의지하는 행동조차 안 하고 있잖아.

네놈들도 용사라면 파도를 향해 돌격하는 것만이 전략이 아니라는 걸 좀 배우란 말이다.

"어쨌거나 우리가 할 일들은 게임으로 치면 에이스 플레이어로서, 파도와의 싸움에서 선봉을 맡는 거잖아? 유능한 녀석이 쓸 수 있는 비장의 패가 우리라고 생각하고 행동하는 거야. 이해하겠어?"

"네, 알았어요."

"나오후미에게 그런 설교를 듣는 게 짜증 나지만 일리 있는 소리군."

"난 헤엄칠 줄 알아!"

"렌, 아직도 그 소리냐?! 잔말 말고 수중 신전으로 가자고! 네가 헤엄을 칠 줄 아는지 모르는지는 거기 가서 보면 될 거 아냐?"

"뭐라고?! 나도 간다는 거야?! 너희 편대에 편성해서 데려가면 되는 거 아냐?"

"할 수야 있겠지만 용사들끼리는 반발력이 발생하잖아? 불가능할 가능성이 있으니까 만약을 위해서 등록해 놓자는 거야. 자, 이 인형옷을 입어. 세 벌 있으니까."

"풋! 뭐야, 그 인형옷은?!"

모토야스가 페클 인형옷을 보고 웃음을 터뜨렸다.

"생긴 건 웃기게 생겼지만 물속에서는 우수한 장비야. 아니, 너희도 섬 가장 안쪽에 있는 보스 클래스 녀석한테서 얻었을 거 아냐?"

"하긴 그랬죠. 하지만 제 건 리스카 인형옷이었는데요?"

"나는 우사우니 인형옷이었어."

"……이누루트 인형옷이었어."

완벽하게 제각각이다. 끝내 주는데. 용사들 전원이 이 장비를 입고 싸우면 정말이지 볼 만한 광경이겠군.

성능이 좋아서 오히려 더 눈물이 난다. 라프타리아조차도 입기를 꺼려했으니까.

"그 외에도 이것저것 드롭했지만, 세 벌이나 건지지는 못했는데요?"

"확실히 출현 빈도는 낮지만……. 그놈들은 잡몹이잖아?"

"그럭저럭 강하지 않나요? 일단은 보스 클래스 마물이니까."

"엉?"

……뭐지? 인식의 차이가 느껴진다. 그게 은근히 강하다고?

"어쨌거나 출발하자."

수중 신전에 가는 것이 결정되자, 렌은 더 이상 견디지 못하고 자신이 맥주병임을 시인했다. 다행히 일정 기간 동안 물속에서도 숨을 쉴 수 있게 해 주는 편리한 마법이 있어서, 렌도 수중 궁전에 갈 수 있게 됐지만.

성의 병사들 가운데 마법사가 확인을 위해 따라왔다.

문제는 이 마법…… 전투용이 아니라서, 급격한 움직임에는 대처하지 못하는 것 같다는 점이었다. 게다가 유속이 빠른 곳이나 수심이 깊은 곳에서는 효과가 없다고 한다.

결국 수중 궁전에 거의 다다랐을 무렵에는 효과가 떨어져서 렌은 질식할 뻔했다.

모토야스와 이츠키는 수중 장비인 페클 인형옷을 보고 깔깔거리며 비웃어 댔지만, 렌은 한마디 불평도 하지 못했다.

이렇게 우리는 파도에 대비해 나갔다.

"수병 조달은 어려울까?"

"네."

성에서 파견되어 온 녀석이 백작과 의논한 결과, 그런 답이 나왔다.

이번 파도에 있어서, 용사들은 별 도움이 되지 않을 것 같다. 그래서 내가 앞장서서 총지휘를 맡고 있다. 원래는 전쟁에 대한 지식이 풍부한 녀석이 맡는 편이 나을 테지만.

"섬에 주둔하고 있는 수병은 보낼 수 있지만, 메르로마르크로부터의 출병은 약간 힘든 상황입니다. 일단 수뇌부는 파도에 참가하겠다는 답변을 보내 왔습니다. 용사님들 중에 한 분이 대표로 메르로마르크 본성에 와 주시면 감사하겠습니다만……."

"흐음……. 나중에 물어보지."

용사가 메르로마르크에 돌아가서 전송 스킬로 등록해 두는 건 가능할 것이다.

하지만 제때에 배를 섭외할 수 있으려나……. 진지에 소환될 가능성도 있으니까.

"뭐, 바다라면 피난 유도를 할 필요가 없으니까 그렇게까지 인원을 할애할 필요도 없긴 하지……."

"해상 전투를 전제로 장비를 갖추게 할 예정입니다."

"알아서 해. 파도 때 어떤 마물이 나올지 알 수 없으니, 준비를 게을리하지 말아 줘."

"네. 본래는 금지된 어업 방법인 루코르 폭탄도 준비하겠습니다."

"루코르 폭탄?"

"네. 루코르 열매를 나무통에 채우고, 수중에서 폭발시키는 겁니다. 고농도의 술이 바다에 녹아들어서 바닷속의 마물들을 해치우는 거죠."

흐음……. 공격 수단이 없는 나에게는 이런 식의 공격 방법이 있다는 것이 솔직히 놀랍게 느껴졌다.

나 혼자였다면 떠올리지 못했을 발상이다.

확실히, 그 공격 방법이 유효하다면 바다에서의 파도에 쉽게 대처할 수 있다.

"오늘은 모험가들 중에서 모집해 보시는 게 어떻겠습니까? 전과를 올려서 이름을 떨치기를 원하는 강자도 있을 테니까요."

"응? 뭐, 괜찮을 거 같은데? 제대로 선정할 수만 있다면."

파도와의 전투를 국가의 병사들에게만 맡길 필요는 없다. 실제로 내가 전에 파도를 겪었을 때도 운 나쁘게 파도와 조우한 모험가들이 싸워 준 바 있었다. 파도를 극복해 내자면 쓸 만한 자는 최대한 활용해야 할 것이다.

카르밀라 섬이 활성화 시기였다는 것이 불행 중 다행이라고나 할까.

현재 이 섬에는 모험가들이 잔뜩 모여 있다. 기대해 볼 만한 전력이다.

"섭외는 이미 마쳐 두었습니다."

"고마워."

그리고…… 지난번 파도를 생각해 보면, 글래스와 조우하게 될 가능성이 높다.

이쪽은 지난번보다 레벨이 올라서 상당히 강해졌다.

다음에 조우하면 이길 수 있을 거라고 믿고 싶지만, 그 녀석은 엄청난 강자니까. 방심은 금물이겠지.

이날 밤, 카르밀라 섬 각지에 모험가 모집 벽보가 나붙었다.

파도에 맞서 무훈을 올리기 원하는 자신 있는 강자는 참가하라! 라고 적혀 있다.

내가 파도 준비를 위해 항구에서 배를 기다리고 있을 때, 라르크 일행이 지나갔다.

"오? 방패 꼬마, 지금 어디 가려는 거지?"

"그냥 살짝 좀 볼일이 있어서."

결국, 내가 대표가 되어 카르밀라 섬을 떠나 편대를 보내기 위해 여왕에게 가는 신세가 되었다.

병사들을 보내는 게 좋지 않을까도 생각했지만 일정상 버겁다. 그래서 용각의 모래시계의 모래에서 얻은 전송 스킬을 이용해서 가기로 했다.

용각의 모래 방패의 조건이 해방되었습니다!

용각의 모래 방패

능력 미해방……장비 보너스, 스킬 『포털 실드』

문제는, 활성화 때문에 카르밀라 섬 내로는 전송할 수 없다는 점이었다.

그리고 모토야스 등의 얘기에 따르면, 초기 배치는 소환된 방으로 지정된다고 한다. 따라서 카르밀라 섬의 활성화 범위를 벗어나는 즉시, 우리는 성으로 날아가서 여왕에게 편대를 보내게 될 것이다.

"뭐, 파도에는 참가할 테지만."

저도 모르게 한숨이 나온다. 될 수 있으면 싸움은 피하고 싶지만, 세계를 위한 일이라 생각하고 단념하는 수밖에.

"그래, 그렇단 말이지! 꼬마, 우리도 파도와의 싸움에 지원했다고."

"아아, 그랬어?"

꽤 믿음직한 녀석들이니, 잡몹 처리 정도는 맡길 수 있겠다고 생각했었다.

라르크 일행이 참가한다면 파도도 약간 쉬워진다.

"나오후미 씨에게서 받은 팔찌가 불을 뿜을 거예요!"

테리스가 흥분한 기색으로 팔찌를 내보인다.

"아직도 흥분에서 못 벗어난 거냐, 네 파트너는……."

이렇게까지 마음에 들어하니 나도 기쁘긴 하지만, 괜히

무리한 짓을 하다가 죽어 버리면 곤란하다.

"그럼 파도 때 만나자고."

"함께 싸우는 걸 기대하고 있어."

"나도 기대하지."

"좋아!"

이렇게 해서 우리는, 그날이 가기 전에 메르로마르크의 항구를 향해 출발했다.

돌아가는 배도 은근히 사람이 많다.

파도가 온다는 소식을 듣고 도망치듯 섬을 떠나려는 주민들이며 모험가가 늘고 있다는 모양이다.

뭐, 이번에는 우리도 전용 선실을 배정받아서 편하게 올 수 있었지만.

나는 정기적으로 포털 실드를 작동시켜서 이동 가능 여부를 시험하고 있다.

날이 저물고…… 밤도 상당히 깊었을 무렵.

"포털 실드!"

그렇게 외친 순간, 사용 불가 아이콘이 사라지고, 외친 위치를 등록할 것인지, 아니면 미리 등록한 위치로 이동할 것인지를 묻는 선택지가 나타난다.

전송 ←

전송점 기억

전송을 확인.

메르로마르크 · 소환의 방

아아, 내가 처음에 소환돼 왔던 그 방 말이군. 거기 이외에는 없는 모양이다.

함께 전송될 범위가 주위에 선으로 표시된다.

전송하는 동료도 지정할 수 있는 거냐. 의도적으로 전송에서 제외할 수도 있는 모양이다.

게다가 범위가 꽤 넓다. 접촉하고 있을 필요도 없는 건가. 긴급 상황에서는 탈출 스킬로도 유용하겠군.

……교황의 함정에 걸렸을 때, 용사 놈들은 왜 이걸 안 썼던 거지?

"그럼, 전송 스킬을 사용한다."

"응!"

「메르로마르크 · 소환의 방」이라는 문자와 함께, 그곳의 모습이 반투명하게 나타났다.

분명히, 내가 처음 소환되었던 그 방인 모양이다.

"좋아!"

나는 라프타리아와 필로를 데리고 배 갑판에서 전송 스킬을 작동시켰다.

그러자 휙 하고 풍경이 바뀌고, 흙냄새 나고 눅눅한, 제단이 있는 방으로 이동했다.

돌이켜 보면, 여기는 이런 공간이었다.

아무도 없는 것 같아. 의식을 거행하는 것도 아니니 당연한 일이겠지.

"굉장해요……. 눈 깜짝할 사이에 이동했어요."

"끝내줘! 아, 여기는 성이구나."

"그런 것 같네요."

"메르~."

필로가 뜀이라도 뛰듯 깡충거리며 방 밖으로 나간다.

우리도 곧바로 감시병들에게 말을 걸어서, 여왕과의 알현을 부탁한다.

통지는 이미 받았었던 듯, 여왕이 우리의 편대 편성을 수용했다.

그날은 성에서 묵고, 이튿날은 파도에 대비한 준비에 매달렸다.

여왕은 우리가 부탁했던 강화 소재를 성의 창고에 넉넉하게 모아 주었다. 일단 섬에 있을 때도 정기적으로 보내 주긴 했지만.

"그럼 마음껏 사용해 주지."

아무래도 그동안 강화가 불충분했었다.

그런데도 카르밀라 섬에서 이렇다 할 부상을 입지 않은 것이다. 상당히 강해졌다고 봐도 괜찮으리라.

그리고 이번 파도에서 사용하려고 마음먹고 있는 방패는 이것이다.

소울 이터 실드(각성) +6 35/35 SR

능력 해방 완료……장비 보너스, 스킬 『세컨드 실드』「영혼 내성(중)」「정신공격 내성(중)」「SP 상승」

전용효과 「소울 이트」「SP 회복(약)」「드레인 무효」「벽 관통」「언데드 컨트롤」

숙련도 60

아이템 인챈트 레벨 7 「SP 10% 증가」

야마아라 스피리트 「카운터 효과 상승」「방어력 50」

스테이터스 인챈트 「체력 30+」

강화한 결과, 놀랍게도 스테이터스가 키메라 바이퍼 실드보다도 더 높아졌다.

지난번 파도의 보스에게서 나온 방패이니만큼, 강화 배율은 이쪽의 우세였다.

전용효과인 드레인 무효, 벽 관통과 언데드 컨트롤은 각성시킨 결과 출현한 것들이다.

벽 관통은 말 그대로 물질을 통과하는 기능이긴 한데…… 벽 한 장 통과하는 데 SP를 모조리 소모해 버렸다. 게다가 실험할 때는 상당히 얇은 벽으로 했었는데, 두꺼운 벽을 상대로 시도하면 어떻게 될지……. 언데드 컨트롤은 불사의 마물을 조종할 수 있게 해 주는 힘인 것 같다. 아직 실험해 보지 못해서 정확한 사항은 알 수가 없다.

수치상으로는 예전보다 4배 이상 강한 방어력을 손에 넣은 상태다.

더불어 최악의 상황에만 쓸 수 있는 라스 실드도 만약에 대비해 강화해 두었다.

가능하면 쓰지 않는 방향으로 가고 싶다. 지난번의 저주도 아직 완치되지 않은 상태니까.

꽤 많이 좋아지기는 했지만, 그래도 아직 버겁다.

라스 실드Ⅲ (각성) +7 50/50 SR

능력 미해방……장비 보너스, 스킬 『체인지 실드(공)』『아이언 메이든』『블러드 새크리파이스』

전용효과 「다크 커스 버닝S」「완력 향상」「격룡(激龍)의 분노」「포효」「권속의 폭주」「마력 공유」「분노의 옷(중)」

숙련도 0

아이템 인챈트와 스피리트 인챈트와 스테이터스 인챈트

는 미해방 방패에는 입힐 수 없는 모양이다. 숙련도도 마찬가지 같다. 미해방 방패는 늘지 않는 모양이니 어차피 의미없는 거긴 하지만. 라스 실드는 도저히 해방시키기 힘들 것 같고.

그래도 능력치가 엄청나게 향상되었다.

이걸로 바꾸는 즉시 정신을 지배당할 것 같아서 두렵다.

이튿날, 내 시야에 있는 파도의 타이머가 점점 더 줄어들어 갔다.

00 : 20

가능한 한 최대한의 준비는 갖춰 두었다.

다른 용사들은 배에서 대기하고 있고, 문제는 내가 어디로 전송되는가 하는 점이다.

만약의 경우에 대비해서 인근 강에 배를 띄워서 대기시켜 두고 있다. 하천용 배인 만큼 그다지 크지는 않다. 범선은 아무래도 무리다.

그래도 승무원들이 대형 범선으로 옮겨 탈 시간 정도는 벌 수 있으리라.

"나오후미 님."

라프타리아와 여왕이 다가왔다.

"이와타니 님, 준비는 완벽합니다."

"여왕은 파도에 처음 참가하는 거야?"

"일단…… 다른 여러 나라의 파도에 참가한 적이 있습니다. 작전 내용도 파악하고 있지요."

"그래?"

"네. 그럼 다소 이르지만, 여기서 기사들과 병사들의 전의를 고양시키도록 하죠."

흐음……. 이런 구령은 의외로 중요하다.

병사들의 움직임이 둔하면, 아무리 용사가 있더라도 피해를 최소화할 수가 없다.

"여러분! 이번 파도를 최소한의 피해로 저지하는 겁니다!"

"""오오!!"""

여왕의 호령에 모두 기세가 올라 있다.

다른 용사 놈들도 이런 것 좀 해 줬으면 좋겠는데.

00 : 10

남은 시간 10분.

"섬이냐 바다 위냐가 문제로군."

무슨 일이 벌어질지 알 수 없다. 그렇기에 만반의 준비를 갖춘 채 임해야만 하는 것이다.

"바다라……. 그렇다면 험난한 싸움이 될 것 같네요."

"그러게 말이야."

무엇보다 우리는 바닷속 싸움은 거의 경험한 적이 없다.

바닷속에서 아무리 검을 휘둘러 봤자 마물에게 명중시키기는 보통 힘든 게 아니다. 그럴 때는 다른 무기로 싸우는 수밖에.

필로는…… 평소에도 펭귄 같은 영법으로 마물에게 돌진하곤 하니까 충분히 싸울 수 있을 것 같지만.

바닷속에는 지면이 없는 만큼 적의 주위를 분산시켜야만 한다.

유성방패로 이겨낼 수 있으면 좋겠지만……. 파도 때 나타나는 강력한 마물을 상대로 어떻게 대처해야 할 것인가.

"라프타리아 말대로 험난한 싸움이 될 것 같군."

"이럴 때…… 사디나 언니가 있었더라면 싸움이 편해졌을지도 모르는데……."

"그게 누구야?"

"저희 마을에서 어부 일을 하던 분이에요. 제 언니 같은 사람이었어요."

"호오……. 수영을 잘했나 보지?"

"저희 마을에서 최고였어요."

"라프타리아랑 같은 종족이야?"

"아뇨……. 수생계 수인(獸人)이에요."

그러니까 당연히 수영이 전매특허였겠군. 이 자리에 있었더라면 딱 좋았을 텐데.

뭐, 없는 녀석을 아까워해 봤자 소용없는 짓이다.

"살아 계시면 좋을 텐데……."

"……그러게 말이야."

라프타리아가 살던 마을 주민들이라……. 하지만 지금 우리에겐 그런 감상에 젖어 있을 시간이 없다.

나는 손을 들어 때가 거의 다 되었다고 선언한다.

"만약 섬으로 전이하면 즉시 산개해서 섬 주민들을 보호, 바다 위라면 범선으로 이동해서 용사들을 엄호하도록!"

"""네!"""

뒤이어 라프타리아와 필로에게로 눈길을 돌린다.

"이제 세 번째 파도야. 예전보다 더 굳세게, 적극적으로 싸우자!"

"네! 조금이라도 피해를 줄인 채로 끝내도록 해요!"

"필로도 힘낼 거야~!"

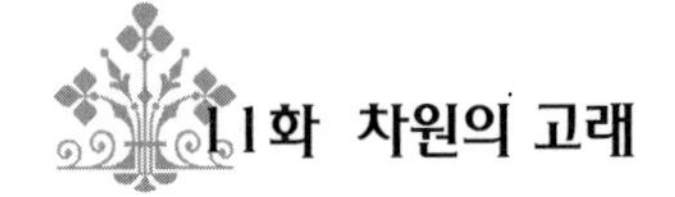

11화 차원의 고래

00 : 00

잔여 시간이 0이 되었다.

그 순간, 풍경이 뒤바뀌고, 순간적으로 몸이 공중에 뜨는 느낌에 휩싸인다.

끼익하고 배가 소리를 냈다.

주위를 둘러본 나는, 여러 배가 있다는 것, 그리고 배 밑에 바다가 있다는 것을 파악했다.

해상이라. 파도…… 균열이 있는 쪽으로 눈길을 돌린다.

역시 바이올렛 색의 하늘이 비틀어진 채 펼쳐져 있어서, 파도가 도래했음을 웅변하고 있다.

"서둘러 범선으로 이동하세요!"

여왕의 명령에 기사들과 수병들이 배를 근처 범선에 붙이고 올라탄다.

나와 라프타리아는 필로리알 형태로 변신한 필로의 등에 올라타서, 범선 쪽으로 이동한다.

그러자 거기에는 용사들이 서서 내 쪽을 쳐다보고 있었다.

뭐야?! 서로 색깔만 다른 산타모를 쓰고 다람쥐 인형옷을 입은 녀석이 이츠키의 동료들 중에 있잖아?!

이런, 신경 쓰면 안 되는데 눈길을 뗄 수가 없다!

"후에에……."

다람쥐 인형옷을 입은 녀석이 눈 돌아가게 정신없이 뒤바뀌는 상황에 어쩔 줄 몰라 하며 주위를 두리번거리고 있다.

이츠키의 동료 중에 저런 꼴을 당할 녀석은…… 아마 리시아라는 아이일 게 분명하군.

뭐, 페클 인형옷의 효과를 생각해 보면 우수한 장비임은 틀림없으니까, 저걸 입은 녀석이 있다고 해도 이상할 건 없다. 보기에는 개그용 장비로만 보이지만.

“상황은 어떻지?”

“아직 시작한 직후라서 뭐라고 이렇다 저렇다 말씀드리기는 힘들지만, 균열에서 마물들이 나오고는 있어요.”

그러면서 이츠키가 균열 쪽을 가리킨다.

균열에서는…… 뭔가 물고기 같은 마물이 튀어나오고 있는 것 같다.

어류 타입 마물이 나올 것까지는 처음부터 상정하고 있었으니, 딱히 걱정할 건 없을 것 같군.

“자, 곧바로 실전에 들어가야 할 것 같은데, 어쩔 거지?”

일단은 배에서도 싸울 수 있도록 수병들을 채용한 모양이다.

“수영에 자신 있는 자들은 이미 바다로 뛰어들어서 마물과 싸우고 있어요.”

총지휘관인 여왕이 우리 전황 보고를 위해 우리 쪽으로 다가왔다.

“주로 모험가들 사이에 섞인 수생계 아인들이, 전장이 바다라는 걸 알고 뛰어들었다더군요.”

“모험가들을 고용하길 잘했군.”

메르로마르크는 인간 지상주의이기에 병사들 중에 아인

은 얼마 없다.

따라서 파도와의 싸움에 참가하는 자들도 필연적으로 인간이 대다수가 된다. 해상 전투에서 인간과 수중을 마음껏 잠수할 수 있는 아인이 대결한다면 어찌 되겠는가?

이건 파도에서 나온 마물의 경우에도 마찬가지다. 인간의 대항 수단은 배 위에서 대포 같은 걸로 공격하는 것밖에 없다.

뭐, 이럴 때는 용사가 앞장서서 싸우는 수밖에 없지만.

"그럼 우리도 슬슬 가 볼까."

"이와타니 님, 잠시 기다려 주십시오."

"왜 그래?"

"마물들이 너무 많으니, 용사님들께선 파도에서 나온 거물들과 싸워 주셨으면 합니다."

"그 정도는 나도 알아. 문제는 그 거물이 어디 있느냐 하는 거지."

아마 파도의 근원 부근에 있을 거라는 건 상상이 간다.

대량으로 출현한 어류형 마물들이 우리 배를 향해서 몰려오는 현 상황에서는, 바닷속으로 들어가서 싸우는 수밖에 없다.

첨벙하고 바다에서 그림자 하나가 뛰쳐나와서 갑판에 출현했다.

차원의 사하긴 섀도.

그런 어류 같은 인간형 마물이다. 섀도라는 이름이 붙은 걸 보면…… 일단은 아인종에 해당하는 녀석들인가 보군.

"유성창!"

모토야스가 차원의 사하긴 섀도를 창으로 찌른다.

"의외로 튼튼한데."

"하앗!"

빗치와 그 패거리, 렌의 동료들이며 이츠키와 그 일행들이 배에 쳐들어온 마물들을 격퇴한다.

"히압~!"

쳐들어온 마물을 필로가 일격에 날려 버린다.

머릿수가 상당히 많다.

배는…… 주위를 둘러보니 총 20척. 피해를 최소화하기에는 힘든 상황인가?

이번에 배에 탄 자들은 모두 카르밀라 섬에서 강해진 자들과 싸움에 익숙한 병사들이다. 마물들보다 못한 전력은 아닐 것이다.

다만, 전황이 혼전 양상을 띠게 된 것이 문제다. 유성방패를 써도 될까?

그 스킬은 사용자가 동료라 생각하지 않는 녀석은 튕겨내는 성질이 있으니까. 그리고 배 전체를 보호하기에는 범위도 너무 좁다.

응? 옆 배에 쳐들어왔던 마물들이 쓸려 나가는 모습이 보인다.

"원월진(円月陣)!"

저건…… 라르크다.

큰 낫을 휘둘러대고 있다.

오……. 화려한데. 상황이 상황이니만큼, 무쌍 게임처럼 보인다. 통쾌해 보이는걸.

아, 테리스도 후방에서 마법을 영창하고 있다.

"휘석(輝石), 폭뢰우(爆雷雨)!"

지향성을 가진 번개가 갑판 위로 올라온 마물만을 골라서 해치운다.

역시 대단해, 저 둘은. 어떻게든 동료로 스카우트하고 싶다.

"루코르 폭탄을 바다에 던집니다! 모험가들에게 경고하세요!"

여왕의 명령에 선원들이 소라고둥 같은 악기를 우렁차게 불어댄다.

그러자 아인 모험가들이 배 쪽으로 돌아온다. 그 직후에 나무통이 바다로 투하되었다.

"루코르 폭탄이라……."

뱃전에서 바다를 바라본다.

나무통이 천천히 가라앉아 간다……. 저 통이 정말 필살 병기가 될 수 있긴 한 건가…….

그렇게 생각한 순간, 나무통이 폭발해서 기포가 올라온다. 그리고 이윽고 바다가 투명한 빨강으로 물들어 간다.

우와! 둥실 하고, 수면 가득 어류형 마물들이 떠오르잖아.

아아, 바닷물이 느닷없이 술로 변한 거나 다름없는 상황……이라고 하니까.

물론 술로 변하자마자 희석되어 연해지지만, 그동안에 마물들에게는 치명적인 효과를 끼치게 되는 모양이다.

이거 굉장한데……. 그 열매에 이런 위력이 있을 줄이야.

"아직 공격을 늦추어서는 안 됩니다!"

"좋아!"

"그런데 보스는 어디 있지?"

그러고 보니 나는 보스가 출현하는 장면을 제대로 목격한 적이 없었단 말이지.

지금까지 항상 멀리서만 봤었던 것 같은…… 그런 정도의 감각.

"헤엄쳐서 파도의 뿌리까지 갈까?"

균열에 대해서도 직접 공격할 필요가 있다고 했었지.

나 혼자서라면 어림없겠지만, 라프타리아나 필로라면 가능할 것 같다.

가 볼 수밖에 없을 것 같군. 여전히 파도에서 마물들이 솟아 나오고 있으니까.

여기서 주야장천 잡몹들만 상대하고 있을 수는 없다.

"하지만…… 보스를 해치우지 않으면 시간이 걸릴 텐데요?"

흐음……. 그렇단 말이지…….

그래서 지난번 파도 때도 용사 놈들은 파도에서 나온 보스를 해치우는 데 혈안이 되어 있었던 것이리라.

그런 얘기를 나누고 있으려니 배 한 척이 수면에서 공중으로 솟구쳐 올라서 산산조각이 났다.

그 밑에서 뭔가 거대한 물체가 나타났다.

선원들은 물론 모험가들 사이에서도 비명이 터져 나온다.

"뭐, 뭐야?!"

그 시선들이 향하는 곳을 쳐다보니 거대한 뿔이 돋아난 고래 같은 마물이 지금 막 바다로 낙하하는 순간이었다.

이름이 눈에 들어온다.

차원의 고래

총 길이가 몇 미터나 될까? 어림짐작으로도 50미터 이상은 되어 보인다. 향유고래를 부자연스러울 정도로 하얗게 칠하고, 드릴 같은 긴 뿔을 달아 놓은 것 같은 외모다.

곳곳에 보석 같은 크고 둥근 돌기가 돋아 있어서, 윤곽을 한층 더 괴이하게 만든다.

내가 아는 고래와는 전혀 다른 괴물이군.

혹시 저게 이번 파도의 최종 보스라고 봐도 되는 걸까?

나는 렌, 모토야스, 이츠키에게 시선을 돌리고 손짓한다.

렌은 벌벌 떨며 고개를 가로젓고, 이츠키는 고개를 끄덕이고, 모토야스는 엄지를 치켜세우고 있다.

"저거겠죠."

"절대 아냐!"

"맥주병은 대기나 하고 있어. 자, 잡몹들이 지금도 계속 몰려오고 있다고!"

"큭! 헌드레드 소드!"

렌은 공중으로부터 수많은 검들을 쏟아붓는 스킬로 바다에 있는 잡몹들을 공격한다.

용사 주제에 맥주병이 뭐람. 뭐, 다른 용사들의 전법도 대충 비슷하지만.

대포에 포탄을 넣고 발사하는 식으로 싸우고 있으니까.

이츠키도 활을 대형 발리스타로 만들어서 화살을 연사하고 있고…….

이번 파도…… 방패 용사인 나로서는 별로 할 일이 없는 거 아냐?

"아니, 모토야스! 넌 창의 용사잖아! 작살과도 연관성이 있으니 상성도 좋을 거 아냐? 가서 해치우고 오라고!"

복수심에 불타오르던 노인도 있었잖아. 너도 그런 식으로 덤벼들란 말이다!

"저 고래한테 덤벼서 동반 자살이라도 해!"

"아, 나오후미! 이 자식이!"

"지금 용사분들끼리 싸우고 있을 때에요?!"

라프타리아에게 혼났다……. 난 잘못 없다고.

"나오후미 님, 여기서 넋 놓고 계시지 말고 뭔가 할 수 있는 날을 찾아보자구요."

"하긴 그래……. 모토야스."

"뭐야?"

나는 모토야스를 배 가장자리로 손짓해 부른다. 모토야스는 무슨 작전이라도 있는가 싶어 다가왔다.

"바다에 제일 적합한 무기를 갖고 있으니까, 넌 근접전으로 싸워야 할 거 아냐!"

퍽 하고 모토야스의 등을 떠밀어서 배 밑으로 떨어트린다.

"뭐야?! 이 자시이이이이이이이이이이이이이이이익——!"

아, 생각보다 맥없이 빠지는데. 뭔가 이상할 정도로 손쉽게 바다에 빠트릴 수 있었다.

모토야스가 바다에 빠지고 물보라가 솟구친다.

"꺄아아아아! 모토야스 니이이이이이임!"

빗치와 그 패거리가 비명을 지른다.

"방패 용사가 창의 용사님을 죽이려 하고 있어!"

빗치가 나를 삿대질하려고 손을 치켜든 순간, 노예문이

작동한다.

"꺄아아아아아아아아아아아아아악!"

"마――걸레!"

물 위로 떠오른 모토야스가 빗치를 보며 소리친다.

"이와타니 님의 작전이겠죠. 뭘 그렇게 끔찍한 일이라도 일어난 표정인 거죠?"

여왕은 나뒹구는 빗치에게 주의를 준다.

나 원 참, 틈만 나면 죄를 날조하려고 든다니까.

"저도 제안을 드리죠. 카와스미 님과 아마키 님은 배를 엄호하면서 저 대형 마물에게 원거리 공격을 날려 주십시오."

"알았어요."

"알았어."

"키타무라 님은 가능하다면 바닷속으로 들어가서 싸워 주세요."

"누구 맘대로?!"

"이번 싸움은 키타무라 님께서 공적을 쌓을 좋은 기회잖아요? 제 딸이 짊어지고 있는 빚 탕감을 도모할 수 있는 좋은 기회라고 생각하지 않으십니까?"

"으……."

여왕이 수면에 떠 있는 모토야스에게 제안하자, 모토야스는 짜증스럽게 신음한 후 바닷속으로 잠수해 들어갔다.

전설의 무기에는 잠수 스킬도 있어서, 페클 인형옷이 없더라도 바닷속에서 어느 정도…… 현실에서는 불가능한 정도로 잠수할 수 있다.

수중안경 같은 걸 쓰지 않아도 먼 곳까지 볼 수 있으니 놀라울 따름이다.

"나는?"

"이와타니 님께서는 저 대형 마물이 배에 돌격하지 못하도록 막아 주십시오."

"그 말은…… 바닷속에 들어간 다음 배 바닥까지 가서 녀석의 돌격을 저지하라는 말로 들리는데……."

"물론, 가능하시다면요."

"하아…… 알았어."

저 대형 마물을 내가 막아낼 수 있을지 어떨지 모르겠지만, 확실히 타당한 방안이다.

"아, 라프타리아 양. 당신은 배의 발리스타로 저 마물을 겨냥해 주십시오."

"네?"

라프타리아가 자기 자신을 손가락질하며 되묻는다. 나도 어안이 벙벙했다.

확실히 라프타리아가 저 마물을 공격하는 순간은 상상하기 힘들다.

등 뒤에 달라붙어서 검으로 푹푹 찌르는 정도가 고작일 거라고만 생각했다. 아마 모토야스도 기껏해야 그 정도이리라.

"이와타니 님의 동료이신 라프타리아 양은 능력이 꽤 높으신 것 같더군요. 그러시다면 강력한 발리스타의 성능을 충분히 끌어낼 수 있을 것입니다."

"응? 무슨 소린지 이해가 잘 안 되는데? 왜 발리스타를 라프타리아가 쓰면 성능이 높아진다는 거지?"

발리스타가 손으로 활시위를 당기는 보통 활보다 위력이 높다는 건 나도 안다. 하지만 그건 누가 사용해도 마찬가지일 것이다. 이츠키라면 아예 발리스타의 위력 상승…… 같은 스킬을 갖고 있을지도 모른다. 그래 봬도 활의 용사니까.

하지만 라프타리아가 쓴다고 해서 위력이 향상될 거라는 건 이해가 안 된다.

……뭔가 내가 모르고 있는 시스템이 있는 건가? 이를테면 용사들의 강화 방법 같은 거.

"활 등의 원거리 무기에도 사용자의 스테이터스 보정이 적용되니까요."

흐음, 이 세계에는 활이나 총 같은 무기에도 스테이터스 보정이 들어간다는 건가.

내 세계의 기준이라면 활이든 총이든 잘못 맞으면 사람은 죽게 돼 있다. 하지만 이 세계에는 스테이터스라는 요소가 있는 것이다. 활의 속도나 위력에 차이가 생기는 것……인지도 모른다.

생각해 보면 이곳은 게임과 비슷한 세계다.

활이나 총이 검 등과 같은 위력으로 표현되는 게임도 많다.

현대의 상식으로 따지면 말도 안 되는 것이지만 게임처럼 스테이터스 수치가 영향을 미친다고 하면 충분히 이해가 된다.

그래. 이러니 내 세계의 기준으로 생각하면 따끔한 맛을 보게 되는 게 당연하지.

확실히 그렇다면 라프타리아에게 발리스타 공격을 맡기는 편이 좋을 것 같군.

나라면 떠올리지 못했을 발상이다.

“알았어. 라프타리아, 배에 있는 발리스타로 저 대형 마물, 차원의 고래를 공격해 줘.”

“아, 알았어요.”

“사용법은 가르쳐 드릴 테니 걱정 말고 사용하세요. 그럼 이와타니 님께서는 필로 양과 함께 저 대형 마물로부터 배를 보호해 주십시오. 그러면 저희는 후방에서 집단 합성 의식 마법으로 지원해 드리겠습니다.”

아아, 교황이 부하들을 동원해서 사용했던 그 강력한 마법 말이군. 본래는 전장에서 사용되는 것이었다는 여왕의 설명을 들었던 기억이 있다. 그렇다면 확실히 저 보스에게는 효과가 탁월할 것 같다.

지금까지는 줄곧 용사들이 앞장서서 싸워 왔지만, 원래는 이런 지원 공격을 축으로 삼아서 싸우는 게 정석 아닐까?

“그럼 부탁하지. 좋아! 그럼 가자, 필로.”

"응!"

나와 필로는 배의 난간을 박차고 바다로 뛰어들었다.

바닷속은 루코르 폭탄의 영향 때문에 아직 빨갛다.

그래도 차원의 고래는 바닷속 깊숙이 잠수해 있다.

보아 하니 바다 밑바닥으로부터 수면에 있는 배를 향해 돌격하는 게 공격 패턴인 모양이다.

모토야스가 요령 좋게 고래에게 달라붙어 창으로 찌르고 있다.

하지만…… 스킬을 쓸 여유가 없는 데다, 상대방이 워낙 튼튼해서 그런지 효과가 시원찮다.

응?! 차원의 고래가 수면 쪽을 향했다. 척 보기에도 돌격하려는 태세임이 분명하다.

나는 숨을 한 번 들이쉬고 배 바닥을 향해 헤엄친다…….

비교적 금방 배 바닥에 도달했다.

배 바닥을 발판 삼아 차원의 고래를 쳐다본다.

어디를 노리는 건지 알 수 없다는 게 무서운데. 최대한 막아내야 하지만…….

돌격해 오기 전에, 나는 차원의 고래를 향해 헤엄친다.

필로도 나를 따라오고 있다.

배를 보호하자면 우선 고래의 핵심적 무기인 뿔을 붙잡아 둬야만 하겠지.

그렇게 생각한 순간, 고래가 우리를 향해 급격히 접근해 왔다.

좋아! 이대로 뿔을 내 쪽으로 향하고 있으라고!

지금, 차원의 고래 주위에는 우리와 모토야스밖에 없다. 다른 마물들은 제거해 둔 상태다.

자! 덤벼라!

내가 방어 자세를 굳힌 바로 그 순간이었을까. 차원의 고래가 뿔로 나를 꿰뚫으려고 달려든다.

쿵 하는 충격이 느껴졌다……. 그렇지만 견딜 수 없을 정도의 공격은 아니다.

하나 발판이 없는 바닷속에서는 돌격의 기세를 완전히 죽이는 건 불가능하다.

쿵 하고 배 바닥에 부딪히고, 나는 그 배 바닥을 발판으로 삼는다.

하지만 더 이상은 무리다.

그러나 그건 차원의 고래 입장에서도 마찬가지이리라.

뿔을 틀어막고 있는 내가 귀찮다는 듯, 온몸을 흔들어서 나를 뿌리치려 하고 있다.

어림없는 짓!

나는 필로에게 눈짓을 보낸다.

그러자 필로는 필로리알의 모습으로 차원의 고래에게 돌격해서 발길질을 되풀이한다.

오? 필로의 발길질에 고래의 몸이 젖혀졌잖아!

모토야스도 선전하고 있군.

내가 고래의 발을 묶어 준 덕분에 자세를 유지할 수 있게 된 건지, 뭔가 스킬을 내쏘고 있다.

수면 위로부터 차원의 고래를 향해 화살이며 대포 탄환이 날아오고, 주위에 폭음이 울려 퍼진다.

물속인데도 귀가 따가우리만치 시끄럽고, 거품이 시야를 가득 채운다.

그래도 나는 고래의 뿔을 짓누르고 있었다.

으……. 숨이…….

나는 뿔을 붙잡은 채로, 몸을 젖혀서 수면 쪽으로 헤엄친다.

오? 고래 녀석, 놀란 표정으로 내 손에 끌려오고 있잖아.

"푸핫!"

수면 밖으로 나와 숨을 내뱉는다.

"하아…… 하아……."

호흡을 가다듬으며 다시 고래를 보니, 고래는 내게 억눌린 탓에 그저 버둥버둥 날뛰고 있다.

할 수 있는 일이 그것밖에 없는 모양이다.

뭐, 이거 놓으라는 듯 보석 같은 숨구멍에서 마법 같은 것을 내쏘고는 있지만, 나는 전혀 대미지를 입지 않는다.

"유성창! 라이트닝 스피어!"

모토야스가 물 위로 떠오른 고래의 등에 올라타고 창으로 그 등을 마구 찔러댄다.

"테잇! 에잇! 야압!"

필로도 마찬가지다. 발톱에 힘을 불어넣어 둔 듯, 날카로운 발톱이 고래를 찢어발기고 있다.

그리고 라프타리아는 발리스타로 고개를 조준한다.

이츠키는 이미 발리스타를 연사하고 있다. 활의 용사가 거대한 발리스타를 사용하고 있으니 위력도 상당히 높지 않을까?

전원의 공격에 고래의 몸이 빨갛게 물들어 간다.

팅 하고 라프타리아가 발리스타를 이용해 고래에게 화살을 날렸다.

발리스타의 화살이 명중하는 동시에, 쿵 하고 기분 좋은 충격이 전해져 온다.

오? 라프타리아의 공격이 지금까지 한 공격 중에서 제일 강한 것 같잖아? 어떻게 된 거지?

"방패 꼬마! 꼼짝 말고 있어!"

"응?"

라르크가 낫을 거머쥐고 배에서 뛰어내렸다.

"비천대차륜(飛天大車輪)!"

그리고 예전에도 선보인 바 있는 기술을 고래에게 퍼붓는다.

크?!

"억……."

피가 분수처럼 분출되었다. 놀랍게도 차원의 고래의 꼬리를 일도양단한 것이다.

"――!"

차원의 고래는 뭐라 형언할 수 없는 절규를 내지른다.

"아~! 필로도 안 질 거야!"

필로가 최대한 힘을 주어서 고래를 걷어찬다.

쫘악 하는 소리와 함께, 고래의 왼쪽 지느러미가 날아갔다. 위력이 뭐 저렇게 강해?

그나저나…… 필로가 있는 힘껏 걷어차서야 간신히 해낸 일을 라르크 일행이 해낸 건가?

고래가 바들바들 경련하기 시작한다.

"숨통을 끊어 주자고! 간다!"

"응!"

라르크가 테리스에게 눈짓을 보낸다.

"휘석, 폭뢰우!"

"합성기! 뇌전대차륜!"

테리스가 내쏜 마법이 라르크의 낫에 쏘아져 내리고, 라르크는 전기를 띤 그 낫을 드높이 치켜들었다가 차원의 고래에게 휘둘렀다. 그리고 필로가 날개를 상하로 펼친 채 돌격한다.

"스파이럴 스트라이크!"

거의 동시였다.

라르크가 차원의 고래를 일도양단하고, 필로가 다른 부위를 뚫는다.

"————………!"

뭐라 형언할 수 없는 절규와 함께, 차원의 고래는 절명했다.

"이쯤이야 식은 죽 먹기지!"

고래의 시체를 발판 삼아, 라르크는 흡족한 듯 말했다.

"너희, 진짜 강하잖아."

까놓고 말해서, 모토야스보다 압도적인 대활약이었다. 도대체 얼마나 강한 거야.

좀 이상한데……. 전에 같이 싸웠을 때도 이렇게 강했었던가?

물론 그때도 강하다고 생각하긴 했지만, 그건 어디까지나 '모험가치고는' 강하다는 정도의 인식이었다.

모토야스가 아연실색한 표정으로 이쪽을 보고 있다.

"필로 열심히 싸웠어!"

"그래, 잘했어."

"나오후미 님!"

라프타리아가 손을 흔들고 있다.

“좋아. 이제 파도의 균열을 공격해서 마무리만 지으면 되겠군.”

나는 배를 파도의 균열 쪽으로 몰도록, 여왕을 향해 손가락으로 신호를 보낸다.

그 순간, 나는 챙 소리와 함께 엄습하는 살의를 감지하고 뒤를 돌아본다.

거기에는── 라르크가 거만한 미소를 지으며 낫으로 나를 겨누고 있었다.

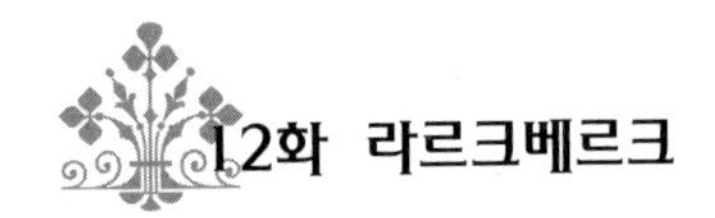

12화 라르크베르크

테리스가 마법으로 떠올라, 라르크 옆에 다가와 선다.

“뭐야……?”

나는 불온한 기운을 감지하고 라르크 일행을 노려보았다.

“이것 참……. 설마 꼬마가 진짜 방패 용사였을 줄은 생각도 못 했어.”

“진짜라고 내가 몇 번을 말했는데.”

“그야 그렇지만 말이지. 사람이란 정말 생김새만 보고는 알 수가 없다니까. 꼬마…… 아니, 나오후미라고 불러야 하나?”

"그건 마음대로 해. 그래서? 뭘 어쩌려는 꿍꿍이지?"

"응? 뭐, 나오후미, 난 너 개인에 대해서는 아무런 원한도 없긴 하지만……."

"네, 그건 사실이에요. 저도 진심으로 안타깝게 생각한답니다."

엄청나게 불길한 예감이 든다.

동시에, 지금껏 내가 어렴풋이 품고 있던…… 라르크의 낫에 관한 의문이 확신으로 변했다.

"우리 세계를 위해서…… 죽어 줘야겠어."

라르크는 특유의 준족을 활용해서 나를 향해 육박해 오는가 싶더니, 낫을 치켜들었다.

반사적으로 방패를 낫의 궤도로 움직여서 튕겨낸다.

"이거 좀 아픈데……. 역시 보통내기가 아니었군."

"……무슨 꿍꿍이지?"

"주인님한테 뭐 하는 짓이야~!"

필로가 분노에 휩싸여 라르크를 공격하려 했지만, 내가 손을 뻗어서 제지한다.

뭐라고 표현해야 할까. 함부로 공격했다가는 좀 다치는 정도로는 넘어갈 수 없을 것 같은 예감이 든다.

"무슨 꿍꿍이긴, 아까 말했잖아."

우리 세계를 위해서 죽어 달라고? 도대체 무슨 소리야?

"방패 용사이신 이와타니 님을 공격하는 포악한 모험가를 제지하세요! 여러분! 집단 합성 의식 마법 영창을 시작하세요!"

이전부터 영창 중이던 마법의 공격 대상이 라르크로 바뀐다.

이런 강력한 마법이라면 분명 우리도 말려들 텐데.

여왕에게로 눈길을 돌린다.

……알 것 같다. 우리라면 견딜 수 있을 거라고 생각하는 건가.

"유성방패! 모토야스, 빨리!"

모토야스에게 파티 신청을 보낸다.

모토야스도 상황을 파악한 듯 곧바로 파티 신청을 수락하고, 내가 내쏜 유성방패의 범위 안으로 들어갔다.

"이건…… 좀 성가신걸요."

테리스가 액세서리의 보석에서 빛을 뿜으며 마법 영창에 들어갔다.

뭐야……?! 어마어마한 힘의 흐름 때문에 바람이 일고 있잖아!

『여러 보석들의 힘이여. 내 요청에 답하여 나타날지어다. 내 이름은 테리스 알렉산드라이트. 동료들이여. 저자들을 토멸(討滅)하는 힘이 되어라!』

"집단 합성 의식 마법 『징——."

여왕의 영창이 끝나기 바로 직전에 테리스의 마법이 완성된다.

그리고…… 테리스는 이마에 차고 있던 액세서리를 벗었다. 그러자…… 그 이마에 보석이 박혀 있었다.

"휘석 유성염우(流星炎雨)!"

하늘에서 마법의 화염 폭우…… 아니, 그 하나하나가 거대한 포탄과도 같은 불꽃들이 일대에 쏟아진다.

"와아아아아아아아아아아아아아아아아아아아아?!"

"꺄아아아아아아아아아아아아아아아아아아아아?!"

운석과도 같은 화염들이 순식간에 일대의 배들을 관통해서 순식간에 침몰시켜 간다.

"라프타리아!"

"괘, 괜찮아요!"

침몰하는 배로부터 라프타리아와 여왕, 이츠키 일행 등이 뛰어내린다.

크윽……. 침몰의 영향 때문에 일대에 소용돌이가 일어나서 허우적대는 자들이 발생하기 시작했다.

그런 자들을 구하기 위해, 여왕은 나룻배 위에서 남은 자들과 힘을 모아서 소용돌이를 잠재우는 마법을 영창하고 있다.

눈 깜짝할 사이에 전황이 완전히 뒤집혔잖아?!

지금까지 많은 아인들을 보아 왔지만, 테리스 같은 녀석은 처음이었다.

뭐랄까……. 아인과는 뭔가가 근본적으로 다른 것 같은 느낌이 들었다.

"크……."

"렌 님! 어서 뛰어내리지 않으시면 위험해집니다!"

렌이 어쩔 줄 몰라 하는 얼굴로, 동료들의 설득에 마지못해 배에서 뛰어내리고 있었다.

저 자식, 정말이지 도움이 안 되는 놈이라니까…….

"테리스!"

"나도 알아. 어디까지나 훼방꾼의 개입을 막기 위한 거였다구."

『여러 보석들의 힘이여. 내 요청에 답하여 나타날지어다. 내 이름은 테리스 알렉산드라이트. 동료들이여. 쏟아지는 화염으로부터 저자들을 보호하라!』

"휘석 정해(靜海)!"

응? 테리스가 마법을 사용하자 바다의 소용돌이가 사라졌다. 여왕도 어안이 벙벙한 표정으로 라르크 일행을 쳐다보고 있다.

"가능한 한 사망자 없이 끝내고 싶으니까."

"그런 소리를 지껄이면서 날 죽이려고 들다니…… 앞뒤가 안 맞잖아?"

"뭐, 내가 몹쓸 짓을 하고 있다는 건 나도 알아. 그래도 사망자를 최소화하면서 목적을 달성하고 싶다는 말씀이지."

"날 죽이는 게 그거랑 무슨 상관인데?"

"으음……. 뭐, 네가 아무것도 모르고 있으면 양쪽 모두 싸우기 껄끄러울 테니까 대답해 주지. 굳이 말하자면, 우리 세계를 위해서야."

"도대체 그게 무슨 소리냔 말이야. 우리 세계란 건, 이 세계를 위해서라는 거냐? 파도가 몰려오는 마당에 용사를 죽여서 무슨 이득이 있다는 건데?"

"아, 거기부터 설명해야겠군."

"라르크는 설명 실력이 너무 형편없다니까."

"시끄러워. 그건 나도 알아. 그럼 설명해 주지, 나오후미. 우리 세계라는 건…… 그 말 그대로야. 한마디로 이세계라는 거지."

"………."

이게…… 무슨 소리야?

……아니, 의미 자체는 나도 안다.

하지만, 그 대답을 이끌어내는 과정이 너무나도 뜬금없다……. 아니, 생각해 보면 꼭 그런 것만도 아니다.

지난번 파도 때, 글래스라는 적이 출현했었다.

다시 말해 라르크가 한 얘기는 말 그대로의 의미, 즉 라르크도 글래스와 마찬가지로 적……이라는 건가?

"아가씨 말이 맞았어. 용사라고 자처하는 녀석들은 하나같이 가짜밖에 없는 모양이더군. 덕분에 나오후미를 찾는데도 고생했다고."

"뭐가 어째?!"

"그게 무슨 말씀이세요?!"

"그래! 우리가 바로 용사라고!"

다른 용사들이 분기탱천한다.

"엉? 네놈들도 용사를 사칭하는 거냐? 웃음이 멈추지를 않는군. 하하하하하하하하——."

라르크가 렌, 이츠키, 모토야스를 보고는 진심 어린 웃음을 터뜨린다.

"농담이지? 네놈들은 약해도 너무 약해. 용사를 사칭하려거든 먼저 좀 더 강해지고 나서 하라고. 저기 저 나오후미처럼."

"뭐야?!"

"그럼 어디 한번 시험해 보시지!"

"기다려, 모토야스."

모토야스가 내 제지를 무시하고 창을 치켜들어 라르크 일행에게 돌격했다.

"용사 이외에는 아무도 죽이기 싫다고 얘기했잖아?"

라르크가 가볍게 낫을 휘둘렀다.

"제1형태, 바람 쓸기!"

그 단순한 동작 하나뿐이었건만, 바람이 일어나서 모토야스를 날려 버린다.

"끄아아아아아아아아아아아아아아아아아아아——."

모토야스는 마치 장난감처럼 나가떨어져서 바다에 빠졌

다가, 몸을 위로 한 채로 떠올랐다.

모토야스를 일격에?!

"보아 하니 아직 싸울 기력이 남은 것 같은데?"

"그러게 말이야. 힘 조절은 참 어렵다니까."

"하긴 그래."

라르크와 테리스가 전투태세에 들어가서 각각 공격을 시작한다.

아까보다도 더 빠르다!

"휘석 폭뢰우!"

아까와 마찬가지로 라르크의 낫에 번개가 떨어져서, 낫이 전성을 띠었다.

"합성기! 뇌화화(雷花火)!"

라르크가 낫을 회전시킨다. 그러자 낫에서 무수한 빛이 발사되어 주위에 있는 사람들을 꿰뚫었다.

나는 유성방패를 전개하고, 후방을 방어하듯 앞으로 나선다.

유성방패가 만들어낸 결계 안에서 라프타리아와 필로가 내 뒤로 다가왔다.

"헉……. 이럴 수가――!"

"크……. 말도 안 돼!"

가까스로 내 뒤에 있던 여왕과 그 외 측근들, 병사 일부는 보호할 수 있었지만, 용사들과 그 동료들, 무수한 모험가들, 병사들이 공격에 꿰뚫렸다.

"크윽……."

그다지 강한 공격은 아니었지만 범위가 넓어도 너무 넓다.

라르크의 정체가 뭔지는 모르지만, 이 공격은 성가셔도 너무 성가시다.

"죽지 않을 정도로 힘을 빼 줬으니 걱정 마. 하지만 나오후미와의 싸움을 방해한다면, 힘을 빼 줄 여유도 없어지게 될 줄 알라고."

주위를 둘러보니, 일대에 있던 사람들 대부분이 감전이라도 된 듯 꼼짝도 못 하고 있다. 불행 중 다행인 건 허우적대는 사람은 없었다는 점 정도일까.

"이렇게 강력할 수가……. 저분들은 대체……."

여왕이 마법을 영창하면서 묻는다.

"기다려, 여왕……. 결정타를 먹일 자신이 없다면, 섣불리 손대지 마. 이 녀석은…… 보아 하니 나한테만 용건이 있는 것 같으니까."

"눈치가 빠른 게 나오후미의 장점 중 하나라니까."

"고작 며칠 만에 날 이해한 것처럼 굴지 마."

"그래? 잠깐이라도 같이 지내다 보면, 상대방의 성격 정도는 알 수 있는 거 아냐?"

라르크가 자신감 가득한 표정으로 나를 손가락질하며 말

한다.

“나오후미가 쓰러진 녀석한테서 도구를 빼앗은 건 뭔가 이유가 있어서였지? 넌 이유도 없이 악행을 저지를 녀석이 아닐 테니까.”

“지금까지 만난 분들 가운데 나오후미 님을 가장 잘 이해해 주시는 것 같아요.”

“말하지 마……. 괜히 슬퍼지잖아.”

틀린 말은 아니다. 틀린 말은 아니지만…… 도대체 일이 어떻게 돌아가는 거야?

빌어먹을! 남의 신뢰를 배신하다니!

나는 배신당하는 건 싫어하지만, 생각해 보면 딱히 라르크 일행과 약속을 했던 것도 아니다.

내가 같이 다니자고 제안했을 때도 완곡하게 거절했었으니, 어쩌다가 적들끼리 우호 관계를 맺게 된 거라고 생각하면 이해 못 할 상황도 아니지 않을까?

……핫! 헛소리.

“어쨌거나 쏟아지는 불똥을 걷어내고 봐야지! 라프타리아, 필로! 서로 안면이 있는 사이이긴 하지만, 저 녀석들을 물리치자!”

“솔직히 싸우기 껄끄럽긴 하지만, 알았어요!”

“에……. 저 사람들이 싸우고 싶어 한다면 필로도 힘껏 싸워 볼래~.”

"그렇단 말이지? 그럼 어디 한번 제대로 붙어 보자 이거야."

"제대로……? 정정당당하게 붙자는 거야? 나는 싸움이란 기략의 연속이라고 생각하는 놈이라, 별로 수긍하고 싶지 않은데."

"나오후미다운 소리군. 그럼, 언제든지 덤비고 싶을 때 덤벼 봐. 나는…… 네 목숨을 사냥하는 걸 목적으로 이 세계에 온 거니까!"

"휘석 폭뢰우!"

차원의 고래를 끝장냈을 때와 마찬가지로, 테리스가 번개 마법을 퍼붓고 라르크가 그 힘을 수용한다.

그리고 나를 향해 낫을 한껏 치켜들었다.

"합성기! 뇌전대차륜!"

나는 유성방패가 돌파당할 것을 염두에 두고 방패를 앞쪽으로 내민 채 자세를 가다듬는다.

뽀각 하는 소리와 함께 유성방패가 깨져 나가고, 라르크의 낫에 의한 일격이 나를 향해 날아들었다.

"하아아아아아아!"

빠직빠직 전기를 머금은 낫이 방패에 충돌하고 커다란 불꽃이 튀었다.

견뎌낼 수 없을 정도의 위력은 아니지만, 맞는 부위에 따라서는 위험할 수도 있다.

"오오, 뇌전대차륜을 여유 있게 견뎌낼 수 있단 말이지."

내 방패, 소울 이터 실드의 카운터 효과인 소울 이트가 작동해서 라르크로부터 힘을 빼앗아 온다.

"우오?! 뭐야?! 안 아프잖아……."

라르크가 놀라고 있다. 공격의 정체는 파악하지 못하고 있는 건가.

소울 이트는 내가 상대방의 공격을 견뎌냈을 때 작동하는 카운터 효과.

소울 이트 실드가 움직여서 상대방의 마력을 빼앗는다.

상대방이 용사라면 SP도 빼앗아 올 수 있을까?

직접적인 대미지를 가하는 건 아니지만, 간접적으로 대미지를 준다.

마법이 주특기인 상대라면 자기도 모르는 사이에 마력이 저하돼 버리거나 하는…… 그런 식으로 말이다.

"흥. 나는 그 정도로 물렁한 놈이 아니라고."

"그건 나도 알아. 꿈쩍도 안 할 거라는 것 정도는 말이지! 테리스!"

"휘석 업염(業炎)!"

테리스가 나를 향해 마법을 내쏜다. 어마어마한 크기의 마그마 같은 불꽃을 출현시키는 마법이다.

……버틸 수 있을까?

"저희를 잊으시면 곤란하죠!"

"필로도~!"

라프타리아와 필로가 뛰쳐나가서 라르크를 향해 공격을 시도한다.

"읏차!"

라르크가 뒷걸음질을 치면서 라프타리아와 필로의 공격을 종이 한 장 차이로 회피한다.

때로는 몸을 뒤로 젖히고, 때로는 흘려보내고, 때로는 몸을 숙인다.

공격을 전부 파악하고 있는 건가?

테리스의 마법이 날아온다. 나는 라르크를 밀쳐내듯 앞으로 나서서 마법을 받아낸다.

그런데── 마법은 나와 접촉하는 순간, 산산이 부서졌다.

'죄송해요.' 라는 목소리가 들린 것 같았는데……?

"뭐지?"

"그렇구나……. 이 아이는 싸우고 싶지 않은 거구나."

테리스가 쓸쓸한 표정을 지으며 팔찌를 향해 말한다.

그 팔찌는 내가 만들어 준 오레이칼 스타 파이어 브레이슬렛이다.

테리스는 가만히 팔찌를 벗고, 다른 팔찌를 장착한다.

"테리스! 나오후미한테 그 마법을 걸어!"

"그래, 알았어."

뭐야?! 나한테 뭔가 마법을 걸려는 작정인 모양이다.

어쨌거나 이 상황을 돌파하려면 빨리 라르크 일행을 물리치는 수밖에 없으리라.

보아 하니 저 녀석들은 이 세계 사람들이 아니고, 용사를 죽이는 게 목적인 모양이다.

그렇다면 도망이라는 수단도 없는 건 아니지만, 굳이 도망쳐야 할 이유도 없고 내가 지켜줘야만 하는 녀석들도 많다. 라르크가 주위 녀석들에게 피해를 끼치지는 않겠지만 그렇다고 도망칠 수는 없다.

"라프타리아! 필로! 내가 빈틈을 만들 테니까 라르크한테 공격을 퍼부어!"

"네."

"응!"

나는 라르크에게 시선을 돌리고, 상대방이 싸우기 힘들 형태로 방패를 사용한다.

"에어스트 실드! 세컨드 실드!"

내 말과 동시에 라르크의 등과 복부에 방패가 출현해서 움직임을 방해했다.

방패를 만들어내는 스킬인 에어스트 실드와 세컨드 실드.

이 스킬들은 기본적으로는 방패를 보강하는 스킬로, 적의 공격을 막아내거나 체인지 실드와 조합해서 카운터 효과를 가진 방패로 변화시키는 식으로 사용한다.

하지만 상대가 인간이고 움직임이 빠를 경우에는, 재미있는 공격 방법을 구사할 수 있다.

상대방의 움직임을 방해하는 위치에 소환하는 방법이다.

구체적인 예를 들자면, 공격을 회피하려고 뒤로 물러나려 했는데 그 등 뒤에 벽이 생긴다면?

벽에 부딪친 순간 반대쪽에도 벽이 출현한다면?

나는 라르크에게 그런 방해 공작을 건 것이다.

"으앗?!"

라르크가 라프타리아와 필로의 공격을 회피하려고 몸을 젖힌 순간에 기습적으로 방패를 출현시켰다.

"지금이다!"

"하아아아아아아아아아!"

"빈틈 발견~!"

라프타리아가 라르크의 우측으로부터 비스듬하게 칼부림을 날리고, 필로가 왼편으로부터 손톱을 휘둘러 라르크를 찢어발기려 한다.

"부유겸(浮游鎌) 1식(式)!"

무기를 들고 있지 않았던 라르크의 손에 공중에 떠 있는 신비로운 낫이 출현, 라프타리아의 칼부림을 막아내고, 낫자루로 필로의 손톱 공격을 틀어막는다.

"큰일 날 뻔했네……. 나오후미, 네가 얘기했던 기략이라는 거 꽤 재미있는데. 방패 용사라는 이름을 듣고 어떤 공격을 하는 녀석일지 궁금했었는데, 이 정도라면 무시할 수 없겠어."

“아직 끝난 게 아니에요! 하아아아아아아아아아!”

라프타리아가 라르크에게 저지당한 검을 뺐다가 다시 휘두른다. 아니, 이번엔 찌르기 공격을 시도했다.

낫은 방어할 때는 창과 마찬가지로 자루 부분으로 막게 되어 있다. 날 부분으로 방어하기는 어려운 무기인 것이다.

“필로도 안 질 거야!”

필로도 팔에 힘을 불어넣어서, 자신의 공격을 저지하고 있는 라르크의 낫 자루를 밀어낸다.

“너무 안이해!”

라르크가 곧바로 도약해서 두 방패 사이의 틈으로부터 탈출했고, 라프타리아와 필로의 공격은 허공을 갈랐다.

“테리스! 아직 멀었어?!”

“이제 다 완성됐어!”

테리스가 양손을 앞으로 내뻗고, 마법을 영창했다.

『여러 보석들의 힘이여. 내 요청에 답하여 나타날지어다. 내 이름은 테리스 알렉산드라이트. 동료들이여. 저자의 굳건한 방어를 약화시켜라!』

“휘석 · 분수(粉守)!”

반짝이는 빛이 나를 향해 날아온다. 누가 맞아 줄 줄 알고?!

나는 옆으로 뜀을 뛰어 테리스의 마법을 회피했지만, 테리스의 마법은 유도성이 높아서 내 뒤를 쫓아온다.

"나오후미 님!"

"난 괜찮으니까 너희는 싸움에 집중해! 나를 걱정하고 있을 여유가 없다고!"

"나오후미 말이 맞아. 나오후미도 남 말 할 처지는 아니지만."

"흥……."

라프타리아와 필로의 공격이 저지당하고 말았다.

하지만 조금만 더 지켜보면 돌파할 수 있을 것 같은 분위기가 느껴진다. 그렇다면 내가 취할 방법은 하나밖에 없으리라.

나는 테리스의 마법을 피해 움직이면서 마법 영창에 들어간다.

"어림없어요! 라르크!"

테리스의 마법이 한층 더 강렬한 빛을 내뿜고, 확산해서 나를 덮친다. 나와 충돌한 마법은 내 몸에 달라붙었다.

크……. 결국 끝까지 뿌리치지는 못했군.

확실히 힘이 빠지는 것 같은 감각이 느껴진다. 스테이터스 마법으로 잠깐 확인해 보니 방어력 저하 아이콘이 시야에 나타났다.

내 방어력이 튼튼한 것을 꿰뚫어 보고, 지원 마법으로 방어력을 저하시키려 시도한 것이다.

『힘의 근원인 방패 용사가 명한다. 다시금 전승을 깨우쳐, 저자의 모든 것을 지탱하라.』

"쯔바이트 아우라!"

그렇다면 라프타리아나 필로에게 다시 걸어 주려고 했던, 모든 능력치를 향상시키는 아우라를 자신에게 걸면 그만!

내가 사용한 아우라는 곧바로 발동해서 방어력 저하를 상쇄한다.

게다가 다른 스테이터스들이 일시적으로 상승하는 효과까지 딸려 있다.

"미안하지만 날 상대로 능력치 저하 마법은 별 재미 못 볼 텐데?"

"그런 것 같군. 테리스, 다음!"

"라프타리아, 테리스 쪽을 공격해 줘. 필로는 나랑 같이 라르크를 해치우자!"

"알았어요."

"네~에!"

이번에는 직접 라르크를 찍어 누르고 필로의 필살기를 먹여 주고 말리라.

타깃이 우리라고 해서 꼭 피해 다니기만 할 이유는 없는 것이다.

"좋았어……. 흥분돼서 몸이 근질거리는군."

라르크가 신이 나서 못 견디겠다는 듯 웃으면서 낫을 치켜들었다.

테리스 쪽은 마법을 영창하면서 때로는 라프타리아의 공격을 회피하고, 때로는 손을 내밀어서 마법의 방어벽 같은 걸 만들어서 저지하곤 한다.

"나오후미도 재미있지 않아?"

"미안하지만 난 그런 여유는 없어!"

그렇게 말하긴 했지만, 나는 라르크와 싸우고 있는 이유를 잊어버릴 정도의 흥분에 취하고 있었다.

접전이란 이런 싸움을 두고 하는 말이리라. 지금까지의, 굳이 표현하자면 불리한 상황에서 상대방을 제압할 방법을 모색하는 식의 싸움이 아닌, 정면으로 상대를 찍어 누르고자 하는 충동…….

라르크……. 참 신기한 녀석이라고 생각하는 건 나 역시 마찬가지다.

어째서인지, 틀림없는 적이건만 도무지 미워할 수가 없었다.

이건 나 자신이 전투에 여유가 있기 때문이리라……. 아마도.

이렇게 생각하는 것 자체가 비겁한 건지도 모른다.

나 역시, 게임 같은 감각으로 싸우고 있는 용사들을 비난할 자격이 없는 놈이다. 싸움을 즐기다니, 원래는 있어서는 안 될 일인 것이다.

그럼에도…… 누가 더 위인지 알고 싶다.

라르크가 휘두르는 흉기를 때로는 피하고, 때로는 막아내고, 금속들 사이에 튀는 불꽃과 죽음의 소리에 취한 채 싸우고 있다.

내게는 공격 수단이 없다. 그래서 공격 대신, 라르크의 손목을 붙잡아서 억눌렀다.

“필로!”

“응!”

필로가 팔을 교차시키고, 양손의 손톱에 바람을 휘감고 휘둘러댄다.

“윙 클로~!”

“우오!”

푸슉 하는 소리와 함께, 라르크의 팔과 뺨이 미세하게 찢어진다.

큭……. 공격이 너무 얕았나. 하지만 아직 내가 라르크의 손목을 제압한 상태다.

“제법인데! 그럼 나도 보답을 해 줘야지! 기겸(氣鎌) · 수폭(守爆)!”

라르크의 낫이 번뜩이고, 날 끝이 내 어깨에 적중한다.

단지 그것뿐이었다.

그랬건만―― 고통이 온몸을 관통해서, 저도 모르게 라르크의 손목을 놓고 말았다.

“크윽…….”

뭐, 뭐지?!

라르크가 필로의 두 번째 공격을 회피하기 위해 물러선다.

"오오――, 역시 방패 용사. 이게 더 효과적이군."

"나오후미 님!"

라프타리아가 테리스와 공방을 주고받으면서 이쪽을 향해 소리쳤다.

나는 어깨의 출혈 부위를 감싸고 회복마법을 영창한다.

"내가 뭘 한 건지를 몰라서 어리둥절해하는 얼굴이군."

"아니……."

이건, 짐작 가는 수단이 몇 가지 있다.

하나는 방어 무시 효과다.

방어력이 향상된 나에게 대미지를 주기 위해 글래스가 사용한 공격이 이것이었다.

방어력 자체와는 무관하게 상대방에게 대미지를 가한다.

이 공격 앞에서는 방어력이 아무리 높아도 무의미. 회피를 전제로 움직여야만 한다.

다음으로 생각할 수 있는 공격 수단, 그것은――.

"방어력 비례 공격……."

"정답. 높은 방어력이 도리어 독이 됐군."

글래스가 사용했던 공격은…… 원래부터 방어력이 높은 분노의 방패를 사용하고 있었기에 어떤 공격인지 파악하지 못했었다. 하지만 라르크가 쏜 공격은 본인이 인정했다.

분명히 끝 부분에만 맞았는데도 이만한 타격을 입은 것이다. 제대로 얻어맞았더라면 좀 아픈 정도로는 넘어가지 못했을 것이다.

이걸 어쩌지? 방어력 낮은 방패로 바꿔야 하나?

아니, 그랬다가는 라르크의 공격을 버티지 못할 터…….

어려운 선택의 기로에 놓였다.

하지만, 나는 이 공격에 커다란 문제가 있다는 걸 발견했다.

라르크의 무기가 어떤 건지 아직 판명하지는 못했지만, 용사의 무기에 가까운 성질을 지니고 있으며 스킬 같은 공격을 내쏘는 건 분명하다.

그건 다시 말해, 공격을 할 때마다 쿨타임이나 마력, 혹은 SP를 소비한다는 뜻이다.

게다가 내 소울 이터 실드의 효과, 소울 이트로 인한 소모도 이미 상당할 것이다.

그렇게 끝없이 연사할 수는 없다.

"뭐, 나오후미라면 다음번에는 미리 경계해서 막아낼지도 모르지만 말이지."

"잘 아는군. 방패라고 해서 피하면 안 된다는 법이 있는 것도 아니고."

방패 용사라고 해서 꼭 상대방의 공격을 방패로 방어해야 하는 것은 아니다.

상대가 나만 노리고 공격한다면 오히려 회피하는 게 당연한 일이다.

"그 방어력 비례 공격에도 큰 결점이 있을 텐데?"

나는 반쯤 허세를 부리며 응수한다.

뭐, 솔직하게 대답해 줄지 어쩔지는 모르지만, 이 공격의 약점을 생각해 본다.

"에어스트 실드나 세컨드 실드 같은 간접적인 방어에 대해서는, 방어력 비례 공격은 아무런 의미도 없지."

물론 에어스트 실드는 파괴되리라는 건 나도 짐작하고 있다.

하지만 그건 나 자신에게 맞는 건 아니다. 그러니 그저 '강력한 공격' 에 불과하게 된다.

그럼에도 방어력 비례 공격을 연발한다면 방어력이 낮은 방패로 버티는 게 더 효율적이다.

키메라 바이퍼 실드의 반격으로 중독 상태로 만들어 주는 것도 한 방법이겠지.

"정답. 직접 공격하지 않으면 의미가 없으니까."

"그리고…… 더 가르쳐줄 필요는 없겠지."

일부러 가르쳐줄 의미 따위는 없다. 그랬다가는 오히려 제 목을 조르게 된다.

그런 쓸데없는 짓을 할 필요도 없다. 이다음 내용은 실제 싸움을 통해서 직접 보여주는 수밖에.

지금은 오히려 라프타리아와 필로에게 의식을 집중해야 할 상황이다. 필로는 특유의 재빠른 속도로 라르크의 공격을 모조리 피하고 있다. 라르크 일행이 범위 공격을 날린다면 내가 막아주면 된다.

"그럼…… 다음으로 넘어가자고!"

라르크가 힘껏 낫을 치켜든다. 낫의 날이 빛을 내뿜었다.

저건 틀림없이 방어력 비례 공격!

나는…… 라르크가 내쏜 공격을 회피한다.

"읏차차!"

"지금이야!"

필로가 몸을 숙이고 있다가, 도약하듯이 라르크의 등 뒤로 돌아가서는, 손톱을 번뜩인다.

"타앗!"

"아야야야야! 이거 제법인데! 설마 이 일격을 피할 줄은 생각 못 했는데."

"그야 피하는 게 당연한 거 아냐? 왜 내가 전부 다 받아줘야 하는데? 방패가 진짜로 해야 할 일은…… 너도 알잖아?"

그렇다. 방패가 해야 하는 일은 보호하는 것. 방패 자신을 겨냥한 공격이라면 피하면 된다.

나는 목각인형처럼 넋 놓고 서 있을 생각은 없단 말씀이지. 그런다면 방패 용사가 아니라 전시물에 불과하다.

"역시 재미있다니까! 나오후미, 너랑 싸우다 보면 점점 더 강해질 수 있을 것 같단 말이야."

"전투 중에도 성장하고 있다는 얘기냐? 농담 그만해. 무슨 용사도 아니고."

내가 자신의 필살기를 피한 것에 대해 신경을 쓰면서도, 라르크는 이미 다른 기술을 쏘아대기 시작했다.

"제1형태 · 바람 쓸기! 제2형태 · 공기 쓸기!"

폭풍을 동반한 측면 공격이 두 번 몰아닥친다.

자칫하면 나가떨어질 것 같은 위력이지만 못 버텨낼 정도는 아니었다.

그런 평범한 공격으로는 나를 해치울 수 없을 텐데?

나는 방패를 키메라 바이퍼 실드로 바꾸어 막아낸다.

"오? 방패를 바꿨잖아?"

"그래, 방패의 반격을 받아 보시지!"

각성한 키메라 바이퍼 실드에는 뱀의 독니(대)라는 카운터 효과가 있다.

방패에 새겨진 장식 뱀이 라르크를 물어뜯었다.

"오?! 윽……. 이건 독이군."

라르크는 거리를 벌리고는, 뺨에 손을 대고 신음한다.

그러는 동안에도 필로는 몇 번 공격을 시도했으나 결정적인 뭔가가 부족하다.

"주인님, 필로, 강한 공격을 할 테니까 시간을 좀 벌어 줘!"

"좋아!"

"칫! 성가신 공격을 해 대는군."

라르크는 낫에서 약을 꺼내어 먹는다. 아마 해독제겠지.

응? 혼유약도 같이 꺼내잖아……. 눈치를 챘나 보군!

하지만 덕분에 한 가지가 판명되었다. 라르크에게도 SP가 존재한다는 것.

보통 사람에게는 SP라는 개념이 없다는 건 라프타리아를 통해서 판명되었다.

혼유약도 일반인이 마시면 집중력을 향상시켜 주는 음료수일 뿐이다. 좀 특별한 음료수에 불과한 것이다.

다시 말해 라르크는 용사……. 혹은 그것에 필적하는 존재.

"주인님!"

필로가 마력 충전을 마쳤다. 이제 빈틈을 만들어내기만 하면 되겠군.

"라프타리아!"

"네!"

내 부름에 응해서 라프타리아가 마법을 영창하기 시작한다. 테리스가 이쪽에 신경을 쓰지 못하도록 양동작전을 부탁해 두고 있었지만 지금은 그럴 상황이 아니니까.

라프타리아가 더 이상 추격하지 않는다는 걸 파악한 테리스도 지원을 위해 마법 영창에 들어간다.

하지만 라프타리아는 마법을 영창하면서 검을 휘두를 수도 있단 말씀이지.

"앗! 제법이네요."

"공격과 마법을 동시에 처리하지 못하면 살아남을 수가 없었으니까요!"

『힘의 근원인 내가 명한다. 다시금 이치를 깨우쳐, 모습을 감추어라.』

"패스트 하이딩!"

"하이딩 실드!"

모습을 감춘 환영 방패를 만들어내는 합성스킬을 발동시키고 설치한다.

"체인지 실드! 세컨드 실드!"

"이런!"

내가 만들어낸 방패에 대비하기 위해서 라르크가 낫을 힘껏 치켜들었다.

훗……. 걸려들었군!

"뭐야?!"

라르크의 팔꿈치가 하이딩 실드로 모습을 감춘 방패를 출현시킨다.

내가 사용한 것은 쌍두흑견의 방패. 전용효과는 도그 바이트!

개 머리 형상을 한 방패가 라르크를 물고 늘어져서 움직임을 봉쇄한다.

"스파이럴…… 스트라이크!"

차원의 고래를 해치웠던 필로의 일격이 움직임이 봉쇄된 라르크를 향해 날아간다.

"우오! 잘못하면 큰일 나겠네!"

라르크가 낫을 고쳐 쥐고 빙글빙글 회전시켜서 돌진하는 필로를 막아낸다.

방어 스킬이라도 사용한 것이리라. 필로의 공격이 먹히지 않는다.

"크……."

그렇긴 해도, 필로의 회전 공격은 조금씩 조금씩 라르크의 방어를 무너뜨려 나간다.

"내가 당할 줄 알고?!"

도그 바이트의 효과가 사라지는 동시에 방패가 소실, 라르크가 회피를 위해 도약한다.

내가 놓칠 줄 알고?!

"실드 프리즌!"

에어스트 실드의 뒤를 잇는, 임의의 위치에 출현시켜서 적의 움직임을 방해하는 방패. 그 세 번째가 바로 실드 프리즌.

상대를 가두거나 스스로를 보호하는 데에 사용하는 스킬이지만, 회피하려는 상대를 방해하는 용도로도 사용할 수 있다.

"우왁! 나오후미, 그건 너무하잖아!"

실드 프리즌 때문에 뜻대로 회피하지 못한 라르크에게 필로의 공격이 먹혀든다.

"우오오오오오오오오오오오!"

익?! 필로의 공격을 맨손으로 막아내?!

완전하게 막아낸 건 아니라서 피가 나는 것 같기는 하지만…… 치명상에 이르지는 않았다.

"으……. 이 방법밖에 없는 건가."

라르크는 상처투성이가 된 한쪽 팔을 다른 팔로 감싸 쥐면서 낫을 겨눈다.

"우……. 못 물리쳤어."

"필로 아가씨, 꽤 효과적인 필살 공격이었어. 설마 우리가 이렇게까지 몰릴 줄은 생각 못했는걸."

"라르크!"

테리스가 소리쳤지만, 그녀 역시 라프타리아와의 공방을 펼치느라 라르크를 지원할 여유가 없었다. 그나저나 라프타리아도 대단한데. 테리스가 내쏜 여러 마법들 가운데, 회피할 수 없는 건 검으로 쳐서 없애 버리고 있잖아.

그 라프타리아에 못지않은 위력으로 마법을 내쏘는 테리스 역시 보통내기가 아니다.

테리스가 라르크와 합세해서 공격해 오면 위험하겠는데.

"이길 수 있을 줄 알았는데 말이지……. 아무래도 내 힘으로는 나오후미를 못 이길 것 같아."

라르크는 여전히 연상다운 여유를 내보이며 능청스럽게 말한다.

굉장한 놈이야. 이런 상황에서도 저런 태평한 소리를 할 수 있다니.

나는 실신해 있는 모토야스, 전투 불능 상태인 렌, 이츠키 쪽을 쳐다본다. 이 녀석들…… 라르크와 같은 상황에 처한다면 어떤 식으로 반응하려나?

게임이랑 다르잖아! 패배 이벤트야! 그런 식으로 길길이 날뛸 것 같다.

"이렇게까지 궁지에 몰리고도 여전히 여유를 보일 줄 아는 네 솔직함을 칭찬해 주지."

나라면 도저히 그렇게는 못 할 것 같으니까.

패배할 것 같은 상황이라면 틀림없이 도주를 염두에 둘 것이다. 글래스와의 전투 때 그랬던 것처럼 말이지.

"하하, 나오후미다운데. 하지만 나도 절대로 질 수는 없는 처지란 말씀이야."

라르크나 테리스가 회복마법이라도 쓴다면 지금까지 한 싸움이 말짱 도루묵이 되겠는데.

이걸 어쩐다…….

그렇게 다음 수를 생각하던 그 순간, 물보라와 함께 그림자 하나가 나타났다.

"싸움을 언제까지 질질 끌고 있는 거죠?"

"너는?!"

첨벙하는 소리와 함께 내 앞에 나타난 자를 보고, 나는 숨을 죽였다.

역시……. 어렴풋이 짐작하고 있었지만, 라르크 일행과 인연이 있었던 건가.

내 눈앞에는 지난번 싸움 때 속절없이 제압당했던 강자가 서 있었다.

가지런한 이목구비, 긴 흑발과 투명감이 느껴지는 피부, 상복 같은 기모노. 부채를 들고, 마치 춤추는 것 같은 예술적인 전투 방법을 구사하다가 파도의 균열 너머로 떠나갔던 적.

지난번에 만났을 때와 거의 달라진 게 없는 모습으로, 강자의 위압감을 자아내며 느긋하게 나를 쳐다본다.

——글래스가 우리 앞을 막아선 것이었다.

13화 혼유약

"오오, 글래스 아가씨 아냐? 그쪽 상황은 좀 어때?"

"이미 격파를 마쳤으니까 이쪽으로 넘어온 거 아니겠어요?"

라르크는 글래스에게 친근하게 말을 걸고 있다.

설마……. 짐작은 했었지만 역시 글래스와 연줄이 있었던 건가.

아니, 동료라고 봐도 무방하리라. 젠장……. 나와 필로가 힘

을 합쳐야 겨우 대등하게 싸울 수 있었던 상황에서 글래스까지 나타나다니, 이러면 승산이 점점 더 희박해지는 거 아냐?

"그나저나 나오후미라고 했던가요? 또 만났네요."

고요하게 나를 바라보며, 글래스는 정중한 말투로 말한다.

"가능하면 두 번 다시 만나기 싫었는데 말이지."

"라르크를 이렇게까지 밀어붙이다니……. 게다가 그 방패를 보아 하니 진짜 실력을 발휘한 건 아닌 것 같군요."

"뭐야? 나오후미가 진짜 실력을 발휘한 게 아니었다고?"

글래스의 말에 라르크가 놀란다.

"네. 저 사람이 진심으로 싸울 때 사용하던 방패는, 현재의 방패와는 전혀 달랐어요."

"그렇단 말이지……. 그럼 역시 내 힘으로는 감당하기 힘들겠는데."

딱히 전력을 다하지 않은 건 아니었어. 라스 실드는 그 대가가 너무 커서 그런 거였다고.

"흥. 방어력 비례 공격 같은 성가신 공격을 하는 놈을 상대로, 제일 단단한 방패로 싸울 수는 없는 거 아냐?"

"……그랬군요."

글래스는 방패를 펼쳐서 나를 삿대질한다.

"그럼 저도 이번 싸움에 참가하도록 할까요?"

"될 수 있으면 안 싸웠으면 좋겠지만……. 할 수밖에 없을 것 같군."

나는 한 발짝 앞으로 나서서, 자세를 잡는다.

"파도의 보스와 싸운 것까지 포함하면…… 제3라운드가 시작되는 셈인가."

솔직히 말하면 넌덜머리가 난다. 연속 전투도 정도껏 해 달란 말이다.

다른 용사 놈들은 아무런 도움도 안 되고, 여왕은 구경밖에 할 수 없는 상황, 아니 애초에 섣불리 공격했다가는 역습에 당할 상황이다. 뭔가 꾀를 쥐어짜서 지원해 줬으면 좋겠는데.

"하앗!"

글래스가 부채를 한껏 펼치고, 물 흐르는 듯한 동작으로 내게 휘두른다.

아마도 지난번 경험으로 라스 실드가 없는 한 경계할 필요는 없으리라 생각하고 있으리라.

방패를 앞에 들어 글래스의 공격을 받아 냈다.

소울 이트가 작동해서, 글래스로부터 SP……인가? 를 빼앗아 온다.

"음?! 그 방패는?!"

내 방패의 형상을 자세히 확인한 글래스가 펄쩍 뛰어 물러섰다.

응? 글래스의 표정으로 보아, 처음으로 글래스에게 대미지가 들어간 것 같다.

지난번 싸움 때보다 글래스의 공격이 훨씬 더 가볍게 느껴지긴 했지만, 그것만으로 어째서 이런 효과가?
지금 내가 장착하고 있는 방패는 소울 이터 실드다.
카운터 효과는 소울 이트……. 상대방의 SP를 빼앗아 오는 효과가 있다.
상대에게 SP가 없다면 마력을 빼앗는다.
"라르크……. 알고 있죠?"
"그래."
라르크가 앞으로 나서고, 글래스가 부채를 한껏 펼쳤다.
"윤무 파형(破型) · 귀갑 깨기!"
지난번보다 속도가 느릿하게 느껴진다.
나는 에어스트 실드를 생성해서 글래스의 공격을 막아냈다.
"나오후미, 간다!"
이번에는 라르크가 접근해 와서, 방어력 비례 공격을 내쏜다.
"그렇게는 안 되지~!"
필로가 라르크의 낫자루를 붙잡아서 공격을 방해한다.
그래, 좋아. 그런 방법이라면 낫의 날에 맞지 않을 수 있으니까.
"글래스 양! ……어쩔 수 없네요!"
테리스가 보석을 꺼내서 라프타리아에게 내던진다.
『여러 보석들의 힘이여. 내 요청에 답하여 나타날지어다.

내 이름은 테리스 알렉산드라이트. 동료들이여. 최후의 광채를…… 부탁하노라. 너의 초석으로 우리의 미래를 열어라!』

"휘석 · 수축폭(收縮爆)!"

"앗!"

라프타리아는 펄쩍 뒤로 뛰어서 테리스로부터 거리를 벌린다.

그것은 올바른 선택이었다. 고막을 찢어발기는 것 같은 폭음과 함께 폭풍이 우리 쪽까지 날아온다.

보석을 폭발시킨 건가?!

신기한 마법을 쓰는 녀석이다. 보아 하니 테리스의 마법은 보석을 사용하는 것 같다.

이번 공격으로 사용할 수 있는 패가 줄어든 거라고 봐도…… 좋으려나?

"나오후미 님!"

폭발을 틈타서 테리스가 라르크 쪽으로 돌아갔다.

라프타리아도 내 쪽으로 달려온다.

흐음……. 그렇다면, 선택지는 하나뿐!

"유성방패!"

우리를 보호하는 결계를 출현시킨다.

"라르크, 어서 상처를 보여줘."

"그래. 미안하게 됐어, 테리스."

테리스가 부상당한 라르크의 팔을 마법으로 치료해 나간다.

"지난번보다 훨씬 강해지다니……. 역시 당신은 용사가 맞군요."

"그렇지, 뭐."

"정정당당……이라고 말하기는 곤란한 상황이지만, 저도 전력을 다해 싸워 드리지요!"

글래스가 부채를 활짝 펼치고, 지난번에 용사들을 쓸어버렸던 일격을 날릴 준비에 들어갔다.

동시에…… 테리스가 마법을 영창하기 시작한다.

큰일이다. 합성 스킬 같은 걸 쏘려는 게 분명하다!

『여러 보석들의 힘이여. 내 요청에 답하여 나타날지어다. 내 이름은 테리스 알렉산드라이트. 동료들이여. 저자들을 물리칠 빙결 폭풍을 일깨우라!』

"휘석 · 취설(吹雪)!"

"합성형 · 역식박설월화(逆式雹雪月花)!"

벚꽃 잎이 흩날리는 것 같은 바람에 눈발이 뒤섞이고, 칼날로 변한 꽃잎이 우리를 향해 날아든다.

"실드 프리즌!"

유성방패 속에 실드 프리즌을 전개시켜서, 우리를 보호하는 벽으로 삼는다.

글래스의 필살기를 얻어맞은 유성방패는 몇 초 만에 뽀각

하는 소리와 함께 파괴되고, 실드 프리즌이 공격을 막아낸다.

방패 너머로 덜컥덜컥하는 소리가 울려 퍼지고, 이윽고 바람 소리가 멎는 동시에 프리즌의 효과도 시효를 다했다.

"설마 이 합성 기술로도 물리칠 수 없다는 건가요……?"

"지난번의 우리와 같을 거라고 생각하면 오산이라고."

"아무래도 인식을 전면적으로 전환할 필요가 있을 것 같군요."

글래스의 표정에 초조한 기운이 묻어난다.

그렇다. 우리의 상태는 지난번과는 달라도 한참 달라진 것이다.

글래스의 그 강력한 공격을 막아낼 수 있을 정도이니 성장했다고 판단해도 좋으리라.

이제는 방어력 무시 공격과 방어력 비례 공격을 경계하면서 상대방의 체력을 소모시켜 나가는 수밖에 없다.

그것보다 더 신경이 쓰이는 건…… 소울 이터 실드에 대한 글래스의 경계심이다.

반격에 대해 요란하게 반응하는 것처럼 보였었다.

……좋아, 그럼 공세로 한번 전환해 보자.

"라프타리아, 필로. 좀 버거울지도 모르지만, 라르크와 테리스를 적당히 상대하면서 글래스에 대한 공격을 우선시해 줘. 어느 정도는 녀석들의 공격을 받아도 상관없어. 내가 막아 줄 테니까 안심해도 돼."

"네."
"뭘 할 건데~?"
"잔말 말고 시키는 대로 해."
"응."
작전 회의를 마친 우리는 글래스 쪽으로 내달린다.
"유성방패!"
그렇다. 유성방패는 상대방의 침입을 저지하는 결계다. 상대에게 달라붙어서 빈틈을 만들 수는 없지만, 라프타리아와 필로를 결계 내에서 보호함으로써 일방적인 공격을 가하는 것도 가능하다.
다만 결계의 내구성을 웃도는 공격에는 순식간에 파괴당한다. 그 공격을 꿰뚫어 볼 필요가 있다.
라프타리아와 필로는 내 결계를 방패 삼아 라르크와 글래스의 공격을 유도한다.
글래스는 그 공격 방법에 초조한 기색을 드러내면서 공격을 되풀이한다.
이윽고 뽀각 하고 유성방패가 깨져 나간다.
"지금이에요! 윤무 파형 · 귀갑——."
"토옷~!"
필로가 글래스의 어깨에 있는 힘껏 손톱을 꽂아 넣는다.
"크……. 이거 놓으세요!"
글래스가 힘껏 부채를 떨쳤다.

지금이다!

"에어스트 실드! 체인지 실드!"

체인지 실드를 이용해 변형시킨 방패는 말할 것도 없이 소울 이터 실드.

필로에게 날아가던 글래스의 공격이 변화된 방패에 퍽 하고 부딪친다.

"이럴 수가?! 크……으아아아아!"

글래스가 소울 이터의 카운터 효과, 소울 이트를 얻어맞고 나자빠졌다.

내 짐작이 맞았어!

글래스는 소울 이터 실드에 있는 소울 이트에게…… 약한 것이다.

"라프타리아!"

"왜 그러세요?"

"마력검은 가져왔겠지?"

"네."

"그게 이번 전투의 히든카드야. 최대 출력으로 글래스에게 꽂아 버려!"

어차피 출력 관계상 그리 오래 쓰지는 못할 무기다. 그렇다면 최대한 유익한 사용법을 취하는 수밖에.

"알았어요! 하아아아아아아아앗!"

"그렇게는 안 되지!"

라르크가 앞을 막아선다.

"필로도 잊으면 안 돼~!"

필로가 라르크 앞을 막아서서 라프타리아가 돌진할 수 있도록 지원해 준다.

나도 라프타리아 뒤를 쫓는다.

"글래스 양!"

테리스가 양손을 앞으로 내뻗고 마법 영창을 시작한다.

『여러 보석들의 힘이여. 내 요청에 답하여 나타날지어다. 내 이름은 테리스 알렉산드라이트. 동료들이여. 저자들의 침공을 막는 불의 벽을 만들어내라!』

"취석 · 염벽(炎璧)!"

마법으로 만들어진 화염의 벽이 솟아나서 글래스와 라르크를 보호한다.

나는 방패를 앞으로 내민 채 그대로 돌격했다.

다시 나타난 유성방패가 빠직빠직 소리를 내고 있다. 상당히 공을 들인 화염 벽인 모양이군.

하지만, 어림없어!

"이럴 수가―― 못 막겠어!"

"나를 만만하게 보면 곤란하지!"

라르크 일행이 경이적인 힘을 갖고 있는 건 확실하다.

솔직히 말하면 사성무기의 복제품을 갖고 있는 교황보다도 강한 게 아닐까 하는 생각이 들 정도다.

하지만 지금의 나를 막을 수 있을 만큼 강한 건 아니다.

내 입장에서 두려운 건 방어력 비례 공격과 방어력 무시 공격뿐. 그 두 가지 공격도 요령만 잘 파악하면 그럭저럭 대처할 수 있다.

짧은 간격으로 연사하면 위협적이겠지만.

라르크가 덤벼들기 전에…… 결판을 내 주지!

"라프타리아!"

"네!"

라프타리아는 마력검을 움켜쥐고 글래스를 향해 돌격한다.

"순순히 당할 수는 없죠!"

라프타리아가 마력검을 휘두르는 궤도에 맞추어 글래스가 부채를 펼쳤다.

지난번 전투 때, 글래스는 이런 움직임을 통해 라프타리아의 검을 꺾었었다.

"갑니다!"

하지만 마력검은 부채와 부딪혀서 부러지는 타입의 무기가 아니다.

라프타리아는 순간적으로 마력검으로 흘러 들어가는 마력을 끊어서 검신을 없애고, 물 흐르는 듯 부드러운 움직임으로 글래스의 공격을 회피한 후, 다시 마력검을 생성해서 글래스의 복부에 꽂아 넣었다.

하지만 마력검은 글래스에게 박히지 않았다. 공격력이 부족했나?

"어?!"

글래스는 말문이 막혔다.

파직 하고 순간적으로 라프타리아의 마력검이 불꽃을 튀겼다.

"하아아아아아아아아아아아아!"

라프타리아가 기합과 함께 마력검에 마력을 주입, 파직파직하는 소리와 함께 마력검을 그대로 글래스에게 꽂았다.

"끄아아아아아아아아아아아아아아아아아!"

마력검의 검신을 움켜쥐고 뽑으려는 글래스에게, 라프타리아는 최대한의 마력을 부어 넣는다.

그리고 별안간 마력검으로부터 손을 놓고 펄쩍 뛰어 물러섰다.

불꽃을 튀기던 마력검이 글래스의 복부에서 섬광을 내뿜으며 폭발한다.

"우왓!"

엄청나게 눈이 부셔서 도저히 눈을 뜰 수가 없다.

나는 재빨리 방패로 빛을 가로막고, 라프타리아를 보호하듯 막아선다.

"글래스 아가씨!"

필로에게 붙잡혀 있는 라르크가 소리친다.

주위에 연기가 자욱하게 피어오르고 있었다.

그 정도로 강력한 마력이 폭발한 것이다.

글래스의 약점을 찌른 일격이다. 이 공격으로 해치울 수 있으면 좋을 텐데.

……연기가 걷힌다.

"하아…… 하아……. 문제…… 없어요."

마력검이 꽂혀 있는 배를 손으로 누르고 선 글래스가 거친 숨을 몰아쉬고 있었다.

칫! 치명상에는 이르지 못한 건가.

그래도 상당한 힘을 소모한 모양이다. 추가 공격을 가할 절호의 타이밍이다.

"글래스 양, 일단 후퇴하는 게 좋겠어요."

"아뇨……. 아직 끝나지 않았어요. 저는 절대로 여기서 물러날 수 없습니다!"

"글래스 아가씨! 젠장! 비켜!"

"와앗?!"

라르크는 달라붙어 있는 필로를 밀어젖히고 글래스에게 달려간다.

"필로, 괜찮아?"

"응."

좋아, 우리는 아직 더 싸울 수 있다.

글래스를 이 정도까지 밀어붙인 것이다. 만약에 회복마법으로 치료한다 해도 피로까지 없애지는 못한다.

아직 내게는 비장의 카드인 라스 실드가 남아 있다.

최악의 경우 타이밍을 재서 아이언 메이든을 쓰면 된다.

아까의 경험에 따르면, 방패의 강화 정도에 비례해서 에어스트 실드의 방어력도 상승되어 있었다.

그걸 보면 아이언 메이든의 공격력도 상승되어 있을 가능성이 높고, 소울 이터 실드로 방어하면 소모한 SP도 회복할 수 있다. 최악의 경우, 혼유약을 마시면 연발하는 것도 가능하다.

"글래스 아가씨, 가만히 있어."

……응? 라르크가 낫에서 혼유약 같은 걸 꺼내서 글래스에게 뿌렸다.

단지 그것뿐이었건만, 거칠게 숨을 몰아쉬던 글래스가 어리둥절한 표정을 지으며 일어섰다.

"에너지가…… 이렇게 빨리 회복되다니?!"

글래스 자신도 놀라고 있다. 뭐야?! 무슨 일이 있었던 거야?

"나오후미, 넌 대단한 놈이야. 더 이상은 수단 방법을 가릴 여유가 없어. 될 수 있으면 아껴 두고 싶었지만, 나도 비장의 카드를 꺼내는 수밖에."

라르크는 척척 혼유약을 꺼내서 라르크에게 연신 뿌려 댄다.

한 번 뿌릴 때마다 글래스의 안색이 회복되어 간다.

이게 뭐야. 내가 보기엔 오히려 예전보다 더 강력해진 것처럼 보인다.

"라르크……. 이건 대체 어떻게 된 거죠?"

"나에게 있어서는 기술에 사용하는 힘을 회복시키는 녀석이지. 하지만 글래스 아가씨에게는 경이적인 강화 도구가 되잖아?"

"……네. 하긴, 그러네요."

벌떡 일어선 글래스가 나를 쏘아본다.

……무시무시하게 불안한 예감이 든다.

"갑니다."

그렇게 말한 직후, 글래스가 순간이동해서 내 눈앞에 출현했다?!

아니, 그게 아니다. 너무 빨라서 내가 그 속도를 따라잡지 못했었던 것이다.

재빨리 방패를 글래스 쪽으로 치켜든 게 불행 중 다행이었다.

"하아아아아앗!"

지금까지의 공격 중에 가장 묵직한 일격이 방패 너머로 퍽 하고 전해져 온다.

"우왓!"

방패를 들고 있던 팔이 저도 모르게 들릴 만큼 무시무시한 위력이다.

뭐야?! 아까는 분명히 버텨낼 수 있었던 공격이었건만, 갑자기 강해졌다.

혼유약을 뒤집어쓴 것뿐이었는데, 어째서 이렇게 강해진 거야?

애당초 글래스는 인간……이 아닌 것 같다. 보아 하니 유령이라고 하는 게 옳으려나?

그런 글래스에게 혼유약을 뿌렸다. 그리고 소울 이터 실드의 카운터 효과가 위력을 발휘한다.

그걸 보면, SP를 증가시키면 강해지는 것……이라고 봐도 좋을 것이다.

"나오후미 님!"

"주인님?!"

내 방어가 돌파당할 위기에 처한 걸 보고, 라프타리아와 필로가 앞으로 뛰쳐나오려 한다.

"잠깐, 앞으로 나서지 마! 지금 나갔다간 무사하기 힘들 거야."

지금의 글래스는 너무나도 강력하다. 내가 방패 중에서 방어력이 가장 높은 부분으로 막아냈는데도 이 꼴이 된 것이다.

제대로 막는다 해도 치명상을 입을 가능성이 있다. 그리고 방금 글래스가 선보인 속도는 라프타리아나 필로로서는 대처가 불가능할 것이다.

하지만 필로는 이미 앞장서서 뛰쳐나가고 말았다. 고속

공격을 날렸다는 게 그나마 다행일까.

"하이퀵!"

필로는 글래스를 향해 퍽퍽 하고 연신 손톱을 휘둘러댔다.

"크……."

글래스도 필로의 공격을 받아넘기려고 했지만, 전보다 강해진 필로의 공격을 완전히 회피해 내지는 못해서 약간 뒷걸음질을 친다.

"윤무 파형 · 귀갑 깨기!"

글래스의 부채가 번뜩이고, 방어력 무시 공격이 내 어깨에 명중한다.

"크악!"

어깨를 부여잡고, 나는 고통에 신음한다.

"간다, 나오후미! 이걸로 끝이다!"

라르크의 낫이 빛을 뿜고 있다. 방어력 비례 공격이다.

"유성……방패!"

척 하고 유성방패를 전개해서, 라르크의 공격을 받아낸다.

유성방패는 순식간에 파괴되었다. 하지만 라르크의 방어력 비례 공격도 효과를 상실한다.

"칫……. 성가신 녀석이라니까. 난 이렇게 비장의 카드까지 꺼냈는데, 그러고도 숨통을 끊지 못하다니."

"닥쳐! 우리는 아직 안 졌다고!"

이렇게 된 이상 우리 쪽도 수단 방법을 가릴 때가 아닌가?

"라르크, 물러서세요. 최대 출력으로 승부를 판가름 내겠어요."

"좋아!"

라르크와 테리스가 펄쩍 뛰어 물러섰다. 뭐, 뭘 하려는 꿍꿍이냐?!

"윤무 무형(無型)——."

부채가 커지고, 하나가 더 출현했다.

그리고 접힌 부채에서 에너지로 이루어진 칼날이 분출되고 있다.

이윽고 접힌 부채 두 개를 들어 올린 글래스가 손을 돌린다.

그 궤적이 마치 달빛과도 같은 빛을 흩뿌리고 있었다.

홀려 버릴 만큼 아름다운 그 빛에, 나는 경계심을 한층 더 강화하고 방패를 든 손에 힘을 불어넣는다.

그리고 글래스는 부채를—— 힘차게 휘둘러 내렸다.

"달 쪼개기!"

"우왓!"

재빨리 방패를 라스 실드로 바꾸고 위로 치켜든다.

거리가 약간 떨어져 있었음에도 불구하고, 부채에서 발사된 에너지의 다중 참격이 나에게로 묵직하게 쏟아져 내린다.

피할 수가 없다—— 너무나도…… 빠르다!

방패로 짓누르려고 했지만 제대로 막아낼 수 있을지 장담할 수가 없고, 내 뒤에 있는 라프타리아와 필로까지 관통해 버릴 위험도 있다.

"라프타리아! 필로! 옆으로 뛰어!"

"아, 네!"

"응!"

내 지시에 따라, 라프타리아와 필로가 옆으로 뛰었다.

글래스의 공격은, 라스 실드마저도 찢어발겨 버릴 기세로 격렬하게 내게 쏟아져 내렸다.

"으으으으으윽……."

가까스로 라스 실드로 막아내고 있다.

그럼에도 일부가 라스 실드를 뚫은 듯, 어깨 부분에 베인 것 같은 상처가 생겨난다.

방패로 막아냈는데도 말이다.

이윽고 글래스의…… 빛 칼날을 퍼부어 대는 공격은 끝났다.

뒤를 돌아보니…… 바다가 두 쪽으로 쪼개져 있었다.

무슨 위력이 이렇게 강한 거냐. 이런 걸 막아낸 내가 더 놀라울 지경이다.

"하아…… 하아……."

"하아…… 하아……."

나와 글래스 양쪽 모두 거칠게 숨을 몰아쉬고 있었다.

라스 실드가 빛난다.

"이번에는 내 차례다!"

젠장……. 아프잖아……. 빌어먹을!

다크 커스 버닝으로 모조리 불태워 주마.

"우오오오오오오오오오오오오오오오오오오오오오오!"

화르륵하고, 나를 중심으로 검은 불길이 일어난다.

"라르크! 테리스! 물러나세요!"

"아, 알았어!"

어딜 도망가려고! 나는 곧바로 흑염(黑炎)을 펼쳐서, 주위 일대를 모조리 불살라 버리려 했다.

글래스는 부채를 펼치고 방어태세에 들어갔다.

"끄으으으으으……."

이윽고 다크 커스 버닝의 불길이 사그라지자, 거기에는 고통스러운 표정으로 숨을 몰아쉬는 글래스가 서 있었다.

이만한 출력으로 반격했건만, 그걸 버텨낸 건가!

이제 아이언 메이든을 써야 하나?

문제는 체인지 실드(공)을 돌파당할 가능성이 있다는 점이다.

아니, 아이언 메이든 자체가 파괴당할 염려까지 있다. 라스 실드로도 버텨내지 못할 만큼의 공격을 했던 글래스다. 가능성은 충분하다.

"다음 공격으로…… 넘어가겠습니다."

글래스는 다시 아까와 같은 공격 태세에 들어갔다.

"글래스 아가씨! 더 이상은 위험해! 그만둬!"

"지금 쓰러트리지 않으면 다음에 만날 때는 더 강해져 있을지도 모릅니다. 동귀어진이 되는 한이 있더라도 물리쳐야 합니다! 그렇지 않으면 우리가 패배합니다! 그 의미를 알고 계신 건가요?"

"그건 나도 동의하긴 해."

나는 방패 위에 손을 얹고 실드 프리즌 준비에 들어간다.

"나오후미 님!"

"주인님!"

"물러서 있어!"

지금 라프타리아와 필로가 사정범위 안에 들어갔다간 무사할 수가 없다. 지금의 글래스는 그 정도로 강하다.

이 공방이 끝난 후, 누구의 목숨이 남아 있을지…….

"여, 여왕님……. 후에에엥."

"음……? 그건?!"

어느 틈엔가 글래스의 등 뒤에 여왕 패거리가 서 있었다. 난전을 벌이다 보니 우리도 모르는 사이에 전장이 이동해 버린 건가? 다람쥐 인형옷을 입은 얼빠진 녀석이, 나무통에 매달려 떠 있다.

그걸 본 여왕이 갑자기 그 통을 끌어당겨서, 마법을 이용해 이쪽으로 날려 보냈다.

"이와타니 님! 받으세요!"

……나무통? 왜 나무통? 나와 글래스 사이에 그 나무통

이 날아왔다.

솔직히 거치적거린다고 생각했지만, 자세히 보니 그 나무통이 어딘가 눈에 익었다.

"이건……?! 유성방패!"

"뭐, 뭐죠?!"

나는 재빨리 유성방패를 전개하고, 라프타리아와 필로 쪽으로 물러난다.

글래스가 추격하려는 듯 달려오려 했을 때, 날아든 나무통…… 루코르 폭탄이 작렬했다.

전장이 되어 있던 차원의 고래 위에서――.

푸슉 하고 주위에 루코르 열매 냄새와 붉은 안개가 자욱이 퍼져 나간다.

"우……. 이건……."

안개 때문에 시야가 차단된 가운데, 글래스가 얼굴에 손을 대고 신음하고 있다.

"이, 이건 도대체 뭐야?! 설마 바다를 붉게 물들이는 폭탄?!"

라르크와 테리스는 놀라면서 입을 손으로 틀어막고 있는 것 같다.

루코르 안개는 유성방패의 범위 안으로는 들어오지 못하고 있다.

"라프타리아, 필로. 말 안 해도 알지?"

"네!!"

상당히 위험하지만 할 수밖에 없다.

"읏……. 이건."

글래스 같은 그림자가 휘청거리고 있다.

"핫!"

"에잇!"

배후로 파고들어서, 유성방패의 범위 가장 구석에서 라프타리아와 필로가 글래스에게 공격을 시도하고 물러난다.

"으악!"

공격한 직후, 우리는 안개 속에 숨었다.

필로는 유성방패의 범위 밖으로 벗어났던 부위의 냄새를 킁킁 맡아 보고 신음한다.

"냄새 지독해. 이런 곳에 있었다니, 저 사람도 힘들겠다."

"으윽……."

"크, 이런 공격을 하다니!"

라르크의 분노에 찬 목소리가 들려온다. 보아 하니 글래스는 우리가 안개에 숨어서 공격해 올 거라는 짐작 때문에 움직이지 못하고 있는 모양이다.

첨벙하고 바닷속을 헤엄쳐서 라르크 일행이 이동해 있는 갑판 잔해로 올라탄다. 다시 혼유약으로 글래스를 치료&강화해 버리면 말짱 도루묵이다.

"이런 수단이 있었을 줄이야. 이건 싸우기가 영 불리한 것 같은데."

"라르크, 이번 기회에 너를 해치우겠다!!"

내게는 아직 아이언 메이든이 있다.

가장 강력한 비장의 카드인 블러드 새크리파이스는 쓸 수 없지만, 아이언 메이든으로 라르크를 공격하면 이 싸움도 종결에 가까워질 터.

"어림없어요."

테리스가 라르크 옆에 가서 선다.

흐음……. 둘 다 같이 처리할 수 있다면 좋겠지만…….

"아직 안 끝났어요!"

회오리가 일어나서 안개를 흩어 버린다. 거기에는 글래스가 거칠게 숨을 몰아쉬며 서 있었다. 머리에 손을 대고, 다리를 약간 비틀거리고 있긴 했지만.

이 녀석은 무슨 강철 인간인가?! 아아, 진짜…… 어떻게 해야 하는 거야?

몇 가지 작전을 짜 보고는 있지만, 결정타를 먹일 수 있을지는 의심스럽다.

그렇다 해도 나 역시 비장의 카드를 꺼내 볼 수밖에 없겠지만.

"글래스, 너도 알고 있겠지만, 그걸 시작해 보겠다!"

라르크에게든 글래스에게든, 일단 아이언 메이든을 적중시켜 놓는 게 우선이다.

위험성은 양쪽 모두 동일 수준. 아니, 라르크의 공격이 더 성가시니까 그쪽을 먼저 노리는 게 옳을까.

"실드 프리즌!"

"우오——!"

라르크를 실드 프리즌으로 가두고——.

"어림없어요!"

글래스가 원거리 공격으로 실드 프리즌을 공격하고, 라르크가 우당탕 프리즌 안에서 날뛴다. 그 탓에 프리즌은 순식간에 파괴되고 말았다.

크윽…… 아이언 메이든은 준비 작업이 너무 귀찮아서 탈이다.

실드 프리즌으로 가두고, 체인지 실드(공)으로 공격한 후에야 아이언 메이든을 쓸 수 있으니까. 수고가 너무 많이 들어서, 준비 작업 도중에 파괴될 가능성이 있다.

"큰일 날 뻔했네!"

이렇게 되면 어쩔 수 없다. 다크 커스 버닝을 사용하기 시작한다. 아직 공격을 더 견뎌내야 할 테지만 말이지. 최악의 경우, 블러드 새크리파이스를 사용해서 글래스와 라르크를 동시에 해치워 버리면 된다!

그때 삣 하고 시야에 숫자가 출현했다.

00 : 59

전에도 이런 숫자가 나타났었다.

그때, 이 숫자가 나타나자 글래스는 곧바로 철수해 버렸었다.

이번에도 도망치려 할까? 아니, 이번에는 놓치지 않을 거다.

승산이 있어 보이는 상황인 것이다. 이번에야말로 끝장을 내고 말겠다!

"보아 하니 이제 정말 앞뒤 가릴 상황이 아닌 것 같아요, 라르크."

내 눈앞까지 이동해 온 글래스가 결의가 가득 담긴 눈으로 내뱉는다.

"설마, 글래스 양?!"

글래스가 부채에 손을 얹는다.

그 동작에 테리스가 양손으로 입을 틀어막은 채 경악한 표정을 짓고 있다.

뭐지? 그렇게 맹렬한 공격을 해 놓고도, 아직도 상대에겐 비장의 카드가 남아 있었다는 건가?

"아가씨!"

라르크가 노기 띤 고함과 함께 뒤에서 글래스의 양 어깨를 붙든다.

"이게 무슨 짓입니까! 방해하지 말아 주세요!"

"그것만은 절대 하면 안 돼. 그걸 하면, 그다음에는 어떻게 하려는 건데?!"

"하지만 상대는 저렇게 강력한 힘을 갖고 있습니다. 그런 자를 물리치려면 그에 상응하는 대가를 치를 각오가 필요해요."

"아가씨, 그래서 말인데——."

라르크가 글래스의 귓가에 대고 소곤소곤 뭔가를 속닥거린다. 그러자 글래스는 퍼뜩 뭔가를 깨달은 표정을 지었다.

라르크와 테리스가 꾸벅 고개를 끄덕인다.

"……알았습니다. 이번에는 일단 후퇴하도록 하죠."

의외로 선선히 수긍한다. 뭔가 묘안이라도 떠오른 건가?

적의 작전……. 그대로 순순히 보내주는 건, 곧 우리가 불리해지는 결과가 된다.

"내가 놓아 줄 것 같아?"

"도망쳐 보이도록 하죠. 나오후미, 다음에는 우리가 꼭 승리할 겁니다."

글래스가 그 자리에서 범위 공격을 내쏘고, 폭풍이 휘몰아친다.

우왓?! 주위에 있던 병사들이 바람에 휘말려 올라가잖아!

"자, 이번에는 너희의 승리다. 그럼 잘 있으라고, 나오후미……. 뭔가 부르기 좀 거시기하니까 꼬마라고 불러도 되겠지?"

"어째서?!"

뭔가 산뜻한 표정으로 라르크가 작별 인사처럼 가볍게 손을 흔들고, 파도의 균열 속으로 뛰어들었다.

"그럼 이번에는 이만 가 볼게요. 잘 있어요."

테리스는 나가떨어진 병사들을 마법으로 구해주는가 싶더니, 섬광을 내뿜는 보석을 휙 하고 던지고 도망쳤다.

"거기 서!"

우리도 추격했지만, 글래스와 라르크의 도망치는 속도가 워낙 빨랐다. 균열 속으로 들어가기 전까지 따라잡을 수가 없었다.

그대로 균열로 뛰어들까 순간적으로 망설이는 틈에, 균열은 순식간에 닫혀 버렸다.

"젠장! 거의 다 잡았었는데!"

맥없이 놓치고 말았다.

나도 상당히 강해졌으니 이번에야말로 글래스를 이길 수 있을 거라 생각했는데, 결정타에는 이르지 못했다.

다시 처음부터 시작해야 한다.

방어력이 높아도 무효화 공격과 비례 공격을 상시 경계해야 한다니, 과제가 너무 많잖아!

나는 거칠게 숨을 몰아쉬면서, 파도가 남긴 상흔을 바라보고만 있을 수밖에 없었다.

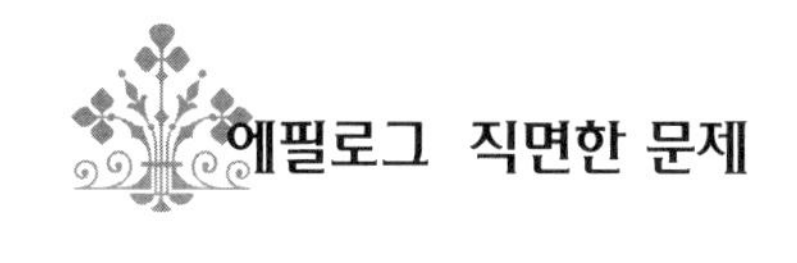

에필로그 직면한 문제

"그나저나, 이번에도 용사 놈들은 전투 불능이 됐는데……."

파도가 끝난 후, 우리는 카르밀라 섬으로 이동했다.

용사 놈들은 카르밀라 섬에 도착했을 때에야 겨우 의식이 돌아와서, 카르밀라 섬에 있는 치료원에서 회복하고 있는 중이다.

솔직히 라르크나 글래스에게 용사로 인식되지도 않을 만큼 약하다니, 그게 말이 되는 소린가?

지난번에도 이번에도 아무짝에도 도움이 안 되는 정보통 놈들!

패배 이벤트가 이렇게 연속으로 일어나는 일도 있더냐? 엉?

"이렇게 되면…… 힘에 대해서 본격적으로 학습할 필요가 있을지도 모르겠네요."

여왕이 분석하면서 뇌까린다.

"마지막의 지원 공격, 고마워. 자칫 위험할 수도 있는 상황이었으니까."

"그랬었죠. 그런데 이와타니 님, 라프타리아 양과 필로 양을 루코르 폭탄의 범위 밖으로 내보낸 뒤에, 왜 루코르 안개를 마시지 않으신 거죠?"

"엉?"

"보고에 따르면, 이와타니 님께서는 루코르 열매에 취하지 않는다고 들었습니다만."

"그렇긴 한데, 그게 어쨌다는 거지?"

"루코르 열매에는…… 정확히 말하자면, 술에는 마력과 집중력을 일시적으로 증폭시켜 주는 효과가 있습니다. 어쩌면 사태가 호전될 수도 있는 상황이었습니다만?"

"뭐라고?"

어? 그럼 그 속에서 나 혼자 싸웠더라면 마력과 SP를 무한대로 회복할 수 있었다는 거야?

빈틈을 찔러서 글래스에게 실드 프리즌을 걸고 아이언 메이든을 연타로 퍼부을 수 있었다는 거야?

젠장! 그걸 미리 알았더라면 이길 수 있었을지도 모르는데!

"그런 건 좀 미리미리 얘기해 줬어야지……."

"어디까지나 이제 와서 뒤늦게 떠올린 가능성이니까요."

뭐, 상황이 그 모양이었으니 그럴 만도 하지…….

그리고 내 공격 방법은 준비 과정이 많이 필요해서 저지당하기 십상이다.

그 외에는 카운터 효과로 찔끔찔끔 상대의 힘을 깎아내는 게 고작이고 말이지.

갑자기 강해졌었던 순간의 글래스를 상대하자면, 라프타리아나 필로로는 결정타를 입힐 수 없다.

물론, 라프타리아나 필로가 약하다는 뜻은 아니다.

강해지기 전의 글래스나 라르크를 상대로는 선전을 펼쳤으니까.

어떻게 하면 앞으로 글래스 일파와 조우했을 때 승리할 수 있을까.

애당초 글래스 일파의 목적은 용사를 죽이는 것……이라는 건 대화를 통해 이미 알고 있다.

게다가 라르크와 테리스는, 의미 없는 살상을 피하기 위해 나 이외의 다른 사람에게는 전력을 다하지 않는 것 같았다.

그 녀석들은 정말 악인인가?

적이라는 건 확실하지만, 뭔가 목적이 있어서 용사를 죽이려는 것 같았다.

해답을 얻으려면 다음에 만났을 때 캐묻는 수밖에 없을 것 같다.

무엇보다, 우리는 누구와 싸우고 있는 거지?

파도와 싸우는 것── 그런 간단한 싸움인 줄 알았다.

마물이 쏟아져 나오면, 주민들을 보호해 가면서 그 마물들을 해치우는 것.

그런데 그 파도에서 나온 인간형 적이 글래스였다.

파도 때 쏟아져 나온 마물들 가운데 지능을 가진 흉악한 적이 섞여 있는 거라고만 생각했지만, 아무래도 그건 아닌 것 같다.

그 글래스와 같은 편인 라르크와 테리스는 파도가 발생하기 전부터 우리와 아는 사이였다.

상대편 진영……이란 말이지.

파도의 균열 너머에 뭐가 있는 걸까? 지금껏 한 번도 생각해 본 적 없었다.

정말…… 파도라는 건 도대체 뭐지?

이 세계의 전승에 따르면 재앙의 파도라는 건 멸망의 전승에 지나지 않는다.

하지만 그 파도 때, 글래스나 라르크처럼 대화가 성립하는 상대와의 전투가 벌어진 것이다.

생각해 볼 수 있는 가설은 몇 가지 존재하지만…… 아직 해답을 내놓을 수는 없었다.

가설 1. 글래스 일당이 이 세계를 침략하려 하고 있다. 마물은 그 첨병.

하지만, 이 가설에는 치명적인 결점이 있다. 글래스와 라르크는 분명 마물을 해치웠던 것이다.

왜 용사를 죽여야 하는 건가 하는 점에 대한 해답이 없다.

가설 2. 용사를 죽임으로써 글래스 일당에게 막대한 메리트가 주어진다.

그 메리트라는 게 뭐지? 애당초 균열 너머에 뭐가 있는 건데?

가설 3. 피트리아가 얘기했던 대로, 용사를 죽임으로써 이 세계의 부담을 증대시키고 그에 따라 이 세계가 파도에게 패배하기를 바라고 있다?

이 세계가 파도에게 패하면 무슨 일이 일어나는 거지?

패배하지 않는 한 그 답은 알 수 없다. 그 결과 세계가 멸망한다면 답을 구하는 것 자체가 의미 없는 일이 된다.

이러면 도무지 확인할 길이 없다.

……모르겠다. 상대의 목적을 전혀 파악할 수 없다.

"아직 카르밀라 섬의 활성화가 멈추지 않은 것 같군요. 어떻게 하실 건가요?"

여왕의 물음에 생각한다.

80까지가 한계라는 것 같은, 활성화를 틈탄 급격한 레벨업. 실제로는 70부터 상승률이 급격히 하락하니까 섬에 오랜 시간 머무를 이유는 거의 없다. 기껏해야 섬의 오지에 있는 보스의 드롭 아이템으로 무기나 방어구를 수집하는 것 정도다.

현재 라프타리아와 필로가 당장 사용할 무기는 갖춰져 있다. 이제 소재를 모아서 무기상 아저씨에게 제작을 의뢰하는 편이 더 나은 무기를 갖추는 방법이 되리라.

"아니, 우리는 이제 슬슬 메르로마르크로 돌아갈까 해."

"알겠습니다. 그럼 돌아가는 배를 알아봐 드리도록 하지요. 다만 파도의 영향으로 풍랑이 거센 상태라서 시간이 약간 걸릴 전망입니다."

"알았어."

"이와타니 님의 활약에 대해 진심으로 찬사를 드립니다. 저희는 최대한 협조를 아끼지 않겠습니다. 부디 세계를 위해, 함께 파도를, 그리고 갖은 고난들을 헤쳐 나가고자 합니다."

그 말에는 대체로 동의하지만 문제는 그게 아니다. 나 혼자서만 활약하고 있는 이 상황이 문제인 것이다.

"다른 용사 놈들이 문제야."

"네."

이번 파도에서 용사 놈들은 아무런 도움도 되지 않았다. 아니, 지난번 파도 때도 마찬가지였지만.

녀석들은 레벨이 너무 낮았다고 변명할 테지만 그런 차원의 문제가 아니다.

약해도 너무 약한 것이다.

이 상황을 방패 용사만이 특별하게 강한 것……이라는 식으로 자만할 생각은 추호도 없다.

유력한 가설은, 서로 공유했던 강화 방법을 녀석들이 실천하지 않았을 가능성.

"기회를 봐서 한 번 더 대화를 해 볼 필요가 있겠군."

"네. 되도록 서두르시는 게 좋을 거라고 생각합니다."

여왕도 이해하고 있는 모양이군.

솔직히 나를 제외한 용사들의 힘은 일반 모험가들을 약간 웃도는 정도의 수준이 아닐까?

물론 기능이나 스킬 덕분에 순간 화력, 일시적인 공격력은 보유하고 있다.

하지만 그보다 근본적인 힘이 부족한 것이다.

다른 용사 놈들이 나 정도의 힘을 갖고 있었더라면…… 이번 싸움에서 고전할 일도 없지 않았을까?

여왕의 말에 따르면, 교황이 갖고 있던 복제 무기가 가진 위력은 진품 용사 무기에 비해 4분의 1 이하라고 했다.

지금의 나는, 교황의 무기 정도는 버텨낼 수 있을 거라는 자신감을 가질 수 있을 만큼 강해졌다.

그래, 본래 용사는 이렇게 강력한 것이다.

그리고 공격 능력이 높은 다른 용사 놈들이 나와 동등한 힘을 갖고 있었다면, 글래스 패거리에게 패배할 위험에 처하는 일이 벌어질 수 있었을까?

"아아……."

파도와 맞설 때마다 느껴지는 위기감이 좀처럼 걷히질 않는다.

경이적으로 강해졌다고는 해도 여전히 지키는 것밖에 할 수 없는 내 힘만 가지고는, 언젠가 한계를 맞이할 수밖에 없지 않은가.

지키기만 해서는, 패하지는 않지만 승리할 수도 없다.

그 문제를 최대한 빨리 해결하지 못하면 앞으로 살아남을 수가 없을 것이다.

피트리아가 용사들끼리 원만하게 지내고 더 강해지라고 당부한 이유를 알 수 있을 것 같다.

게다가 사성용사 중 한 명만 빠져도 파도는 한층 더 거세진다.

그 개성 강한, 남의 얘기에는 전혀 귀를 기울이지 않는 세 녀석을 강하게 만들어야 한다니……. 강해지면 또 무슨 짓을 저지를지 불안해지지만, 그래도 죽는 것보다는 낫다.

"하지만…… 지금은 피곤해. 좀 쉬어야겠어. 내일 다시 용사 놈들이랑 얘기해 보지."

"이와타니 님 뜻대로 하시지요."

여왕은 깊숙이 고개를 숙이고 병사들 쪽으로 걸어갔다.

나는 한 발짝 뒤에 서 있던 라프타리아와 필로를 돌아본다.

"그럭저럭 이번 파도도 극복해 냈네요."

"그러게 말이야."

"……전 별 도움이 못 됐어요."

"꼭 그렇지도 않아."

라프타리아도 필로도, 라르크와 테리스를 상대로 선전을 펼쳐 주었다.

정확히 말하자면 라르크가 혼유약으로 글래스를 강화시킬 때까지는 잘 싸웠었다.

그런 걸 보면…… 이런 말은 좀 그렇지만, 이제 용사보다 훨씬 더 강해진 셈이다.

아마도 이것이, 용사의 기능인 성장 보정과 클래스 업을 통한 능력 상승의 효과이리라.

"그 부채 든 사람 무지 강했어~."

"그러게 말이야."

"필로도 더 강해져서 주인님한테 보탬이 될 거야~."

"기대하지."

한 번 클래스 업 이후의 상한선이 어느 정도인지는 모르지만, 라프타리아나 필로나 아직 발전하는 중이다. 최악의 경우, 용사들이 끝까지 도움이 안 된다면 라프타리아와 필로의 힘을 빌리는 수밖에 없다.

……그러고 보면 내 동료는 라프타리아와 필로뿐이란 말이지.

"이제 슬슬 새로운 전력이 필요할지도 모르겠는데."

"하긴……. 이제 저희 힘만 가지고는 일손이 부족한 것 같기도 하네요."

라프타리아는 내가 가만히 뇌까린 말을 깊이 이해해 준다.

저희만 가지고는 부족하다는 말씀인가요? 하는 식의 성가신 소리는 하지 않는다.

국가의 병사들은, 다소는 힘이 되지만 결정적인 전력은 될 수 없다.

용사의 동료라는 것만으로도 어느 정도 가호를 받을 수 있다는 건, 성장 보정만 봐도 알 수 있다.

좀 더……. 최악의 경우, 용사가 나 하나밖에 없을 때라도 라르크나 글래스를 고전하게 만들어줄 수 있는 인원이 필요하다.

앞으로의 방침은 정해졌다. 새로운 동료를 모으자.

하지만…… 나의 트라우마가 따끔거린다.

동료를 늘린다는 것은, 나를 배신할 가능성이 있는 말이 하나 들어온다는 뜻이다.

메르티는 배신할 수 없는 사정이 있었고, 서로 전부터 알고 있는 사이였다.

하지만 다음에 내 동료가 될 녀석도 그럴 거라는 보장은 없다.

신뢰할 수 있는 상대가 필요하다.

그런 의미에서 라르크와 테리스를 동료로 끌어들이려고 한 것이었는데, 그들은 적이었다.

……그랬구나. 나는 일방적으로 라르크와 테리스를 신뢰했었구나.

마음속 한구석에, 타인에게 의지하고픈 마음이 있었다. 형처럼 편한 성격의 라르크와, 그런 라르크를 돌보아주고 있는 테리스를.

우리가 야간전투를 했을 때 걱정해서 찾으러 와 주었던 그 둘을…… 신뢰하고 싶었던 것이다.

너무 어렵다. 정말이지, 내 뜻대로 일이 풀리지 않아서 답답할 따름이다.

그래도 우리는 파도와…… 글래스 패거리와 싸워야만 한다.

"왜 그래, 주인님?"

"응? 아무것도 아냐. 자, 슬슬 쉬러 가자."

"네. 저도 피곤하네요."

"주인님~, 목욕하러 가자~."

"아아, 그래, 그래. 오늘 밤은 푹 쉬도록 하자고. 내일부터는 다시 바빠질 테니까."

"열심히 할게요!"

이렇게 해서 우리는 숙소 방으로 돌아가서, 내일에 대비해 휴식을 취한다.

지금까지의 싸움을 거쳐서, 지금 직면해 있는 문제를 해결하지 않으면 안 된다.

다 함께, 지금보다 더 강해져야만 하는 것이다.

번외편 카르밀라 섬, 온천 엿보기 소동

카르밀라 섬에 도착한 지 나흘째 되는 밤.

그날도 나는, 저주를 해제하기 위해 온천에 딸린 노천온천으로 향했다.

일단, 매일 온천욕을 하고 있다.

일본풍을 연상케 하는 구조의 노천온천으로, 일본풍 종이 양산이 온천 중심에 꽂혀 있고 대나무 같은 소재로 된 칸막이가 설치되어 있다. 그리고 가장 근사한 건 바다가 내려다보이는 풍경이리라.

바위의 배치도 어딘가 일본풍을 연상케 한다. 여기만 보고 있으면 향수에 젖을 것만 같다.

"후우……."

일본풍 노천온천에 몸을 담그고, 하늘을 올려다보며 숨을 내쉰다.

온천의 온도도 농도도 딱 적당해서, 편히 쉬기에 적합할 것 같다.

카르밀라 섬이 온천 지대인 덕분에 요즘 매일 목욕을 할 수 있어서 산뜻한 기분으로 잠들 수 있단 말이지.

저주 때문에 몸이 무겁게 느껴지던 것도 상당히 완화된 것 같다. 스테이터스만 보자면 아직 회복되지 않았지만.

뭐랄까, 어쩌면 그저 나른함에 적응이 된 것인지도 모른다.

그렇게 기분 좋게 목욕을 하고 있었을 때.

"오? 이거 나오후미 아냐?"

……모토야스가 욕장에 들어온다.

창은 어디 둔 거지? 자세히 살펴보니 아주 작은 창으로 변신시켜서 허리에 장착하고 있다.

뭐, 하긴 그렇겠지. 나도 방패를 최대한 작게 만들어서 등 같은 곳에 장착하고 있으니까.

몸에서 뗄 수는 없지만, 다행히도 장착 위치를 바꿀 수는 있다.

모토야스는 물을 끼얹어서 몸을 씻은 후, 온천에 들어온다.

"숙취는 이제 괜찮은 거야?"

"네놈이 할 소리냐?"

"네가 멋대로 루코르 열매를 먹어서 그런 거잖아. 난 먹으라고 한 적 없어."

"뭐, 우리는 서로 다른 일본에서 살다 온 거니까, 체질 차이라고 쳐 두자고."

"네, 네."

난 지금껏 한 번도 취한 적이 없었지만. 애당초 모토야스 녀석, 다음 날에 빗치 패거리에게 간병을 받느라 희희낙락하고 있었겠지.

숙취 때문에 그럴 정신도 없었는지도 모르지만.

"어이. 물이 제법 좋다고."

모토야스가 큰 목소리로 누군가를 향해 말했다. 누구한테 하는 소리지?

"그 정도는 저도 알아요. 여기 온 지도 벌써 며칠이나 지났는데요."

이츠키와 그 패거리 사내들이 줄줄이 들어왔다.

거기에 렌과 그 남자 동료들도 함께였다.

"주인님~."

필로리알 퀸 형태의 필로가 울타리를 뛰어넘어 남탕으로 들어왔다.

"응? 무슨 일이야?"

"주인님이랑 같이 목욕하고 싶어."

"넌 새야. 다른 탕에 들어가. 애당초 씻으려거든 온천이 아니라 나무통 같은 걸 찾아봐."

"싫어~."

철없는 녀석 같으니. 그래도 뭐…….

"빠진 깃털은 네가 알아서 치워야 해."

"와~아."

필로가 내 옆에서 온천물에 몸을 담근다.

"필로와 같이 혼욕이라니……."

모토야스가 뭔가 엉큼한 눈빛으로 이리로 다가온다.

필로는 나를 방패 삼아 내 뒤에 숨는다. 몸을 다 숨기기에는 어림도 없지만.

"필로, 천사 모습으로 변신해 줘."

"싫어~!"

나 참, 왜 이렇게 천사를 밝히고 난리인지 원.

애당초 필로랑 혼욕을 하는 게 뭐가 그렇게 좋다는 거지? 난 이해를 못 하겠다.

그렇게 목욕을 즐기고 있으려니, 모토야스가 조잘대기 시작한다.

"그런데 말이야, 너희, 동료들 중에 누가 제일 미인이라고 생각해?"

우와……. 무시무시하게 유치찬란한 얘기를 시작했다. 난 떨떠름한 표정을 지었다.

여행이 아니거든. 아니, 모토야스에겐 이세계 여행인가?

렌과 이츠키도 마뜩잖은 표정을 짓고 있다.

"그리고 하나 더, 너희, 했어? 난 말이지…… 후후."

뭐 이렇게 재수 없는 놈이 다 있지? 이 녀석은 도대체 뭘 하고 싶은 거냐?

애당초 발언에 어째 숫총각스러운 구석이 느껴진다고. 진짜 잘나가던 놈 맞아?

정말이지 기분 나쁜 녀석이다. 목욕을 시작한 지 얼마 되지도 않았지만, 그만 나갈까?

"어이, 나오후미. 넌 라프타리아랑 했을 거 아냐?"

"왜 나한테 말을 돌리는 건데?"

서로 그런 얘기를 할 사이도 아니건만. 특히 이 녀석과는.

애초에, 빗치 사건 때문에 나를 부모 죽인 원수 보듯이 노려보던 게 누구였는데?

이 경박한 성격도 용사에게 필요한 건가? 그럴 리가.

"뭐 어때서 그래? 얘기 좀 해 보라고."

빗치 일은 덮어 두고? 정말이지 경박하기 짝이 없는 놈이다.

"일단 자기 기준 미소녀 랭킹부터 얘기해 볼까?"

"거절한다."

"헛짓거리네요."

"난 관심 없어."

그렇게 얘기하면서도, 렌과 이츠키는 모토야스의 말을 틀어막지 않는다.

"내가 보기에는 걸레랑 라프타리아랑 필로랑 리시아가 예쁜 것 같아."

"………."

모토야스의 취향은 대체 뭐지? 하나같이 다 스타일이 제각각이잖아.

일단 얼굴만 예쁘장하면 장땡이라는 건가?

"그건 그래요. 걸레 양은 어찌 됐건 공주 출신이니까요. 성격이 더럽다는 모양이지만, 저를 대할 때는 그냥 평범했고요."

이츠키가 맞장구를 쳐주기 시작했다. 갑옷남은…… 이츠키의 귓가에 뭔가를 속닥거리고 있다.

은근히 들린다고. 아무래도, 이츠키에게 자기 취향의 얼굴이 누구인지를 얘기하는 모양이다.

하나같이 마음은 콩밭에 가 있군.

"뭐, 여왕은 성격이 더럽다고 했지만, 나도 딱히 거슬리지는 않았어."

렌까지 이렇게 편승했다. 너…… 관심 없다고 그러지 않았었냐?

이놈들…… 왜 모토야스의 페이스에 말려들고 있는 거람.

볼멘소리라면 얼마든지 할 수 있지만, 상대하는 것 자체가 귀찮았다.

"필로 귀여워?"

뚱딴지같게도 필로가 나에게 묻는다.

"글쎄다."

"피이……."

"내 안에서는 필로가 제일 귀여워. 그러니까 천사 모습으로 변신해 줘——."

"싫어~!"

모토야스, 필로의 인간형 모습이 그렇게까지 가슴을 찔렀던 건가?

자기가 직접 필로리알을 키우면 대충 비슷하게 자라련만…….

"리시아도 기특하면서 귀여운 맛이 있어서 좋던데……. 이츠키, 부러운 녀석 같으니."

"아니…… 그 애는……."

이츠키가 뭔가 쑥스러운 듯 말끝을 흐린다.

"그런 녀석이 있었나?"

렌은 이미 잊어버린 모양이다. 친위대 6인방 중에서 왕따 당하던 녀석이라고.

박복해 보이는 인상인 것도 있고 해서, 렌은 별 관심을 두지 않았었던 모양이다.

"그렇다면 다들 내 인식에 동의한다는 거지?"

"뭐, 대체적으로는 그러네요. 얼굴만 따지자면 말이죠."

"………."

나와 렌은 말없이 무시한다.

그나저나, 애당초 이 대화는 대체 뭔지 모르겠다니까. 아니, 남자란 원래 그런 건가.

"필로는 이제 그만 언니 쪽으로 돌아갈게."

"그래, 냉큼 가. 여기에는 위험한 녀석들이 있으니까."

"응!"

필로는 그렇게 기운차게 고개를 끄덕이고, 울타리를 넘어 여탕으로 돌아갔다.

그 뒷모습을 쳐다보던 모토야스가 울타리 쪽으로 향한다.

"남자라면 이런 상황의 정석인 엿 · 보 · 기를 하는 게 용사로서의 임무겠지?"

"그게 도대체 무슨 임무냐?!"

"왜들 그래, 너희도 다 관심 있잖아?"

이러면 정의밖에 모르는 이츠키가 가만있지 않을걸.

"그런 짓을 하면 안 돼요."

이츠키 녀석은 말은 그렇게 했지만, 딱히 모토야스를 강경하게 제지하려는 기색은 없이 그쪽으로 다가간다.

너도 한패냐? 영웅호색이니 뭐니 하는 논리냐? 이것들이 제정신이 아니네.

갑옷남과 그 외 남자들도 관심이 있는 듯 울타리 쪽으로 모여들고 있다.

"큭……. 이 울타리, 의외로 은근히 높잖아. 이츠키, 네가 발판이 돼! 펄쩍 뛰었다간 들킨다고!"

"제가 왜요?! 신장이나 연령을 고려해서, 모토야스 씨가 발판이 되셔야죠."

"그러면 저 여탕이라는 낙원을 첫 번째로 볼 수가 없게 되잖아!"

……누가 발판이 되느냐 하는 걸로 싸우는 거냐?!

"유치하군."

렌은 그렇게 뇌까렸지만 욕탕에서 나오려 하지 않는다.

말에는 동의하지만, 말과 행동이 일치하질 않잖아.

"적당히 하라고."

이쯤 되니 진절머리가 나서 욕탕 밖으로 나왔다.

온천욕을 시작한 지 얼마 되지도 않았지만, 이런 소동에

끼었다가 쓸데없는 누명을 뒤집어쓰는 건 질색이다.

군자는 위험을 가까이하지 않는 법.

누명을 뒤집어썼던 과거의 영향 때문인지, 이런 의심을 살 법한 행동은 최대한 피하고 싶다.

지금까지의 흐름으로 미루어 보아, 나에게만 누명이 씌워질 가능성도 얼마든지 존재하니까.

"뭐야, 나오후미. 넌 안 낄 거야?"

"관심 없다고 했잖아."

실물 여자의 알몸 따위를 봐서 뭘 어쩌자는 건지.

안 그래도 빗치 일이 떠올라서 기분이 더러워지려는 판에.

애당초 섣불리 저런 곳에 머물러 있다간 또 터무니없는 죄를 뒤집어쓰게 될지도 모른다.

무난히 방에서 라프타리아와 필로를 기다리는 게 최선이리라.

"어쨌거나, 엿보려거든 나 없는 데서 하라고!"

그렇게 말하고 탈의실로 돌아가려 했는데.

바로 그때——.

"응? 이거 방패 꼬마 아냐?"

마침 라르크가 탈의실에서 노천온천으로 들어오는 참이었다.

"꼬마도 온천욕 하러 온 거야?"

타이밍이 나빠도 너무 나쁘잖아! 왜 이 녀석이 여기 있는 건데?

"여기 온천이 최고라는 소문을 들었거든. 테리스도 같이 왔어. 꼬마 쪽도 다 같이 왔어?"

내가 내심 볼멘소리를 하고 있으려니, 라르크가 묻지도 않은 사정을 설명했다.

"숙소가 여기라서."

"오, 그렇단 말이지? 돈 좀 있나 본데?"

"난 이제 그만 나갈 거야. 저 녀석들이 여탕을 엿보려고 하는 것 같으니까, 피해를 받지 않으려면 냉큼 나가는 게 좋을걸."

어쩐지 불길한 예감을 느끼며, 라르크에게 사정을 설명하고 떠나려 했다.

"잠깐, 여탕을 엿본……다고?!"

라르크가 내 손을 움켜잡는다.

뭐야? 화라도 난 건가?

강경파 같은 이미지이고 하니, 녀석들을 말려 주면 좋을 텐데.

"그런 훌륭한 회합에 참가하지 않다니 뭐 하는 짓이지?"

……이런 곳에도 색마가 있었을 줄이야.

라르크는 엿보기를 위해 울타리에서 뭔가를 획책하는 모토야스를 쳐다본다.

"저 친구가 동지군!"

"응? 뭐지?"

"훌륭해! 부디 나도 그 계획에 참가시켜 줬으면 하는데."

"얼마든지!"

뭐가 좋다고 의기투합하고 있는 거냐!

뭐, 서로 비슷한 성격이었다는 거겠지.

"자, 방패 꼬마도 이쪽으로 오라고!"

"거절한다!"

"아저씨, 이 녀석은 안 낀다나 봐. 고지식한 놈 같으니."

"하지만, 이건 남자의 숙원……. 미녀의 나체를 알현하는 것은 숭고한 의식이라고! 그 의식에 참가하지 않는 건 여성에 대한 실례라 이거야!"

뭐가 실례라는 건데?! 당하는 여자 입장에서도 생각해 보란 말이다!

뭔가 라르크와 모토야스가 신이 나서 남자들끼리의 대화를 펼치기 시작한다.

라르크, 개인적으로 널 높게 평가하고 있었건만……. 이렇게 되면 랭크를 몇 단계 내려야겠군.

"어이 나오후미, 너는 라프타리아랑 어디까지 갔지? 알몸에 관심 있을 거 아냐?"

"같이 다니는 애 말이지? 보아 하니 갈 만큼 간 거 아냐?"

모토야스가 둘로 늘어난 기분이다……. 나는 이마를 손으로 짚고 탄식했다.

"또 그 소리냐. 그런 사이 아니라고 얘기했잖아."

"아니, 라프타리아는 그런 사이라고 생각하고 있을걸."

"부러운데. 나도 테리스랑 그런 분위기를 좀 내고 싶은데 말이지."

……애인 사이가 아니었던 건가.

보아 하니 서로 상당히 친해 보여서 둘이 사귀는 사이라고 생각했었다.

그 가능성마저 이번의 엿보기 때문에 사라져 버리겠지.

게다가 남의 부하를 소재로 음담패설이라니. 이 녀석들은 나의 평가를 어디까지 끌어내릴 작정인지 원.

"헛소리 좀 작작해."

"그럼 뭔가 들이대는 비법 같은 거 없어? 이 라르크 형한테 가르쳐주면 안 돼?"

"없어. 갑자기 형인 척하면서 캐물으려고 하지 마!"

"아니, 그럼 라프타리아가 먼저 들이댔다든가?"

"들이대느니 어쩌니 하는 것 자체가 말도 안 돼. 그 녀석은 아직 어린애라고."

"이것 참 둔감한 녀석일세. 그럼 라프타리아가 옷을 벗는다든가 한 적은? 옷이랑 갑옷 때문에 잘은 모르겠지만 몸매도 좋잖아? 옷 너머까지 넘쳐흐르는 그 매력을 몰라볼 이 몸이 아니라고."

상대해 주지 않으면 끝까지 물고 늘어질 기세군.

정말이지 성가신 놈들이다.

"하아……. 그러고 보니 예전에——."

행상 일을 하던 시절의 일이다.

온천 지대로 유명한 지방에 갔을 때였다.

그날 묵은 숙소에도 온천이 있었기에, 온천욕을 했었다.

"나오후미 님……."

그날 밤, 목욕을 마친 라프타리아가 방에서 조합에 몰두 중이던 나에게 말했다.

뭔가 타월 한 장만 걸친 차림으로, 수줍은 듯 머뭇거리던 모습이 기억난다.

라프타리아는 무슨 생각인지 커다란 천…… 타월을 풀고 자신의 몸을 보여주었다.

"어, 어떤가요?"

근육이 적당히 붙어 있고, 유방이 큰 건 지난번에 끌어안았을 때부터 이미 알고 있었기에, 전투 때 거치적거리겠다고 생각하곤 했었다.

뭐랄까, 약간 포동포동한 느낌이라, 어디에서 그런 힘이 나오는 건지 신기하게 느껴졌었지.

머리칼은 젖어 있었고, 등에는 흉터가 있었지만 지금은 흔적도 없이 사라졌다.

전에 라프타리아가 알몸을 보여줬을 때는 그런 흉터에 잘 듣는 약이 있었기에 발라주었었다.

뭔가 수줍은 듯, 라프타리아는 나에게 몸을 보여주고 있었다.

그래서, 나는 이렇게 말했다.

"뭐, 이제 많이 좋아진 것 같은데? 처음 만났을 때와는 하늘과 땅 차이군."

"네? 저기……. 그게 전부인가요?"

"그것 말고 뭐가 더 있지?"

내 대꾸에, 라프타리아는 어째 넋이 나간 듯 멍하니 입을 벌리고 있었다.

"그리고 계속 그렇게 알몸으로 있으면 감기──."

"아! 언니가 알몸으로 있잖아!"

필로가 방으로 돌아와서 목청을 높인다.

그리고 입고 있던 원피스를 벗어 던지고 알몸으로 이쪽을 향해 돌격해 온다.

"필로도 끼워 줘~!"

"안 끼워 줘요! 왜 그러는 거예요?"

그런 식으로, 그 후에도 약간의 혼란이 있었다.

"이런 일은 있었지."

""이 둔탱이 자식────────!""

라르크와 모토야스가 어째선지 분노에 찬 얼굴로 내게 주먹을 휘둘러 왔다.

탁 하고 두 주먹을 붙잡아서 막아낸다.

"다짜고짜 웬 주먹질이야, 이 자식들이."

"그건 노골적인 어필이잖아! 차려 준 밥상을 걷어차다니 못돼 먹은 놈 같으니!"

"맞아, 맞아! 여자가 알몸을 보여주면서 먹어 달라고 하는데도 그렇게 냉정하게 대하다니, 이 괘씸한 자식!"

"무슨 소릴 하는 거야. 아까부터 얘기했잖아? 라프타리아는 어린애라고. 그것도 고지식한 어린애. 그런 녀석이 그런 생각을 할 리가 없잖아."

뭐든지 음란한 방향으로 생각하게 되는 게 남자의 자연스러운 생리일 테지만, 그건 환상일 뿐이다.

그리고 섣불리 관계를 가졌다간 다른 문제도 생길 수 있다.

임신해서 전력에서 제외되어, 파도와의 싸움 때 못 싸우게 되는 사태가 벌어질 수도 있지 않겠는가.

그렇게 사명감에 불타던 라프타리아가 그런 걸 원할 리가 없다. 원하기는커녕 혐오하고 있을 게 분명하다.

나는 라프타리아가 마음 놓고 싸울 수 있도록 환경을 갖추어주는 걸 모토로 삼고 있다.

"뼛속까지 둔탱이잖아……. 뭐 이런 놈이 다 있담."

"꼬마, 너 혹시…… 이쪽이냐?"

모토야스 녀석은 뭔가 혼자서 납득하고 뒷걸음질을 쳤고,

라르크는 손가락으로 뭔가 이상한 모양을 만들고 있다.

그런 일부 지역만의 신호를 어떻게 알아들으라는 거냐.

"다들 조심해! 너희가 표적이 되고 있어! 여기 변태가 있다고!"

라르크가 엉덩이에 손을 대고 방어에 들어간다.

어?! 무슨 뜻인지 알겠군!

"누가 호모라는 거냐! 헛소리 마!"

왜 라프타리아와 성관계를 갖지 않았다는 이유만으로 호모 취급을 받아야 하는 거냐.

상종 못 할 놈들이다.

"여자들이나 호텔 관계자들한테 한 소리 들어도 난 안 도와줄 거야. 알아서들 하라고."

"진짜 뼛속까지 둔한 놈인가? 말도 안 돼."

라르크와 모토야스는 넋 나간 얼굴로, 자리를 뜨는 내 뒷모습을 쳐다보고 있었다.

엉뚱한 누명은 최대한 피하는 게 상책 아닌가. 나 원 참…….

"좋아! 그럼 작전 제1단계, 위에서 보느냐 울타리에 구멍을 뚫느냐 하는 게 문제인데——."

녀석들은 뭔가 본격적인 작전 회의를 시작했다.

……게다가 온천에 온 다른 남자 모험가들까지 라르크에게 이끌려 모여들고 있다.

상당한 인원이 모인 모양이군.

그런 걸 카리스마라고 하는 건가……. 기분 나쁜 카리스마군.

나 원 참……. 그러고 보니 이 세계에서 엿보기의 기준은 뭐지?

내 세계의 기준이라면, 에도 시대에는 목욕탕에 엿보기용 구멍이 있었다고 한다.

여기는 남탕과 여탕이 구분돼 있지만, 숙소나 지방에 따라서는 혼욕인 곳도 꽤 많았다.

차라리 혼욕 목욕탕에나 가라고. 굳이 엿보려고 애쓸 것 없이.

설마 이런 건가? 열려 있는, 언제든지 볼 수 있는 환경은 로망이 없다느니 하는 생각인가?

유치하군.

나는 괜히 얽히지 않도록 서둘러 온천탕을 떠났다.

"후우."

나는 방에서 온천욕으로 달아오른 몸을 식히고 있었다.

잠시 후 요란한 발소리가 나더니, 타월 한 장만 감은 차림의 라프타리아가 뛰어 들어온다.

"나오후미 님!"

"무슨 일이지? 라르크랑 모토야스 패거리가 여탕을 엿보다가 들키기라도 한 거야?"

"아, 네! 지금 라르크 씨랑 다른 용사분들이랑 남자 모험가 분들은, 반성을 위해서 무릎을 꿇고 있어요."

"그래? 자업자득이군."

그야 들키는 게 당연하지. 여자들도 바보는 아니니까.

무엇보다 모토야스가 남탕에 있지 않은가.

그 녀석을 아는 사람이라면 처음부터 경계한다고 해도 이상할 게 없다.

"그게 아니라! 나오후미 님은요?"

"내가 왜 여탕을 엿봐야 하는 건데?"

내 대답에 라프타리아는 어째선지 풀이 죽어 고개를 푹 숙인다.

예상치 못한 반응이다.

"조금이나마 눈을 뜨신 줄 알았는데……."

"눈을 뜬다고?"

이능력이나 방패의 진정한 힘 같은 거?

눈이라면 이미 떴잖아. 다른 용사들의 얘기를 들은 덕분에 말이지.

"언니, 왜 그래?"

돌아온 필로도 풀 죽은 라프타리아의 모습에 고개를 갸웃거린다.

"글쎄다."

뭐가 그렇게 라프타리아를 풀 죽게 만든 거지?

아니, 남자인 나로서는 이해가 안 되는 일이지만, 남에게 알몸을 보인 게 싫었던 것이리라.

아니면 내가 봐 주기를 원했었던 건가?

아니아니, 다른 사람은 몰라도 라프타리아는 그럴 리가 없지.

그 녀석들의 얘기 때문에 괜히 의식하고 있는 것뿐일 거다.

"괜찮아? 라르크나 모토야스에게 알몸을 보인 것 때문에 충격이라도 받은 거야?"

"알몸 보인 적 없어요! 필로가 곧바로 눈치채고 방해했으니까요."

"그거 다행이군."

온천욕을 한 직후이건만 피곤한 표정을 짓는 라프타리아……. 뭐, 이런 소동이 벌어졌으니 쓸데없이 더 지칠 만도 하지.

"하아……. 나오후미 님?"

"왜 그래?"

"기왕 이렇게 된 거, 같이 가족용 노천온천에 가는 건 어때요? 좀 좁기는 해도 꽤 괜찮을지도 모르잖아요?"

"으……."

나는 한껏 미간을 찌푸리며 노골적으로 거부의 태도를 나타낸다.

그럴 만도 한 게, 방금 목욕을 마치고 나온 직후 아닌가……. 뭐, 그리 오래 몸을 담그지는 못했지만 말이지.

"그렇게까지 싫어하실 건 없잖아요. 저주 치료에 필요한 일이니까요."

"으……. 그야 그렇긴 하지만……."

어째 영 찜찜하다. 라프타리아 말도 일리는 있지만.

"어서 가요, 나오후미 님."

"하아……. 알았어."

이렇게 해서 나는 무거운 엉덩이를 들어서, 저주 치료를 위해 다시 한 번 온천욕을 하게 되었다.

"이쪽이에요."

라프타리아의 안내에 따라 호텔 안에 있는 별개의 가족탕용 안내 데스크로 가서, 자물쇠가 달린 방을 통해 전용 욕탕으로 들어간다. 바다가 보이는 메인 노천탕과는 반대 방향인, 섬 쪽밖에 보이지 않는 욕탕이었다.

사람들이 별로 추천하지 않는 이유를 알 것 같다. 경치가 별로 좋지 않은 것이다.

그나저나 가족용인 만큼 라프타리아와 필로도 같이 오긴 했는데…….

타월로 가슴을 가린 라프타리아와, 타월을 온몸에 휘감은 필로가 먼저 온천에 들어가서 나를 손짓해 부른다. 라르크나 모토야스는 이상한 소리를 했지만…… 라프타리아가 나를 성적으로 유혹하지는 않겠지.

응, 수줍어하는 기색은 전혀 보이지 않는다.

나도 녀석들에게 오염당한 모양이다. 나는 쓸데없는 잡념을 단호하게 떨쳐 버리고 욕탕에 들어간다.

"탕이 참 좋네요."

"그러게 말이야."

"저주에 걸린 부위는 좀 어떠세요?"

"……꽤 많이 좋아지기는 했어."

아직 완치와는 거리가 멀었지만, 지속적으로 목욕 치료를 실시하면 저주도 언젠가 사라지겠지.

"아! 주인님~. 하늘에서 별이 반짝였어~."

"응?"

밤하늘을 우러러보니, 순간적으로 별똥별이 보였다.

"아~, 사라졌네."

하지만 그 순간, 여러 개의 별똥별이 잇달아 나타났다.

그것을 본 라프타리아가 기도하듯 손을 모았다.

아아, 이 세계에도 별똥별에 소원을 비는 풍습이 있나 보군.

그러고 보니…… 이 세계는 일본보다 별이 더 아름답게 보인다. 파란만장한 나날을 보내다 보니 밤하늘을 쳐다볼 여유가 없었군.

"나오후미 님은 뭔가 소원을 비셨어요?"

"응? 아니, 나는 딱히……. 라프타리아는 소원을 비는 것 같던데."

"네."

"이루어지면 좋겠군."

"……네. 이루어졌으면 좋겠어요."

그게 무슨 소원이었을지를 짐작하는 건 어렵지 않다.

아마도 세계가 평화를 되찾기를, 혹은 자신이 나고 자란 마을의 친구들과 재회할 수 있기를 기도한 것이리라.

뭔가 로맨틱한 광경이라고 생각하며, 나는 라프타리아, 필로와 함께 밤하늘의 별을 바라보고 있었다.

그리고…… 가족탕에서 나와서 방으로 돌아가는 길.

"엿보기라니……. 라르크! 당신 대체 몇 살이에요?! 우리 고향에서라면 용납될 수 있는 일이었지만, 규칙을 지켜야죠!"

라르크와 용사의 남자 동료들이 복도에서 무릎을 꿇고 있었다.

테리스가 라르크를 꾸짖고, 다른 용사들은 빗치를 필두로 한 여자들의 꾸중을 듣고 있었다.

역시나 이렇게 됐군……. 뭔가 한심한 순간을 목격하고 말았다.

뭐, 내가 신경 쓸 필요는 없겠지. 이벤트를 즐기는 게 녀석들 나름의 스타일일 테니.

꾸중을 듣는 것도 나름 납득이 가는 결말이다. 만화에서 잔뜩 나오던 장면이라서 나도 이해할 수 있다.

흉내 낸 적은 없지만.

“아, 꼬마만 여자랑 같이 목욕을 하고 왔잖아! 치사한 놈!”

“라르크, 어딜 쳐다보는 거예요?!”

라르크가 내 쪽을 손가락질했지만, 성난 테리스가 놓아주지 않겠다는 듯 고함쳤다.

나는 그런 녀석들을 못 본 척하고 종종걸음으로 방에 돌아왔다.

앞으로 찾아올 일들을 생각하면 앞날이 깜깜하지만, 라르크와 테리스는 재미있는 쪽의 바보인 것 같군.

다음에는 바보 같은 회합에 조금이라도 끼어 볼까.

물론, 나는 꾸중을 듣지 않도록 사전에 라프타리아에게 허가를 얻고 나서 가담할 테지만.

캐릭터 디자인안

테리스

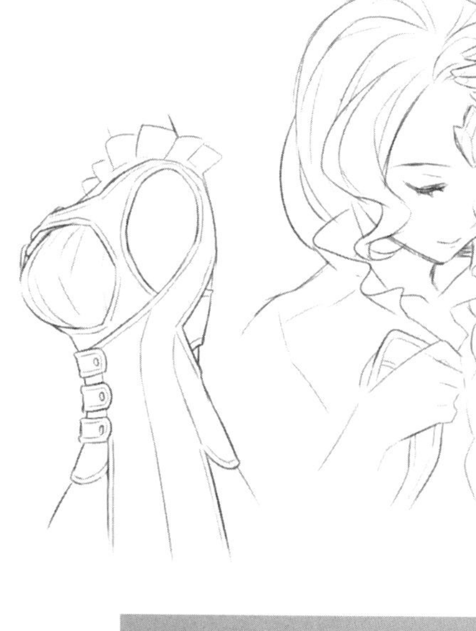

테리스

캐릭터 디자인안
라르크베르크

방패 용사 성공담 5

2015년 01월 15일 제1판 인쇄
2019년 03월 07일 제7쇄 발행

지음 아네코 유사기 | **일러스트** 미나미 세이라 | **옮김** 박용국

펴낸이 임광순 | **제작 디자인팀장** 오태철
편집부 황건수 · 신채윤 · 이병건 · 이홍재
디자인팀 한혜빈 · 김태원
국제팀 노석진 · 엄태진

펴낸곳 영상출판미디어(주)
등록번호 제 2002-000003호
주소 21311 인천광역시 부평구 평천로 132 (청천동)
전화 032-505-2973(代) | **FAX** 032-505-2982

ISBN 979-11-319-0451-0
ISBN 979-11-319-0033-8 (세트)

노블엔진(NOVEL ENGINE)은 영상출판미디어(주)의 라이트노벨 및 관련서적 브랜드입니다.

『제6회 노블엔진 대상』
노블엔진 팝 첫 대상 수상작 〈유랑화사〉.
그리고——.

설화·민담을 색다르게 재해석한 기기묘묘한 현대기담

반월당의 기묘한 이야기 1

지금도 이 땅 위를 떠도는 옛이야기 속 수많은 괴이怪異——.
괴이에 홀린 사람들은 전통상점 반월당半月堂의 신령한 여우요괴를 찾아갔다고 한다.

삐딱하지만 올곧은 마음을 지닌 고등학생 유단柳丹은 귀신을 보는 눈을 가지고 있다. 어떤 우연한 계기로 이매망량을 다스리는 여우 백란白蘭과 반월당의 요괴 점원들을 만나게 되고, 산 자와 죽은 자를 가르는 경계에서 기묘한 이야기들을 경험하게 되는데…….

"어떤 귀신은 우리에게 해코지를 합니다. 이유도 없이 괴롭히며 분풀이를 하고, 다치게도 하며, 심지어는 이렇게 생명의 위기를 맞게도 합니다. 그러나, 그렇다고 해도……. 우리는 그들에게 좀 져줘도 됩니다.
우리는, 그들이 가장 원해도 결코 가질 수 없는 것을 갖고 있으니까요."

〈유랑화사〉, 〈벨로아 궁정일기〉의 작가가 전하는 기기묘묘한 현대기담.
장르연재사이트 『조아라』 및 『네이버』 연재분에는 없었던 새로운 에피소드 포함!

정연 지음 / 녹시 일러스트
문학으로 탐닉하는 엔터테인먼트